LE PENDENTIF DE JADE

Illustration de couverture : Nicolas Vesin

Publié pour la première fois en Grande-Bretagne en 2009 par Walker Books Ltd
(87 Vauxhall Walk – SE11 5HJ Londres – Royaume-Uni)
sous le titre *The Agency – A Spy in the House.*

Loi n° 49956 du 16 juillet 1949 sur les publications destinées à la jeunesse
ISBN : 978-2-09-252421-3

Y. S. Lee

The Agency

Le pendentif de jade

Traduit de l'anglais par Lilas Nord

Nathan

À Nicholas Woolley

PROLOGUE

Août 1853

Cour criminelle centrale Old Bailey, Londres

ELLE AURAIT DÛ faire attention à ce que disait le juge.

Mais, dans le box des accusés, Mary était absorbée par le nuage de mouches qui tournait autour de ses chevilles et par ce qui les avait attirées là : l'âcre mare d'urine à ses pieds. Elle n'y était pour rien. Un pauvre malheureux avait dû perdre le contrôle de sa vessie plus tôt ce jour-là, et la flaque serait encore là bien après… Enfin, bien après la fin de son procès, en tout cas.

C'était étrange : Mary ne percevait plus rien de la même façon. Dans la chaleur de cette fin d'après-midi, le bourdonnement des mouches couvrait pour elle les autres bruits. La voix de fausset nasillarde du juge lui parvenait loin derrière, bien loin derrière le ricanement incessant d'un spectateur dans la galerie. En plissant les yeux, Mary pouvait distinguer un halo de cheveux gris défaits. Un fou dans la salle ? Ou juste un spectateur soulagé de voir quelqu'un d'autre sur le banc des accusés ?

Le procureur, déformé par une perruque qui projetait de la poudre blanche au moindre de ses gestes, s'était régalé. Il avait fait grand cas de la jeunesse de Mary, « cette fille si jeune et déjà si dépravée qui s'était aventurée si vite et si loin sur les sentiers tortueux du péché… ». Il avait bien insisté sur son aspect physique : « des cheveux si noirs ne peuvent que refléter la noirceur de son âme. Il faut étouffer le mal dans l'œuf. » Une phrase toute faite pour demander qu'on la pende. Elle n'avait rien dit pour sa défense. Elle n'avait rien à dire.

La voix du juge, se faufilant à travers le bourdonnement nerveux des mouches, se fit brusquement plus distincte, plus familière.

– Pour crime de cambriolage, Mary Lang, vous êtes condamnée à être pendue jusqu'à ce que mort s'ensuive. Que Dieu ait pitié de votre âme.

Comment ne pas entendre une forme d'ironie dans cette dernière phrase ?

Il y eut un léger remous dans la salle, mais pas un murmure d'étonnement. Mary releva le menton pour fixer la galerie, où les spectateurs semblaient incommodés par la chaleur de fin d'été. Seule une femme, en tenue de deuil claire et à la voilette relevée, croisa son regard – et lui fit un clin d'œil.

Mary battit des paupières. Quand elle rouvrit les yeux, l'inconnue avait disparu. Et la gardienne la tirait déjà du box pour la traîner hors de la salle d'audience, puis tout le long du couloir qui puait l'oignon et les excréments et descendait vers l'humidité et la fraîcheur des cellules.

La gardienne jeta un bras musclé autour des épaules de Mary, qu'elle bouscula sans ménagement.

– C'est pas le moment de tomber dans les pommes, jeune fille, dit-elle d'une voix rauque, marquée par un fort accent du West Country.

Surprise, Mary trébucha légèrement.
– C'est bon, ça va aller, marmonna-t-elle.
Mais la gardienne lui appuya une nouvelle fois sur les épaules, si fort qu'elle sentit ses genoux fléchir.
– Ah, ça, tu as bien besoin que Dieu ait pitié de ta petite âme.
De dessous ses jupons, la gardienne lui envoya ensuite discrètement un coup de pied pour la faire tituber une fois de plus.
– Bon sang, espèce de chiffe molle ! Pas de ça avec moi !
Elles étaient presque à la hauteur de la geôlière. Dès que celle-ci eut le dos tourné, la gardienne tordit brutalement le poignet gauche de Mary. Les menottes lui lacérèrent la chair, lui arrachant un cri de surprise. La gardienne la secoua brutalement par les épaules, sans cesser de baragouiner à l'intention de la geôlière :
– Cette satanée gamine est en train de tomber dans les vapes ! Mais pas la peine de jouer les grandes dames avec moi !
Elle couvrait de sa voix stridente les réflexions des autres geôlières.
– Un bon plongeon dans l'abreuvoir à chevaux et elle va retrouver ses esprits, c'est moi qui vous le dis ! cria la gardienne en furie.
Mary choisit de se laisser faire. Au point où elle en était, un quart d'heure de mauvais traitements supplémentaire ne changerait pas grand-chose… Elle se laissa traîner par la gardienne, qui la poussa dehors et lui fit traverser la cour pavée en continuant à la secouer comme un prunier, tout en l'insultant copieusement. Ce spectacle avait l'air

de réjouir un groupe d'hommes près de la porte. Alors qu'elle approchait de l'abreuvoir dans un coin de la cour, coinçant Mary sous son bras, la gardienne sortit un grossier mouchoir de sa poche qu'elle lui appliqua sur la bouche et le nez. Une nouvelle odeur, à la fois douce et froide, emplit ses narines. Elle se débattit un moment, paniquée un instant par l'expression qu'elle lut dans les yeux de la gardienne.

Puis le ciel s'obscurcit.

Alors c'était ça, la mort ? Mary avait la bouche pâteuse et la tête lourde. Elle ne sentait plus le bout de ses doigts. Elle essaya de les agiter et réalisa à son grand étonnement qu'elle n'avait plus de menottes. Emmitouflée dans du linge et des couvertures moelleuses, elle avait l'impression de flotter. Elle tourna la tête sur le côté pour frotter sa joue contre l'oreiller, comme un chat. C'était une odeur agréable, mais qu'elle ne connaissait pas. Pas de lac de feu, pour l'instant. Pas de chœur céleste non plus. Alors pourquoi bouger ou même ouvrir les yeux…

– Mary ?

Elle ne s'était jamais imaginé que Dieu puisse être une femme. Lentement, et à contrecœur, elle souleva ses paupières lourdes et se concentra sur la personne qui lui parlait. La femme avait troqué sa robe de deuil lavande pour un habit plus foncé, mais c'était bien elle : celle qui lui avait fait un clin d'œil au tribunal. Ce qui voulait dire que Mary n'était pas plus en enfer qu'au paradis.

– Comment te sens-tu ?

La question paraissait déplacée. Mary fit le tour de la pièce du regard – grande, sommairement meublée, éclairée à la bougie – avant de dévisager Clin d'Œil.

– Je ne sais pas.

– Tu as sans doute mal à la tête. C'est probablement le chloroforme, même si nous essayons d'en utiliser le moins possible.

Chloroforme : un mot très recherché pour une substance dangereuse. Elle avait déjà entendu des rumeurs autour de potions capables de vous assommer, mais elle n'y avait pas cru alors, pensant qu'il s'agissait de mensonges qui se prenaient pour des réalités.

– Tu dois avoir soif.

Clin d'Œil lui offrit un verre d'un liquide pâle, légèrement opaque. Comme Mary hésitait, elle lui sourit.

– Tu n'as rien à craindre.

Elle en but une gorgée pour la rassurer.

Mary y goûta d'abord du bout des lèvres. Mais quand le liquide frais emplit sa bouche, elle l'engloutit avidement. De la limonade ! Elle n'en avait bu qu'une fois dans sa vie, deux ans plus tôt. Elle regrettait déjà d'avoir tout fini. Elle s'essuya la bouche, puis fixa de nouveau l'inconnue. Elle avait encore l'esprit embrumé, mais sa curiosité l'emporta :

– Pourquoi ?

– Et si je commençais plutôt par qui et où ? On verra les pourquoi et les comment après.

Mary fit oui de la tête, mais n'aimait pas cette impression qu'on se moquait d'elle.

Clin d'Œil s'assit près du lit.

– Je m'appelle Anne Treleaven, dit-elle, et je suis la directrice de l'Institution pour Jeunes Filles de Miss Scrimshaw, où tu te trouves. Sa fondatrice était aussi riche qu'excentrique, et souhaitait aider les femmes à accéder à une certaine indépendance. Dans notre pays, l'éducation des filles est le plus souvent tout à fait insuffisante, même pour les riches, et beaucoup n'y ont pas même accès. Voilà pourquoi Miss Scrimshaw a fondé cette école.

Elle parlait doucement, mais son regard perçant ne quittait que rarement le visage de Mary.

– L'Institution est en quelque sorte une école de charité, puisque la plupart de nos élèves ne seraient pas en mesure de régler les frais de scolarité. Mais il s'agit d'une institution très spéciale, puisque c'est nous qui choisissons le plus souvent nos élèves, sans attendre qu'elles viennent nous trouver. Nous recherchons les jeunes filles susceptibles de profiter au mieux de la formation spéciale que nous proposons.

Elle se tut un instant.

– Et nous t'avons choisie.

Mary se renfrogna.

– Et vous attendez peut-être que je vous remercie. Qu'est-ce qui vous fait croire que j'ai envie d'être choisie ? Et si j'avais *envie* d'être pendue ?

Elle ne lut ni colère ni indignation, mais comme un léger amusement sur le visage d'Anne.

– Ce n'est pas la peine de montrer les crocs. Nous n'avons pas l'intention de te retenir contre ton gré. Tu peux partir d'ici quand tu le souhaites et marcher droit à la potence, si ça te chante. Mais j'espère que tu m'accorderas au moins quelques minutes d'attention avant de prendre ta décision.

Mary sentit qu'elle s'était montrée aussi puérile que grossière. Elle haussa les épaules.

– Mes collègues te surveillent depuis un bon moment. Tu as déjà fait la connaissance de l'une d'entre elles : la gardienne d'Old Bailey. Mais une autre collègue t'a également observée à la prison de Newgate, pendant les semaines qui ont précédé ta condamnation. Elles ont toutes deux été frappées par ton intelligence. Elles ont néanmoins été intriguées par le fait que tu aies choisi de plaider coupable plutôt que d'exiger un procès. La plupart de ceux qui risquent la peine capitale clament leur innocence, qu'ils soient coupables ou non. Pas toi. Pourquoi, Mary ?

Après un silence, Mary haussa une nouvelle fois les épaules.

– Peut-être que j'en avais assez.

Il y eut comme un éclair dans les yeux d'Anne.

– De mentir ? De voler ?

Elle remplit le verre de Mary et le lui tendit.

– De vivre, peut-être ?

Une fille moins endurcie se serait alors laissé aller à une longue confession : Mary se contenta de cligner des yeux.

– Tu parais bien résignée à mourir. C'est étonnant pour quelqu'un de ton âge.

– Douze ans, ça m'a suffi, répondit Mary.

Des inconnus pleins de bonnes intentions, des femmes, surtout, essayaient toujours de se montrer gentils avec elle pour qu'elle leur dresse le tableau pathétique de sa misérable existence. Mais il y avait bien des années qu'elle ne tombait plus dans le panneau.

Anne haussa un sourcil.

– C'est bien ce que redoutaient mes collègues, et c'est pour cela que nous t'avons conduite à l'Institution, dans l'espoir que de nouvelles perspectives d'avenir te rendent la vie plus supportable.

– Un avenir de brave petite bonne à tout faire, vous voulez dire ? Pour que les grandes dames puissent avoir le plaisir de me battre, et tout ça pour huit livres par an ?

Mary cracha sur le tapis.

– Sans moi !

Le visage d'Anne se durcit.

– Non, Mary, pas ça. Jamais de la vie.

– Alors vous êtes complètement folle. Y' a pas d'autre avenir ! Pas pour les filles comme moi.

– Tu te trompes.

– Vraiment ?

– Tu es intelligente, Mary, fougueuse, aussi. Et ambitieuse. Certaines professions se sont ouvertes aux femmes et tu pourras choisir n'importe laquelle.

Anne se tut un instant et baissa la tête.

– Il existe également une ou deux autres possibilités pour des femmes aux capacités exceptionnelles… Mais les évoquer maintenant serait quelque peu, comment dire ? prématuré.

C'était absurde. Personne n'avait jamais droit à une seconde chance. C'était une des rares choses dont Mary était sûre. Bon sang, est-ce que tous ces compliments inattendus allaient lui monter à la tête ?

– C'est quoi, l'arnaque ? demanda-t-elle.

Une fois de plus, Anne ne se laissa surprendre ni par la question ni par son insolence.

– Comme je te l'expliquais tout à l'heure, nous cherchons à offrir aux filles une forme d'indépendance. Trop de femmes sont obligées de se marier, et bien plus encore n'ont même pas d'autre choix que de se tourner vers la prostitution, voire pire, pour survivre. Nous sommes convaincues qu'une éducation solide permettra à nos élèves de subvenir à leurs besoins.

Elle fit une courte pause.

– Toutes nos pupilles n'y parviennent pas. Peu de professions sont ouvertes aux femmes, ce qui ne facilite pas les choses. Certaines préfèrent également se marier plutôt que d'avoir à travailler dur... Elles ne se rendent pas compte qu'aucun métier ne sera plus dur à supporter qu'un mariage avec une brute ou un ivrogne. Mais c'est à elles de choisir leur destinée. Nous ne pouvons pas imposer nos idées à nos pupilles. Mais voilà que je m'égare... Mes collègues ont compris que tu avais soif d'indépendance et que tu voulais réussir par toi-même dans la vie. Ici, à l'Institution, nous pouvons t'offrir les meilleures chances d'accéder à cette indépendance. Nous avons les moyens de t'aider à laisser derrière toi ton passé de voleuse pour que tu puisses te réinventer, si tu le désires. Une chance d'en demander plus à la vie que ce qu'elle t'a apporté jusque-là... pour que tu deviennes ce que tu aurais dû être si le destin s'était montré plus clément envers toi.

Mary n'en croyait pas ses oreilles. Les idées qu'Anne lui exposait étaient extraordinaires et lui faisaient l'effet d'une révélation aussi vertigineuse qu'improbable. Comment pouvait-elle changer d'avis si rapidement ? Cinq minutes plus tôt, elle en était encore à maudire cette femme qui l'avait arrachée à la prison et à une mort certaine. Maintenant, elle était terrorisée à l'idée que ces merveilleuses promesses ne soient qu'une ruse grossière pour gagner sa confiance.

– Vous n'avez toujours pas répondu à ma question, grogna-t-elle, craignant que sa voix ne trahisse son émotion. Qu'est-ce que vous y gagnez ? Où est l'embrouille ?

Mary remarqua soudain que les yeux d'Anne étaient d'un gris acier.

– Je ne supporte pas de voir les femmes sacrifiées, répondit-elle d'une voix à la fois douce et intense. Et tu as failli l'être. T'épargner ce sort, c'est tout ce que j'ai à y gagner.

Elle prit alors la main froide de Mary dans les siennes.

– Et « l'embrouille », c'est qu'il faut que tu acceptes de travailler dur pour que cela ne t'arrive jamais. C'est tout.

Un coup violent n'aurait pas fait à Mary plus d'effet que ce simple contact. Elle ne se rappelait plus quand on l'avait touchée pour la dernière fois. Il y avait eu la gardienne, bien sûr, qui l'avait un peu brutalisée, mais « pour la bonne cause », apparemment. Des hommes avaient essayé de soulever ses jupes dans la rue. Des ivrognes s'étaient écroulés sur elle dans les ruelles ou les pubs pleins à craquer. Des gamins lui étaient rentrés dedans en courant à toute allure à travers la foule. Mais la dernière fois que quelqu'un l'avait touchée avec tendresse… Cela remontait à la mort de sa mère.

Bouleversée, elle retira sa main. *C'est pas possible. Encore une fausse joie, c'est sûr. Y'a pas d'espoir. Tu le sais depuis des années, pauvre idiote*. Elle inspira un grand coup pour se ressaisir et ouvrit la bouche pour lancer une réplique pleine de rage. Mais elle ne lâcha à la place que ces quelques mots d'une toute petite voix :

– S'il vous plaît…

CHAPITRE 1

Vendredi saint, 2 avril 1858

Institution pour Jeunes Filles de Miss Scrimshaw
Saint John's Wood, Londres

MARY GRIMPA quatre à quatre l'escalier qui menait au grenier. Sa crinoline à armature métallique et ses bottines à boutons ne lui facilitaient pas la tâche, mais elle était si nerveuse qu'elle avait besoin de se défouler un peu. Depuis que, un peu plus tôt ce jour-là, elle avait demandé à voir les directrices de l'école, elle n'arrivait plus à se concentrer sur quoi que ce soit. Elle frappa une première fois quelques coups hésitants, ses doigts effleurant à peine la lourde porte de chêne. Elle se rattrapa par deux grands coups. Elle rentra la tête dans les épaules : on aurait dit qu'elle avait essayé de défoncer la porte.

– Entrez ! commanda sèchement une voix.

Mary prit son courage à deux mains, s'essuya les paumes sur ses jupes avant de tourner la poignée de bronze poli. La porte s'ouvrit sans un bruit sur une scène d'une grande banalité : deux femmes d'une cinquantaine d'années prenaient le thé. Si elles paraissaient on ne peut plus ordinaires, Mary avait vite appris qu'elles contrôlaient à elles deux le moindre aspect de l'Institution.

– B... Bonjour, Miss Treleaven, murmura-t-elle. Mrs Frame...

Anne lui fit signe d'approcher.

– Entrez, Mary. Asseyez-vous, je vous prie.

– Mm… Merci.

Mary se laissa tomber sur le siège le plus proche, une chaise glissante rembourrée de crin qui essaya aussitôt de l'envoyer dans le décor. Elle ne bégayait pourtant pas d'habitude. Elle ne bégayait même jamais. Et le moment était vraiment mal choisi pour commencer.

Anne versa une troisième tasse de thé, qu'elle tendit à Mary. Il faisait chaud ce jour-là, surtout dans ce grenier. Alors que des volutes de vapeur chatouillaient ses narines, Mary sentit sa nervosité redoubler : on lui avait servi une tasse de Lapsang Souchong, un thé qu'Anne réservait aux grandes occasions.

– Une part de gâteau ?

Anne lui montra un cake posé près d'elle sur un plateau. Mary sentit son estomac se nouer rien qu'à cette idée.

– Non merci.

Plus elle essayait de se calmer, plus sa tasse tremblait dans sa soucoupe.

– Vous vouliez donc nous voir…

À la grande surprise de Mary, Anne se leva et se mit nerveusement à faire les cent pas devant la cheminée sans feu. La jeune fille jeta un coup d'œil à Felicity Frame, qui n'avait pas bougé. Les deux femmes formaient un parfait contraste : Anne était mince, quelconque, discrète et sérieuse, alors que Felicity était grande et ronde, une vraie beauté au rire profond.

Mary se passa la langue sur les lèvres.

– Oui.

Comme elles restaient silencieuses, Mary comprit qu'elles attendaient qu'elle se lance.

– Je vous serai toujours infiniment reconnaissante de m'avoir sauvée de la potence et de m'avoir éduquée. Je vous dois tout, j'en ai conscience. Mais j'ai réfléchi à mon avenir et… j'espère… enfin, je ne crois pas…

Mary bafouillait. Sous le regard à la fois sérieux et inquisiteur de ces deux femmes, elle n'arrivait pas à tenir le discours qu'elle avait pourtant soigneusement répété.

Elle avala une gorgée de thé bouillant. *Pourquoi servir ce thé si spécial aujourd'hui ?* Un sentiment de culpabilité la poussa à parler rapidement et sans façon.

– Ce que je voulais vous dire, c'est que depuis un certain temps je me demande si je suis vraiment faite pour enseigner. Je suis très heureuse de vivre à l'Institution, mais je sais que je ne suis pas vraiment douée pour ce travail. Je m'entends bien avec les filles, mais je n'ai aucune patience. Et ce n'est pas fini… enchaîna-t-elle aussitôt, sans même lever la tête. Il y a deux ans, j'ai pris des cours de sténographie et de dactylographie, mais la vie monotone d'employée de bureau ne m'attire pas du tout. L'année dernière, j'avais commencé une formation aux soins médicaux pour devenir infirmière. Mais les infirmières en chef n'ont pas cru en moi et m'ont fait comprendre que ce n'était pas la peine que je continue.

Mary avala sa salive, comme pour effacer le goût amer que lui avait laissé cette humiliation.

– Et, reprit-elle, voilà déjà un moment que je me demande s'il ne serait pas possible, ni même raisonnable, d'espérer que mon métier m'apporte plus…

Anne parut légèrement intriguée.

– Qu'entendez-vous par « plus » ?

Mary se recroquevilla intérieurement.

– Ça doit sans doute vous paraître idiot, mais… J'aurais aimé trouver mon travail intéressant, éprouver de la fierté à le faire… Du plaisir, même. Voire une certaine satisfaction ?

Voilà, elle avait lâché le morceau. Elle ne pouvait sans doute pas se montrer plus ingrate, mais au moins, elle avait fini par dire ce qu'elle avait sur le cœur.

Il y eut un bref silence, mais les deux femmes n'exprimèrent ni surprise ni déception. C'est Anne qui fut la première à réagir :

– Depuis combien de temps enseignez-vous ici, Mary ?

– Un an. J'ai commencé vers seize ans.

– Et, bien sûr, vous vivez ici, à l'Institution, depuis que vous en avez douze.

– Depuis le jour où vous m'avez sauvée, à Old Bailey, ajouta Mary en rougissant. Enfin, je devais avoir à peu près douze ans à l'époque. Comme vous le savez, je n'ai pas de certificat de naissance. Mais je suis sûre que je suis née en 1841.

– Ce qui veut dire que vous avez passé près d'un tiers de votre vie avec nous.

– Oui, je sais. Je dois vous paraître bien égoïste…

Anne esquissa l'ombre d'un sourire.

– Laissons donc pour l'instant de côté la question de la reconnaissance. Vous avez aujourd'hui dix-sept ans. Vous vous sentez comme… étouffée… par le train-train de la salle de classe.

– Oui.

– Est-ce que vous souhaitez retourner à votre vie d'avant ? Une vie de cambrioleuse et de pickpocket ?

– Non !

Mary se rendit compte qu'elle avait presque crié sa réponse. Elle baissa la voix :

– Jamais de la vie ! Mais j'ai besoin d'un peu d'indépendance et… d'un autre genre de travail.

Un nouveau sourire de satisfaction éclaira le visage d'Anne.

– Ah !… Et quel genre de métier ?

Mary secoua tristement la tête.

– C'est bien le problème : je n'en ai pas la moindre idée. J'espérais que vous pourriez me conseiller là-dessus.

Felicity ouvrit enfin la bouche :

– Est-ce que vous êtes bien sûre d'avoir envie de travailler ? Beaucoup de jeunes filles préfèrent se marier pour échapper à leur condition.

Mary secoua énergiquement la tête.

– Non. Je n'ai pas du tout l'intention de me marier.

– D'autres femmes se trouvent un amant pour se faire entretenir.

Mary n'en croyait pas ses oreilles. Elle faillit en laisser tomber sa tasse.

– Mrs Frame ! Ne me dites pas que vous me conseillez de…

– Je ne vous conseille rien du tout, la corrigea Felicity avec un léger sourire. Mais j'aimerais que nous ne nous embarrassions pas des convenances et que nous évoquions les choix qui s'offrent à vous de manière pragmatique. Vous n'êtes pas extrêmement belle, mais vous êtes intelligente et vous avez… un charme piquant. Exotique, même. Vous faire entretenir par un amant est donc l'une de ces options.

– Je ne supporte pas qu'on me dévisage ! Les gens n'arrêtent pas de me demander d'où je viens, tout ça parce que je n'ai pas de beaux yeux bleus et les cheveux blonds.

– C'est exactement ce que je veux dire : un physique différent peut se révéler plus attirant qu'une beauté conventionnelle.

C'était absurde ! Et que sous-entendait Mrs Frame par « exotique » ? Est-ce qu'elle se doutait que… ? Mary ne comprenait pas où elle voulait en venir.

– Une maîtresse n'est pas moins dépendante qu'une épouse.

À peine Mary avait-elle fini sa phrase qu'elle se souvint d'une rumeur qui avait couru, il y avait bien longtemps, sur le passé haut en couleur de Mrs Frame… Mais il était trop tard pour retirer ce qu'elle avait dit. Si jamais elle en avait eu l'intention.

Felicity haussa un sourcil.

– Vous avez tout à fait saisi la philosophie de l'école, Mary. Nous ne poussons pas les jeunes filles à miser leur vie sur les caprices des hommes.

– Très bien, reprit Anne. Maintenant que vous nous avez fait part de vos sentiments, dites-nous quelques mots sur votre enfance et votre famille.

Anne s'amusa de l'air étonné de Mary.

– Nous en connaissons déjà les grandes lignes, mais j'aimerais que vous repreniez tout depuis le début.

C'était sans doute une façon de tester ses facultés d'analyse.

– Je suis née dans l'est de Londres… À Poplar.

Mary parlait lentement, pesant chacun de ses mots. Pouvait-elle vraiment confier à Anne et à Felicity toute la vérité sur son passé ? Sur sa famille ? Comment réagiraient-elles ? Elles qui pensaient déjà tout savoir d'elle…

– Tout va bien ? lui demanda Felicity.

Mary cligna des yeux, réalisant d'un coup qu'elle s'était interrompue.

– Oui, oui…

Elle inspira un grand coup, se forçant à poursuivre :

– Mon père était un marin de la marine marchande et ma mère une couturière irlandaise. Bien que mon père ait passé le plus clair de son temps en mer, je me rappelle qu'ils étaient heureux ensemble. S'il leur arrivait d'être malheureux, c'est parce que mes deux frères sont morts en bas âge.

Elle fit une nouvelle pause et inspira profondément.

– Je devais avoir sept ou huit ans quand le navire de mon père a fait naufrage et qu'on nous a annoncé qu'il n'y avait aucun survivant. Ma mère est tombée malade de désespoir et a perdu sa place de couturière. Elle était enceinte à l'époque, mais elle a perdu son enfant. Dès qu'elle est allée un peu mieux, elle a essayé de trouver du travail à la pièce, pour pouvoir le faire à la maison. Mais ça ne rapportait presque rien. Alors elle a cherché à travailler comme bonne, à faire des ménages, mais elle ne gagnait que deux pence par jour. Ce n'était pas assez pour nous deux. Seule, ma mère se serait laissé mourir, mais elle devait encore s'occuper de moi. Bientôt, elle n'a plus eu d'autre choix : elle a commencé à se prostituer. Tard dans la nuit, quand elle me croyait endormie, elle ramenait des hommes chez nous. C'est là que j'ai appris à voler. Parfois, ils s'endormaient et je dérobais quelques pièces dans leurs poches.

Mary regarda les deux femmes d'un air de défi.

– Ce n'était pas grand-chose : je ne prenais jamais de billets, que des pièces. Je devais croire que…

Elle s'interrompit, puis secoua la tête.

– Je ne sais pas ce que je croyais, reprit-elle. Enfin, j'imagine que tout ça, c'est de l'histoire ancienne. Ma mère est vite tombée malade. Nous n'avions pas assez d'argent pour acheter des médicaments chez l'apothicaire, et les voisins nous évitaient. Tout ce que je sais, c'est que même avec les quelques pièces que je volais, nous n'avions pas assez d'argent pour survivre.

Elle se tut un instant.

– Je ne me souviens plus très bien de la période qui a suivi la mort de ma mère. Mais quelques mois plus tard, j'avais appris à faire les poches dans les règles de l'art. Et puis quelqu'un m'a montré comment forcer les serrures. Je me déguisais en garçon : c'était à la fois plus sûr et plus pratique. Je suis devenue assez douée pour les cambriolages. Mais j'ai commencé à prendre plus de risques, des risques idiots, vraiment, et je n'ai pas été étonnée de me faire pincer. La seule chose qui m'étonne, c'est de ne pas m'être fait prendre plus tôt. La suite, vous la connaissez : on m'a condamnée à être pendue.

Mary lança vers Anne et Felicity un regard plein de reconnaissance.

– Vous m'avez sauvé la vie.

Il y eut une minute de silence. Lorsque Anne reprit la parole, ce fut d'une voix beaucoup plus douce que d'habitude :

– Merci, Mary. C'est tout à votre honneur d'être capable de nous raconter l'histoire de vos jeunes années si clairement et sans amertume extrême. Comme vous le savez, ici, à l'Institution, nous attachons beaucoup d'importance à la force de caractère.

Elle se tourna alors vers Felicity et poursuivit sur un ton plus sec :

– Eh bien, ma chère ? Que pensez-vous des perspectives d'avenir de cette jeune fille ? Il va sans dire qu'elle est intelligente et ambitieuse.

– Oui. Loyale, elle sait aussi se montrer très discrète, ajouta Felicity. Elle est également courageuse, tenace et décidée. Et elle s'efforce toujours d'agir selon ce qui lui paraît juste.

Mary rougit sous leurs compliments aussi enthousiastes qu'inattendus.

– Mais… elle a mauvais caractère, fit tranquillement observer Anne. Elle n'aime pas qu'on la reprenne et cherche à tout prix à ne pas avoir tort. Elle est mal à l'aise avec les inconnus, surtout avec les hommes. C'est compréhensible, étant donné son passé, mais ce n'en est pas moins un défaut.

Les joues de la jeune fille passèrent du rose de plaisir au rouge de honte. Elles avaient entièrement raison.

– Vous avez l'air d'avoir un peu chaud, remarqua Anne. Souhaitez-vous que nous remettions cette conversation à plus tard ?

– Non, chuchota Mary en essayant de se ressaisir.

– Parfait. Nous avons compris votre philosophie et nous connaissons votre caractère, continua Anne en se tournant vers Felicity, qui acquiesça rapidement de la tête. Il se trouve que nous pourrions peut-être vous proposer un poste qui vous irait comme un gant.

Mary releva avidement la tête.

– Mais avant de poursuivre, dit Anne sur un ton plus sévère, vous devez me donner votre parole que vous ne dévoilerez pas un seul mot de notre conversation à qui que ce soit, que vous n'y ferez pas même allusion. Est-ce clair ?

– Très clair.

– Jurez-le.

– Je vous jure que je ne révélerai jamais rien de ce que vous allez me confier.

Anne parut se détendre un peu et hocha la tête, l'air satisfait. Elle se plaça d'un côté de la cheminée et glissa ses doigts derrière le manteau de chêne poli. Il y eut un déclic à peine perceptible. Puis, à la gauche de Mary, un panneau de vieux papier peint jauni s'ouvrit d'un coup, dévoilant une ouverture étroite et sombre dans le mur.

Mary resta bouche bée. Fascinée, elle ne put s'empêcher de dévisager Anne, qui arborait un petit sourire de triomphe.

– Si vous voulez bien nous suivre au quartier général de l'Agency…

Mary tremblait d'excitation. Elle se leva pour suivre Anne et Felicity à travers l'étroite ouverture du mur qui se prolongeait par un petit tunnel. Le tunnel n'était pas éclairé, mais les parois de brique étaient sèches et il n'y avait pas une toile d'araignée, signe qu'on l'empruntait souvent. Elles arrivèrent dans une vaste pièce dépouillée, meublée simplement d'une table ronde et de quatre chaises. Anne et Felicity posèrent leurs lampes à huile. La lumière jaune vacillait sur les murs de brique et le parquet grossier, ce qui rendait la pièce étrangement chaleureuse.

Elles s'assirent toutes les trois autour de la table ronde. Anne sourit chaleureusement à Mary, qu'elle se mit brusquement à tutoyer :

– J'ai toujours espéré que tu viennes un jour nous voir, ma chère, et tu es venue. Mais j'en ai sans doute déjà trop dit et je dois te donner l'impression que c'est moi qui m'occupe de tout. Or ce n'est pas le cas : l'Agency est une vaste organisation, bien que nous ne soyons que deux ici ce soir. Mrs Frame, pourriez-vous expliquer à Mary ce que nous faisons ici ?

Felicity, qui était restée bien silencieuse jusque-là, s'éclaircit la voix.

– Comme tu le sais déjà, l'Institution pour Jeunes Filles de Miss Scrimshaw a pour vocation de permettre aux jeunes femmes d'accéder à une certaine indépendance. Le mariage est un pari très risqué et les tâches les moins qualifiées réservées aux femmes les placent à la merci de leur employeur. C'est bien pour cette raison qu'on exploite aussi honteusement la plupart des gouvernantes et des domestiques.

– Tout à fait, approuva Anne énergiquement. Et même s'il y a peu de perspectives professionnelles pour les femmes, nous ne cherchons pas simplement à leur apprendre comment enseigner aux enfants ou comment faire à manger. Mais tu sais déjà tout cela, puisque tu nous as toi-même aidées à former des jeunes filles dans cet esprit.

Elle s'interrompit pour jeter un regard à Felicity.

– Excuse-moi, Flick. Vas-y, continue.

Mary réprima un sourire en entendant ce surnom affectueux. Elle n'avait encore jamais entendu la sérieuse Miss Treleaven s'exprimer de manière aussi spontanée.

Felicity posa ses yeux magnifiques sur Mary, la fixant comme pour l'hypnotiser.

– L'Agency est en quelque sorte le prolongement de l'Institution. C'est là que nous faisons jouer le stéréotype de la docile servante à notre avantage. Puisqu'on considère les femmes comme des créatures superficielles, sottes et faibles, nous nous retrouvons finalement, dans des situations comparables, mieux placées que les hommes pour observer et pour apprendre. Nos clients nous emploient pour rassembler des renseignements, sur des sujets strictement confidentiels le plus souvent. Nous envoyons nos agents sur des missions très délicates. Là où, dans la même situation, un homme éveillerait rapidement les soupçons, nous avons constaté qu'un de nos agents travaillant comme gouvernante ou comme domestique, par exemple, passe le plus souvent complètement inaperçue, ajouta-t-elle malicieusement. Nous avons également remarqué que des femmes bien entraînées sont en général plus perspicaces et moins arrogantes. Elles ont même moins tendance à se tromper, non pas parce qu'elles se montrent plus intelligentes ou plus chanceuses, mais parce qu'elles échafaudent moins de suppositions et se fient moins aux évidences. Et, contrairement à ce qu'on prétend, elles font souvent preuve de plus de logique. Est-ce que tu as des questions ?

C'est tout un flot de questions qui sortit aussitôt de la bouche de Mary :

– Combien y a-t-il d'agents ? Est-ce que vos clients savent que vos agents sont des femmes ? Quand est-ce que l'Agency a été fondée ? Et par qui ? Est-ce que Miss Scrimshaw y est pour quelque chose ?

Son impatience amusa les deux femmes.

– L'Agency a été fondée il y a une dizaine d'années, expliqua Felicity. Anne et moi faisons partie des premiers agents. Aujourd'hui, c'est nous qui la dirigeons officiellement, mais les décisions importantes se prennent collectivement. Néanmoins, pour des raisons de sécurité, tu n'auras presque jamais l'occasion de rencontrer d'autres agents. Nous ne discutons pas de nos agents avec nos clients. C'est notre réputation qui les attire, mais, dans l'intérêt de tous, nous ne leur livrons quasiment rien en dehors des renseignements qu'ils recherchent. Nous sélectionnons très soigneusement notre clientèle. Nous refusons de travailler pour des organisations criminelles ou ayant des activités que nous jugeons peu recommandables ou pour le moins douteuses. Et, non, Miss Scrimshaw n'a rien à voir avec l'Agency… Même si nous pensons qu'elle aurait approuvé notre action.

Mary ouvrait des yeux ronds comme des billes.

– Et vous pensez vraiment que je pourrais faire ce genre de métier ?

– Cela fait déjà un moment que nous hésitons à t'en

parler, répondit Felicity de sa voix riche et profonde. Nous étions toutes les deux convaincues que tu possédais les qualités requises pour devenir un agent, mais nous ne voulions pas t'imposer un métier qui risquait de trop te rappeler ton passé. Nous avions peur de te rendre malheureuse et que tu te sentes obligée d'accepter cette mission juste pour nous faire plaisir. Mais, heureusement, c'est toi qui es venue nous trouver…

– Ne nous réjouissons pas trop vite, tempéra Anne avec sa brusquerie habituelle. Mary, tu dois encore écouter ce que nous avons à te proposer et décider si, oui ou non, tu souhaites l'accepter. Mais avant cela, nous devons évaluer tes dispositions.

– Mes dispositions ?

– Nous aimerions nous faire une idée de tes capacités d'observation, Mary. Ferme les yeux et essaie de te rappeler la pièce dans laquelle nous t'avons reçue tout à l'heure. Peux-tu me dire combien de lampes il y avait ?

Mary n'eut aucun mal à se représenter l'endroit.

– Trois, répondit-elle sans hésiter.

– Quelles sont les dimensions de la pièce ?

– Environ six mètres par quatre, et dix de haut. Et le plafond est lisse.

– Et la table qui se trouvait à ta gauche ?

– Elle est ronde, en noyer, à trois pieds. Elle doit faire à peu près quatre-vingt-dix centimètres de haut et cinquante de diamètre. Il n'y avait rien dessus.

– Qu'est-ce que je porte comme bijoux aujourd'hui ?

Mary se concentra un instant. Une nouvelle image se forma.

– Une broche ovale d'or et d'ambre. Au bord dentelé.

– Et quelle heure est-il, à ton avis ?

– Je suis montée vous voir à quatre heures et demie. Donc il doit être à peine plus de cinq heures.

Anne fit un petit signe de tête, comme si elle cochait mentalement les cases d'une liste imaginaire.

– Merci, Mary. C'est bien. C'est même très bien. Il me semble que tu connais également les rudiments de l'art de la lutte.

Mary ne put s'empêcher de sourire en entendant la tournure élégante de cette phrase.

– La boxe ? Je n'ai aucune technique et je ne respecte pas les règles. Mais on ne grandit pas près des docks sans apprendre à se défendre. J'estime que toutes les jeunes femmes devraient savoir se défendre, c'est même pour ça que j'ai commencé à l'enseigner aux élèves les plus âgées.

Anne fit un nouveau signe de tête.

– La première phase de la formation d'agent, qui vise à développer le sens de l'observation, l'autodéfense et quelques autres techniques utiles, prend généralement plusieurs mois. Étant donnés tes antécédents, elle te serait sans doute inutile. Mrs Frame et moi-même pensons que tu pourrais – si tu le souhaites – réduire cette première phase d'entraînement à un mois. Mais cela implique un travail intensif, et tu préféreras peut-être suivre la formation traditionnelle, qui te laissera plus de temps libre et une plus grande marge d'erreur. C'est à toi de choisir.

Mary, à qui cette idée donnait soudain le vertige, ne répondit pas tout de suite. En moins d'une heure, ces femmes avaient entièrement bouleversé sa vie, un peu comme elles l'avaient fait cinq ans plus tôt. Elle les dévisagea sans parvenir à les déchiffrer. Felicity paraissait assez indifférente et les lunettes à monture dorée d'Anne dissimulaient l'expression de ses yeux gris. Mary crut comprendre pourquoi : l'important, ce n'était pas ce qu'elles attendaient d'elle. C'était à elle de prendre cette décision.

– Je voudrais commencer le plus tôt possible, dit-elle enfin avec détermination. Je choisis la formation intensive d'un mois.

– Si nous commençons dès demain matin, lança alors brusquement Felicity, tu pourras être sur le terrain en mai. Pile dans les temps !

Mary se tenait droite comme un i.

– Comment ça ?

Anne jeta à Felicity un regard aussi résigné qu'amusé.

– Mrs Frame brûle un peu les étapes.

Felicity se mordit la lèvre.

– Pardon. Je pensais que nous étions d'accord là-dessus : si Mary sait pour quoi elle s'entraîne, elle aura moins de mal à se préparer.

Un frisson parcourut Mary des pieds à la tête.

Il y eut un silence assez pesant. Puis Anne se remit à parler, sur un ton à la fois sec et détaché :

– Pendant la mutinerie en Inde l'année dernière, un certain nombre de maisons et de temples hindous ont été pillés : beaucoup de sculptures et de bijoux précieux ont été dérobés. Deux de ces pièces tout à fait uniques sont déjà réapparues dans des collections privées britanniques. On nous a demandé d'enquêter sur un armateur soupçonné d'avoir organisé le trafic de bon nombre de ces objets volés. On pense qu'il les revend à des antiquaires véreux de Londres et de Paris.

Mary fronça les sourcils, essayant de maîtriser l'excitation du moment pour se concentrer sur le problème qu'on lui présentait.

– Cette affaire n'est pas du ressort de la police ?

– Oui et non, répondit Felicity. Ces crimes n'ont pas été commis sur le sol anglais et on n'a pour l'instant aucune preuve permettant d'inculper le suspect. Scotland Yard ne peut pas encore intervenir. C'est pourquoi le Yard nous a engagées pour établir le lien entre le suspect et les objets volés et pour rassembler des preuves, car notre statut d'agence indépendante nous offre une plus grande liberté d'action.

« Notre suspect s'appelle Henry Thorold. Il est en relation avec la Compagnie anglaise des Indes orientales, la Compagnie de commerce d'Extrême-Orient, ainsi qu'un certain nombre d'intérêts américains. Bien qu'il possède des entrepôts à Bristol, Liverpool et Calais, l'essentiel de ses activités tourne autour de son entrepôt londonien, situé sur la rive gauche de la Tamise. Thorold a déjà, par le passé, été soupçonné de malversations financières : évasion de droit de timbre, il y a huit ou dix ans, et, plus récemment, fraude à l'assurance, mais on n'a jamais rien pu prouver contre lui. Nous sommes convaincues que notre agent aura plus de succès. Elle nous a déjà annoncé qu'il s'agissait d'une mission assez simple qui lui prendrait un mois environ. Bien entendu, le commerce international est toujours incertain et certains facteurs imprévus, comme des conditions météorologiques extrêmes, risquent d'affecter celui-ci : les navires peuvent subir de gros retards et notre priorité est de collecter suffisamment de preuves solides.

Mary acquiesça, cherchant à faire preuve de calme et de patience.

– Je vois. Mais vous… Vous n'aviez pas dit que j'aurais peut-être un rôle à jouer dans cette affaire ?

Felicity sourit.

– Pas un rôle de premier plan, bien sûr. Nous avons déjà un agent sur l'affaire, qui s'occupe du gros de l'enquête. Mais il y aurait un second poste qui ferait un très bon galop d'essai pour un nouvel agent. Mais peut-être que vous pourriez décrire ce poste, Miss Treleaven ?

– Bien sûr. Mrs Thorold est une femme à la santé très fragile qui pense que sa fille, Angelica, aurait besoin d'une demoiselle de compagnie. Elle aimerait engager une jeune femme, à peu près du même âge que sa fille, qui s'apparente plus à une amie qu'à un chaperon. D'après ce que j'ai compris, cette Angelica est une enfant gâtée qui a l'habitude de n'en faire qu'à sa tête. Je pense que ton expérience de l'enseignement te sera très précieuse à cet égard, fit-elle, malicieuse.

– Mais dans un mois, protesta Mary, vous ne croyez pas qu'elle aura déjà trouvé quelqu'un d'autre ?

– Je ne pense pas. J'ai rendez-vous avec Mrs Thorold la semaine prochaine, en tant que directrice de l'Institution. Les négociations prendront du temps et Mrs Thorold ne me paraît pas bien rapide.

Tiens… on aurait dit qu'Anne et Felicity avaient dès le début pensé à Mary pour ce rôle…

– Et si je n'avais pas choisi la formation intensive d'un mois… ?

– Si à la fin du mois nous estimons que tu n'es pas prête, un autre agent prendra le poste et nous te trouverons une autre mise en situation plus tard, répondit Anne fermement. Tu ne dois pas t'imaginer que cette mission dépend de toi : ce serait largement surestimer ton rôle dans cette affaire.

Mary rougit.

– Néanmoins, enchaîna Felicity un peu plus gentiment, tu peux commencer à t'entraîner en gardant cette mission à l'esprit. Ce sera l'occasion pour toi d'apprendre à faire semblant d'être docile et insignifiante.

Mary prit le temps de digérer cette remarque. L'Institution formait ses élèves à penser rationnellement, à afficher leur détermination et à défendre leurs opinions. Une demoiselle de compagnie traditionnelle aurait sans doute rarement l'occasion de faire appel à ces talents particuliers.

– Pourrais-je en savoir un peu plus sur cette mission ?

Anne l'étudia un moment.

– Je n'y vois pas d'inconvénient. On te fera un résumé plus détaillé avant de te lancer dans cette mission – *si* on décide de te la confier. Pour faire simple : l'agent posté dans la maison des Thorold guettera tout ce qui pourrait concerner un chargement spécial en provenance de la côte de Malabar. Gray, le jeune secrétaire de Mr Thorold, est logé chez lui depuis près d'un an. Il y a des chances que les deux hommes discutent de ces affaires illégales à la maison.

– Ça paraît logique, acquiesça Mary. Est-ce que je… enfin, l'agent, je veux dire, sera chargé d'autre chose ?

Sa déception visible amusa Anne.

– Nous avons bien compris que tu avais hâte d'agir, Mary. Mais, non, nous ne demandons rien d'autre. Il s'agit d'une première expérience de terrain. Nous l'avons choisie justement parce que tu pourrais commencer à y apprendre ton métier en toute sécurité.

– Je comprends, murmura Mary. J'apprends vite.

– Je suis sûre que tu as d'autres questions, mais avant de poursuivre… dit Anne en se penchant vers elle pour la fixer droit dans les yeux, tu peux encore changer d'avis, Mary. Tu peux nous quitter dès maintenant et essayer d'oublier que nous avons jamais eu cette conversation. Ou tu peux choisir d'entrer à l'Agency. Mais si tu choisis de signer, nous devons avoir la certitude que tu seras entièrement dévouée à l'Agency et à ses principes.

Felicity croisa ses longues mains fines.

– L'Agency est une organisation secrète qui exige de ses membres une discrétion absolue. Être agent secret, c'est s'exposer à de nombreux risques prévisibles, sans compter tous les dangers imprévus. Réfléchis bien avant de prendre ta décision.

Elle se redressa, plus majestueuse à chaque instant.

– En devenant agent secret, Mary, tu entres aussi dans une nouvelle famille. Quand tu seras en mission, nous serons les seules à savoir où tu te trouves et ce que tu dois faire. Nous t'aiderons toujours au mieux et nous ne te demanderons jamais d'agir contre tes convictions. Mais tu auras forcément des moments de grande solitude. Ne te précipite pas, Mary : réfléchis bien. Nous ne t'en voudrons pas si tu décides de retourner à ta salle de classe.

Mary inspira un grand coup et se redressa. Sa décision était prise. C'est d'une voix parfaitement posée qu'elle déclara calmement :

– Mon choix est fait. J'accepte vos conditions et je ferai de mon mieux pour remplir mes différentes missions.

Il y eut un moment de silence. Puis un autre. Et encore un. Puis il y eut un bruit de chaises contre le parquet lorsque Anne et Felicity se levèrent pour serrer les mains de Mary entre les leurs.

Anne rayonnait. On entendait résonner la fierté dans sa voix :

– Bienvenue à l'Agency, Mary.

CHAPITRE 2

Mardi 4 mai

– LE 22 ! Vous voilà arrivées, m'dames. 22, Cheyne Walk.

Le fiacre s'arrêta en brinquebalant. Le cocher ôta son chapeau d'un geste théâtral pour saluer les deux femmes au costume sévère qui descendaient de la voiture.

Anne le régla, après avoir recompté en marmonnant la moindre piécette avec une précision excessive. Le cocher leva les yeux au ciel : ah, ces satanées vieilles filles ! Une fois qu'il fut parti, Anne adressa un petit sourire d'encouragement à sa compagne.

– Prête ? murmura-t-elle.

Était-elle vraiment prête ? Mary eut un haut-le-cœur. Ses appréhensions semblaient, en un clin d'œil, avoir eu raison de son mois de formation intensive. Maintenant que seules quelques marches la séparaient de sa première mission, toute sa préparation physique, de l'autodéfense au déguisement, en passant par la gymnastique, lui paraissait bien futile. À quoi lui serviraient donc ses talents d'espionne ? Aurait-elle l'occasion de forcer des serrures ou de faire des nœuds ? De faire preuve de dextérité ou de faire parler des suspects ? Finalement, tout ce qu'on lui demandait se résumait à savoir se montrer attentive et à prendre le thé. Peut-être qu'elle n'était pas du tout prête…

Anne la fixait toujours aussi attentivement.

Mary abaissa le mouchoir qu'elle avait porté à son nez.

– Prête.

Ici, à côté du fleuve, l'odeur de putréfaction était si puissante qu'elle avait l'impression de pouvoir la goûter. Végétation. Chair. Excréments, humains ou animaux. Le tout dans un état de décomposition avancée. Ajoutez à cela la fumée de charbon et, pour lier l'ensemble, une odeur pénétrante d'eau salée.

Anne serra les lèvres.

– C'est une véritable infection. Mais une fois que nous serons débarrassés de cette canicule, ce sera sans doute beaucoup plus agréable.

– J'espère, dit Mary.

Elle inspecta la façade de la maison. 22, Cheyne Walk... Drôle de choix pour un homme d'affaires. Le quartier de Chelsea était connu, pour ne pas dire réputé, pour sa faune d'artistes bohèmes, et plus particulièrement pour le sulfureux peintre et poète Dante Gabriel Rossetti. Mais en dehors de ce cercle artistique, Chelsea restait tout de même encore assez malfamé.

La maison elle-même faisait penser à une grosse part de pièce montée. Comme elle ne se trouvait qu'à deux pas de la Tamise, sa façade blanchie à la chaux, qui n'offrait plus qu'un gris irrégulier, était rehaussée d'une fresque de suie et de guano. Les marches avaient par contre soigneusement été lavées le matin même et un valet de pied ne tarda pas à leur ouvrir la porte. Mrs Thorold les attendait, si elles voulaient bien se donner la peine d'entrer.

Anne et Mary mirent un instant à s'habituer à l'obscurité

de cet intérieur confiné. Des portraits ornaient l'escalier menant au deuxième étage : une fille aux cheveux d'or, jolie, mais trop apprêtée, un garçon très pâle en costume marin, une femme corpulente d'une quarantaine d'années, exhibant un magnifique collier de rubis, et, enfin, un homme du même âge, aux yeux bouffis et aux bajoues assorties. Mary étudia ce dernier avec une attention particulière.

Le salon était situé à l'avant de la maison. Ses grandes fenêtres étaient obstruées par des rideaux de velours ouvragés qui empêchaient le moindre rayon de lumière ou le moindre courant d'air de passer. Mais dans l'atmosphère renfermée et confinée de la pièce, on discernait encore malgré tout un relent de la puanteur du fleuve, qu'un pot-pourri à la rose ne suffisait pas à masquer.

– Mesdemoiselles Treleaven et Quinn, Madame, annonça le valet de pied d'une voix nasillarde.

Anne s'inclina respectueusement.

– Bonjour, Mrs Thorold. Permettez-moi de vous présenter Miss Mary Quinn. C'est la jeune personne que j'évoquais dans ma dernière lettre.

– J'espère que vous ne m'en voudrez pas si je reste assise, fit Mrs Thorold d'une voix traînante, légèrement tremblotante. Je ne me sens pas très bien aujourd'hui.

Mary s'inclina à son tour, avant de lever prudemment les yeux. Malgré la chaleur, Mrs Thorold était étroitement enveloppée dans un châle crocheté, le visage pâle sous un bonnet de dentelles vieillot. Myope, elle clignait de ses yeux bleus en regardant Mary et Anne. On aurait dit une version flétrie de la femme du portrait, pour lequel le peintre avait habilement gommé les marques de petite vérole, pourtant très prononcées.

– Vous devez terriblement souffrir de cette chaleur, Mrs Thorold, risqua Mary d'une voix hésitante.

– C'est malheureusement vrai. Mes médecins m'ont bien dit que c'était mauvais pour ma santé.

Son regard glissa du visage de Mary à sa robe simple et démodée. Il était difficile de savoir ce que ces yeux myopes distinguaient vraiment dans cette pénombre faiblement éclairée au gaz.

– Asseyez-vous, je vous en prie, dit Mrs Thorold en leur indiquant le divan face à son fauteuil, avant de se tourner vers le valet de pied. William, vous pouvez servir le thé. Et… et dites à Angelica que j'aimerais qu'elle vienne faire la connaissance de Miss…

– Quinn, compléta Anne.

C'était le nom de jeune fille de la mère de Mary, que celle-ci avait adopté peu après son arrivée à l'Institution. Mary Lang, qui avait échappé à la potence, était toujours recherchée. Et puis elle préférait un nom moins original pour des raisons qu'elle refusait d'avouer, aux autres comme à elle-même.

Anne mena habilement la conversation, passant en revue les qualités de demoiselle de compagnie de Mary, comme rédiger le courrier, faire la lecture, une bonne maîtrise du français, des goûts littéraires très convenables, offrant ainsi à Mrs Thorold l'occasion d'interroger Mary sur chacun de ces sujets. Celle-ci venait à peine d'évoquer ce qu'elle lisait en ce moment (un recueil de sermons), lorsque la porte du salon s'ouvrit. Le visage de Mrs Thorold s'éclaira.

– Angelica, ma chère. Venez, que je vous présente Miss Treleaven et Miss Quinn.

C'était la jeune femme du portrait, aussi jolie et apprêtée, mais son regard paraissait à cet instant plus dur, plus hostile. Elle fixa Anne, puis Mary.

– Alors c'est *ça* ? demanda-t-elle en la dévisageant.

– J'aimerais beaucoup avoir l'honneur de devenir votre demoiselle de compagnie, si votre mère y consent, répondit Mary.

– Je ne veux pas d'une demoiselle de compagnie.

De ses yeux bleus et froids, elle déshabilla Mary des pieds à la tête, notant son attitude humble et sa robe peu flatteuse.

– Et encore moins d'une étrangère, ajouta-t-elle. D'où venez-vous ?

– De Londres.

Angelica eut une grimace de mépris.

– Avec ces yeux et ces cheveux ?

Mary ne put s'empêcher de rougir.

– Ma mère était irlandaise. Certains Irlandais ont les yeux et les cheveux foncés.

– À moitié anglaise, seulement… commenta Angelica avec une moue de dégoût. Quel âge avez-vous ?

– Vingt ans.

Ce mensonge résonnait étrangement à ses oreilles. Mary savait bien qu'elle ne faisait pas du tout vingt ans, mais personne n'aurait engagé une jeune fille qui n'en avait que dix-sept.

Mrs Thorold ne laissa pas le temps à Angelica de dire qu'elle n'y croyait pas un seul instant.

– Ma chère fille, qu'avez-vous donc fait de vos bonnes manières ? Miss Treleaven va croire que vous êtes bien mal élevée.

La chère fille baissa les yeux, fixa le tapis et marmonna un vague « Comment allez-vous ? ».

– Quel plaisir de faire enfin votre connaissance, Miss Thorold, murmura Anne. J'ai cru comprendre que vous étiez douée pour la musique.

Mary saisit l'occasion pour poser une question polie sur le sujet. À elles deux, Anne et Mary réussirent habilement à entraîner Angelica dans une conversation plus conventionnelle et finirent par la convaincre de leur jouer un morceau. Mary s'apprêtait à subir l'une de ces mièvres ballades populaires exécutées avec force minauderies, mais Angelica leur offrit à la place un prélude de Bach, rapide et fougueux, avant de faire mine de ne pas entendre leurs compliments étonnés.

Une fois le thé apporté, Angelica se chargea automatiquement du service. Elle distribua sans ménagement les tasses, fit exprès d'ajouter trop de sucre dans celle d'Anne et jeta presque le plateau de biscuits à la tête des invitées. Un ou deux sablés atterrirent sur le tapis, ce qui sembla échapper à Mrs Thorold.

Malgré les efforts d'Anne et de Mary, le thé se but presque en silence. Mrs Thorold paraissait sur le point de s'assoupir dans son fauteuil, souriant de temps à autre dans le vague, alors qu'Angelica se contentait de fourrer des gâteaux dans sa bouche et de hausser les épaules chaque fois qu'on lui adressait la parole. Mais à force de lui poser des questions, Anne et Mary apprirent qu'Angelica avait dix-huit ans, qu'elle avait quitté son pensionnat dans le Surrey un an plus tôt, que ses camarades ne lui manquaient pas le moins du monde, parce qu'elles n'étaient qu'un ramassis d'écervelées sans intérêt, qu'elle n'avait pas vraiment d'amis à Londres, qu'elle prenait des leçons de pianoforte deux fois par semaine à l'Académie royale de musique et que le reste de son temps était pris par des fêtes plus ennuyeuses les unes que les autres. Impossible de savoir si elle était particulièrement remontée contre Anne et Mary ou si elle en voulait juste à la terre entière.

Lorsque le valet vint retirer le plateau, Mrs Thorold parut se réveiller. Elle lutta pour se redresser dans son fauteuil et soupira.

– Alors, ma chère fille ?

Angelica lança un regard mauvais à Mary.

– C'est non.

Mary se raidit. Quoi ? Elle avait échoué avant même de commencer sa mission ? Elle lutta pour ne pas se tourner vers Anne.

Mrs Thorold cligna deux fois des yeux avant de soupirer de nouveau.

– Oh, ma chère. Vous savez, nous ne pouvons pas continuer comme cela indéfiniment. C'est si fatigant…

– Si, nous le pouvons. Tant que vous n'aurez pas compris que je ne veux pas de fichue demoiselle de compagnie.

Mrs Thorold blêmit.

– Surveillez votre langage, ma chère !

– Maman, je ne veux pas de demoiselle de compagnie. C'est clair ?

Figées à leur place, les quatre femmes restèrent silencieuses un moment.

Anne finit par relancer la conversation :

– Mrs Thorold, je ne voudrais pas imposer la compagnie de Miss Quinn à votre fille, ce qui serait aussi désagréable pour l'une que pour l'autre.

Angelica afficha un petit sourire satisfait. Le moral de Mary était au plus bas.

– Mais peut-être, reprit Anne, que Miss Thorold préférerait un autre genre de compagnie ? Quelqu'un de plus âgé, sans doute, qui exercerait sur elle une influence salutaire. Je crois que j'ai justement la personne qu'il vous faut : l'une des plus anciennes professeures de l'Institution…

– Oh, non ! l'interrompit Angelica, avant de regarder successivement Anne, Mary et sa mère. Pas une vieille bique !

Anne fixa calmement Angelica.

– Ce n'est qu'une suggestion, Miss Thorold. Mais puisque votre mère souhaite que vous ayez de la compagnie et qu'elle sait ce qui est bon pour vous…

– Oh que non ! Vous n'en avez pas la moindre idée, Maman. Dites-lui ! Dites-lui que nous ne voulons personne à la maison !

Une légère lueur s'alluma dans le regard fatigué de Mrs Thorold. Elle humecta délicatement ses lèvres.

– Euh… C'est-à-dire que, Miss Treleaven… Je crois que je perçois toute la sagesse de votre proposition.

– Ma-MMAN !

Ce fut plus un hurlement qu'une exclamation… Mary s'attendait presque à ce qu'Angelica se roule sur le tapis en tapant des poings.

Mrs Thorold lança un regard en coin à Anne.

– Oui… C'est clair, maintenant. Angelica, vous devez choisir. Préférez-vous Miss Quinn ou un chaperon avec plus d'expérience ?

– Vous plaisantez !

– Non, ma chère.

Sa voix était encore douce, mais Mrs Thorold, encouragée par l'attitude d'Anne, semblait plus déterminée.

– Miss Quinn est la huitième candidate à ce poste, dit-elle sans se laisser émouvoir par le regard furieux de sa fille. Elle me paraît convenir parfaitement et elle est charmante, qui plus est. Il faut que vous fassiez un choix, à moins que vous ne souhaitiez que je le fasse à votre place…

Angelica boudait toujours. Est-ce qu'elle tenait ce mauvais caractère de son père ?

– Peut-être pourrions-nous convenir d'une période d'essai ? lui proposa Anne calmement. Pour voir si tout se passe bien. Et si au bout de, disons, un mois, il s'avère que vous ne supportez pas la compagnie de Miss Quinn, je vous présenterai alors Miss Clampett. C'est une dame aussi énergique qu'efficace qui a une longue expérience de l'enseignement. C'est aussi une fervente adepte des promenades de santé de bon matin et des bains à l'eau froide.

– Vous essayez juste de me faire peur, dit Angelica d'une voix hésitante.

Anne se contenta de hausser légèrement les épaules et de consulter sa montre, avant de s'adresser à Mrs Thorold :

– J'ai été enchantée de cette visite, madame, mais il faut malheureusement que je prenne congé. Souhaitez-vous que je m'arrange pour que Miss Quinn reste encore disponible quelques jours ? demanda-t-elle d'un ton détaché. Nous avons une autre cliente qui cherche une demoiselle de compagnie, et je pourrais peut-être…

Trois têtes se tournèrent vers Angelica, qui eut un geste de dépit et de dégoût.

– Bien, je me rends ! J'imagine que même Miss Quinn vaut mieux qu'une vieille chouette qui se jette dans l'eau glacée.

Mary réussit à cacher sa satisfaction derrière un humble petit sourire.

– Je vous remercie.

Anne elle-même n'avait jamais assisté à une installation aussi rapide que celle de Mary à Cheyne Walk. En un quart d'heure, le salaire de Mary avait été négocié, ses fonctions reprécisées, et la livraison de sa petite malle arrangée pour le soir même. Elle devait commencer tout de suite. Lorsque Anne prit congé de ses hôtes, Mary se sentit prise d'une vague de panique. Bien qu'elle connaisse parfaitement sa mission, elle aurait donné cher pour se retrouver seule à seule avec Anne. À la place, elle s'efforça de sourire et s'inclina modestement. Elle essaya de se rassurer en se disant qu'elle ne se retrouvait tout de même pas complètement abandonnée. Elle pouvait toujours communiquer avec Anne grâce à un système assez simple de lettres codées. Et puis c'était elle qui avait demandé, voire supplié, pour obtenir ce nouveau travail. Ce nouveau défi. Cette nouvelle vie.

Avant même que les portes du salon ne se soient refermées sur celle qui s'était fait passer pour son ancienne employeuse, Mrs et Miss Thorold étaient retombées dans ce qui semblait être leur routine : Mrs Thorold somnolait dans son fauteuil pendant qu'Angelica s'entraînait au pianoforte.

La musique ne cessa qu'avec l'arrivée des hommes. Au bruit de pas dans l'escalier, Angelica rangea sa partition, et même Mrs Thorold parut s'éveiller lorsque la porte du salon s'ouvrit.

– Ah ! Vous voilà, mes chères ! Bonsoir, bonsoir… dit un petit homme au visage rond et au ventre proéminent qui s'affairait dans la pièce, laissant tomber son chapeau sur un guéridon, ses gants sur un autre, remettant en place les quelques mèches de cheveux avec lesquelles il cherchait à masquer sa calvitie.

– Vous rentrez bien tôt ce soir, Papa, dit gentiment Angelica en s'approchant pour offrir son front au baiser paternel.

– J'espère que je n'interromps pas vos charmants bavardages, répondit Thorold en lui tapotant la joue.

Il salua respectueusement Mrs Thorold tout en continuant de s'adresser à sa fille :

– Comment s'est passée votre journée ?

– Bien, Papa. Voulez-vous que je vous fasse porter un whisky ?

– En voilà, une bonne petite, fit-il en se tournant poliment vers Mary. Je ne crois pas que nous ayons déjà été présentés, Miss… ?

– Quinn, Mary Quinn, répondit celle-ci en s'inclinant. Je viens tout juste d'être engagée comme demoiselle de compagnie auprès de Miss Thorold.

– Ah oui, bien sûr ! Je suis Henry Thorold, et voici mon secrétaire, Michael Gray.

Mary salua le jeune homme qui se tenait derrière Mr Thorold.

– Je suis enchantée de faire votre connaissance, messieurs.

Le secrétaire était assez joli garçon, mais Mary se concentra sur Mr Thorold. Impossible de ne pas reconnaître l'homme du portrait accroché dans l'escalier. Cependant, son énergie un peu brute et sa bonne humeur ne manquèrent pas de surprendre Mary. Il fallait qu'elle apprenne à se méfier des stéréotypes : rien n'empêchait un marchand sans pitié qui ne payait pas ses taxes et donnait dans le trafic d'objets hindous d'être aussi un joyeux père de famille.

Verre à la main, Thorold s'installa avec un grand soupir dans le fauteuil à côté d'Angelica. Michael choisit de s'asseoir sur le divan, alors que Mrs Thorold restait dans son fauteuil, un peu à l'écart du triangle de conversation que formaient les trois autres. Il y eut un moment de silence. Thorold finit par se décider à demander :

– Alors, quoi de neuf ? Qu'est-ce que ma chère fille a fait aujourd'hui ?

Un nouveau silence suivit sa question.

– De la conversation et de la musique, répondit Angelica d'une voix douce.

Tiens ! Elle se tenait bien avec son père, ne se montrant mal élevée qu'avec sa mère.

Michael Gray sourit poliment.

– Mes compliments, Miss Quinn ! Si vous avez su plaire à Miss Thorold, c'est que vous devez être tout à fait exceptionnelle.

Mrs Thorold se mêla brusquement à la conversation :

– Angelica et Miss Quinn s'entendront à merveille, dit-elle de sa voix chevrotante, comme s'il s'agissait d'un ordre. Et Miss Quinn nous sera très précieuse pour la fête de samedi.

– Une fête ? demanda Thorold, perplexe.

Il se frappa soudain le front.

– Mais oui, bien sûr ! La fête !

Angelica fit la grimace.

– Justement, à propos de la fête, Papa… Vous ne pensez pas que ce n'est vraiment pas le temps idéal pour une garden-party ? Cette… Cette…

Elle cherchait visiblement un mot plus élégant que « puanteur ».

– Ces miasmes, suggéra Michael.

Mais elle l'ignora :

– Il fait bien trop chaud pour la saison, c'est suffocant. Cela risque d'être absolument insupportable pour nos invités.

Mary dévisagea Angelica avec une certaine curiosité. Pourquoi une jeune femme riche et blasée aurait-elle bien pu vouloir annuler une fête ?

– Nous ne pouvons plus annuler, Mr Thorold, dit fermement la maîtresse de maison. Les invitations ont été envoyées il y a trois semaines.

– Mais nos invités comprendront tout à fait pourquoi nous reportons la fête, insista Angelica. Ils n'auront certainement pas envie de s'entasser dans un salon à quelques mètres de la Tamise.

– Et puis il y a tous les préparatifs, reprit Mrs Thorold

sans tenir compte de sa fille. La nourriture que nous avons commandée, l'orchestre que nous avons réservé, et ces domestiques supplémentaires que nous avons engagés. Sans compter la marquise pour le jardin.

Thorold regardait successivement sa femme et sa fille, comme s'il assistait à un match de tennis.

– Vous marquez un point, annonça-t-il vaguement en s'adressant aux deux en même temps.

– Il est absolument impossible de tout annuler maintenant. C'est bien trop tard, répéta fermement Mrs Thorold.

– Mais, et la santé de Maman ? demanda en même temps Angelica. Elle qui est si fragile.

Les deux femmes se tournèrent vers Thorold, attendant son verdict. Le silence s'étira sur plusieurs secondes, un silence tel que Mary entendit Thorold déglutir. Après ce qui sembla une éternité, il se racla légèrement la gorge.

– Euh… Eh bien, c'est-à-dire que… Nous avons… Euh… Enfin. C'est qu'il y a…

– Mr Easton, compléta sèchement Mrs Thorold.

Toutes les têtes se tournèrent vers elle et elle s'affaissa quelque peu dans son fauteuil.

– C'est un excellent parti pour Angelica, reprit-elle d'une voix plus faible. Et il semble très épris d'elle.

– Il serait vraiment regrettable de décevoir Easton, renchérit Thorold. Je l'ai justement croisé aujourd'hui et il m'a dit combien il attendait cette fête avec impatience.

– Un riche prétendant, insista Mrs Thorold, voilà qui change de la meute de coureurs de dot qui fait le siège de cette maison.

Thorold paraissait d'accord avec sa femme :

– Il m'a dit qu'il cherchait à décrocher un contrat en Inde ! Il est futé, ce garçon… C'est l'endroit où faire des affaires en ce moment.

Mary tendit aussitôt l'oreille, mais il n'en dit pas plus.

Angelica poussa un long soupir.

Michael fixait le plafond.

Thorold conclut la discussion :

– Eh bien, alors, que la fête continue !

CHAPITRE 3

Samedi 8 mai

À MINUIT, tous les invités des Thorold, suivis de leur cohorte de domestiques, étaient arrivés. La maison était bondée : à cause du temps et de l'odeur pestilentielle, les invités boudaient la marquise dans le jardin, malgré les superbes illuminations installées pour l'occasion. L'atmosphère demeurait lourde et confinée, bien qu'on ait posté à chaque coin de chaque pièce des valets de pied supplémentaires, armés de larges éventails. Les nombreux bouquets de fleurs exotiques qui ornaient les pièces paraissaient aussi flétris que les valets.

Chaleur mise à part, la fête était magnifique. Ajoutées à la lumière du gaz, des douzaines de grandes bougies donnaient l'illusion du plein jour. Les jeunes demoiselles portaient des robes blanches vaporeuses, merveilleusement ornées de rubans et de fleurs. Si les femmes mariées ou plus âgées affichaient plus de couleurs, la saison des décolletés vertigineux était en revanche ouverte pour tous les âges : une douzaine d'invitées les mettaient en avant grâce à d'éclatantes pierres précieuses étincelant sur leur poitrine presque nue. Dans leurs smokings noirs à lavallière blanche, les messieurs formaient un contraste surprenant.

Devant le spectacle de cette foule qui s'amusait, discutait, courtisait ou buvait un peu trop, Mary avait du mal à croire que ce luxe policé s'était construit sur le dos des marins marchands et de leurs navires de bois grinçants. Le commerce international et les risques du métier n'avaient ici pas leur place : ils formaient l'arrière-plan invisible et inavouable de toute cette richesse.

Mary luttait pour contenir son impatience grandissante. Voilà quatre jours qu'elle vivait chez les Thorold. Quatre jours à tenir compagnie à Angelica. Quatre jours à encaisser des piques et à ignorer les grimaces. Quatre jours prisonnière de cette maison sombre et renfermée, alors que même Mrs Thorold prenait la voiture tous les après-midi pour sortir. Et tout ça pourquoi ? Tout ce qu'elle avait appris était on ne peut plus banal. Par exemple : Thorold n'avait pas de successeur attitré. Son seul et unique fils, Henry Junior, le garçon maladif du portrait, était mort plusieurs années auparavant, réduisant l'ambitieuse société Thorold & Fils à une plus discrète Thorold & Compagnie. Et, le mois dernier, la femme de chambre avait été chassée pour « immoralité ». Elle était alors enceinte de six mois et le bruit courait en cuisine que le père n'était autre que Thorold.

Il était de plus en plus évident que celui-ci et Gray ne parlaient jamais affaires à la maison, du moins pas devant les femmes. Et il restait si peu de temps… Anne et Felicity pensaient mettre un terme à la mission dans à peine plus d'une semaine. Elles n'avaient envoyé à Mary ni instruction ni information supplémentaire, ce qui voulait dire qu'elles n'avaient aucune nouvelle intéressante à lui transmettre, en tout cas rien qui la concernait directement. L'agent principal n'avait pas non plus cherché à la contacter : encore une qui n'avait pas besoin d'elle. Mary, quant à elle, ne devait chercher à joindre l'agent principal ou l'Agency qu'en cas de découverte significative. Mais la seule façon de découvrir quoi que ce soit, c'était bien sûr de se mettre à fouiner pour trouver des preuves du trafic, ou de toute autre activité suspecte. Ce qui serait sacrément plus intéressant que de porter des robes qui démangent ou de servir des sorbets à de grossières matrones !

Mais elle ne le ferait pas. Elle se contenterait de suivre ses instructions à la lettre.

Et pourtant... Où était le mal ? Il ne lui restait plus que neuf jours de mission après tout.

Elle ne savait pas par où commencer.

Oh que si, elle savait !

La fête battait son plein. Si elle s'absentait un petit quart d'heure, personne ne s'en apercevrait. Mary se faufila discrètement à travers un groupe d'hommes postés à l'entrée du salon. Avec sa modeste robe grise, elle passait inaperçue auprès de la plupart des invités. Sauf...

Un plastron blanc, fripé par la chaleur, se dressa soudain devant elle.

– Il y a le feu quelque part ?

Mary fixa Michael droit dans les yeux. Des yeux verts.

– Pardon ?

– Vous avez passé la soirée à courir à droite et à gauche. Vous évitez quelqu'un ?

– Il faudrait encore que je connaisse quelqu'un à éviter, répondit Mary en riant.

– Vous me connaissez bien, moi.

– Si on veut… Un tout petit peu.

– « Un tout petit peu », reprit-il avec une grimace comique. Voilà de quoi m'apprendre la modestie, à moi qui vous ai guettée toute la soirée.

Est-ce qu'il cherchait à la séduire ? Non, certainement pas. Et comment fallait-il répondre à des avances ? Dans l'hypothèse où l'on ait envie d'y répondre…

Il paraissait s'amuser de la confusion de Mary.

– Vous avez perdu votre langue ?

– Je soupçonne que c'est l'effet que vous recherchiez.

Qu'il était beau quand il souriait ainsi…

– Peut-être. Mais j'aurais autant plaisir à discuter avec vous. Me ferez-vous l'honneur de la prochaine valse ?

– Oh, je ne peux pas…

– Ne me dites pas que votre carnet de bal est déjà plein…

– Bien sûr que non, dit-elle.

Elle n'avait même pas de carnet de bal.

– Mais je ne devrais pas.

Il parut amusé.

– Vous n'avez pas le droit ?

– Si, bien sûr. C'est juste que je… Je ne suis pas…

Mary ne savait plus quoi répondre.

Michael la contempla rapidement de la tête aux pieds, d'un regard flatteur.

– Vous me paraissez pourtant bien équipée pour la danse : femme, deux bras, deux pieds… Enfin, à ce que je vois en tout cas.

Elle ne put s'empêcher de rire.

– Vous faites exprès de ne pas comprendre : ce que je

voulais dire, c'est que je n'ai rien à voir avec toutes ces jeunes demoiselles. Vous devriez vous choisir une autre partenaire.

– Je ne fais pas non plus partie des bons partis, répondit-il. Il est en somme presque de votre devoir de danser avec moi.

– Au contraire... Il semblerait même qu'on manque de cavaliers. Si vous avez tellement envie de danser, vous feriez mieux d'inviter l'une des filles les plus jeunes. Vous ne prendrez pas trop de risques...

– Gray, vous venez ? appela l'un des hommes du groupe.

– J'arrive, fit Michael. Mais nous reprendrons cette conversation, ma chère, dit-il à Mary avec un grand sourire. Je veux cette danse.

– Vous pouvez toujours attendre, lança-t-elle l'air effronté avant de le planter là.

Puis elle tourna dans le couloir, le sourire aux lèvres. Les jeux de séduction étaient peut-être moins compliqués qu'elle ne le pensait.

Quand elle arriva à l'autre bout de la maison, le niveau sonore et la température baissèrent d'un cran. La seule pièce qui donnait sur cette partie déserte du couloir était le bureau de Thorold. Les domestiques étaient à l'étage du dessous, s'affairant fiévreusement à préparer plus de rafraîchissements, plus de petits-fours et plus de champagne.

Mary essaya d'ouvrir la porte. Fermée, bien sûr. Elle tira de son chignon une solide épingle à cheveux qu'elle tordit juste comme il fallait. Dans ce métier, forcer les serrures avait toujours fait partie de ses moments préférés :

guetter les intrus tout en écoutant attentivement le bruit des gorges de la serrure demandait une concentration extrême. Pendant son mois de formation à l'Institution, elle avait été aussi surprise qu'heureuse de constater que le savoir-faire lui revenait si facilement. Elle avait eu beaucoup plus de mal à maîtriser de nouvelles techniques, comme déchiffrer des codes secrets. Mais à cet instant précis, après s'être comportée en vraie lady toutes ces années, elle supportait beaucoup moins bien la pression et ne pouvait empêcher ses mains de trembler dangereusement. Elle s'arrêta, s'obligeant à inspirer profondément cinq fois de suite. Si elle ne parvenait pas à se calmer, elle ne ferait qu'endommager la serrure ou perdre son épingle et serait obligée de retourner au salon les mains vides. Cette seule pensée suffit à lui faire retrouver son calme et à la débarrasser de ses tremblements.

Sa seconde tentative fut bien plus concluante. Elle sentit presque aussitôt bouger l'intérieur de la serrure, visualisant le mécanisme régulier des tenons. Elle s'immobilisa un instant en entendant un bref éclat de rire à l'autre bout du couloir. Mais pas de rieur en vue : elle pouvait se remettre à l'œuvre. Le dernier levier glissa et Mary sourit. Quel plaisir !

La poignée était bien huilée. Un rapide coup d'œil lui confirma que la pièce était vide et elle se glissa à l'intérieur, refermant silencieusement la porte derrière elle. Les épais rideaux de velours n'avaient pas été tirés et le clair de lune mêlé aux torches du jardin éclairait à moitié le bureau. Elle n'aurait pas besoin du morceau de bougie dissimulé dans sa poche.

Elle prit enfin le temps d'observer la pièce. À sa droite, le bureau de Thorold, carré, massif, sur lequel il n'y avait rien. Derrière, deux classeurs à tiroirs, un grand placard et une table avec plusieurs carafes bien pleines et quelques verres. À sa gauche, des bibliothèques vitrées remplies de livres à reliure de cuir et dorures. Sur le mur du fond, les fenêtres.

Mary se mordit la lèvre. Elle ne devait pas s'attendre à une découverte miraculeuse. Il était même fort probable que Thorold conservait tout ce qui avait trait à ses affaires dans ses entrepôts. Mais il fallait bien procéder par élimination en commençant par le plus évident.

Elle débuta par les bibliothèques. Comme on les avait époussetées récemment, il n'y avait pas moyen de deviner si on en ouvrait certaines plus que d'autres. Et, bien qu'il n'y figure que des ouvrages d'auteurs vénérables, comme Milton, Shakespeare ou Johnson, les livres paraissaient neufs. Mary tira un volume des sermons de Donne et sourit : les pages n'avaient pas même été coupées. Cette bibliothèque ne servait visiblement qu'à épater la galerie. Pas un seul des livres alignés sur des mètres de rangées aussi impressionnantes qu'impeccables n'avait été ouvert.

Pas un ? Dès que Mary ouvrit la dernière bibliothèque, celle qui se trouvait le plus près des fenêtres, elle sentit que ce serait différent. L'odeur agréable de cuir et de papier neufs laissa la place à celle de poussière et de… fumée de cigare ? Elle parcourut des yeux les rangées et comprit que les reliures élégantes masquaient un tout autre genre de livre : *Les Positions de l'Arétin, La Maison du bâton, Fanny Hill.* Elle choisit l'un des volumes les plus usés et le feuilleta :

un enchevêtrement de corps nus, les uns rose et blanc, les autres bruns, les uns souriant, les autres…

Choquée, Mary referma brusquement le livre. Elle était loin d'être une oie blanche. Avec un passé comme le sien, elle en avait vu, des scènes obscènes… Mais jamais rien de tel. Les femmes que montraient ces illustrations étaient des esclaves africaines et les hommes blancs, leurs maîtres.

Mary eut un haut-le-cœur. Elle remit le livre à sa place et ravala *in extremis* une remontée acide qui lui laissa un goût amer dans la bouche. Elle fut tentée d'ouvrir en grand les fenêtres pour emplir ses poumons de l'air de la nuit. La puanteur ne pourrait pas être pire que ce qu'elle venait de voir…

Mais elle se ressaisit rapidement. Elle n'était pas venue pour jouer les jeunes femmes délicates : elle était là pour rassembler des informations. Mary referma brusquement la bibliothèque et se mit à inspecter le reste de la pièce. La serrure du premier classeur à tiroirs était on ne peut plus commune. Avec quelques tours d'épingle, le loquet céda et elle éprouva un nouveau frisson d'excitation en tirant sur le premier tiroir. Il coulissa en silence, dévoilant des rangées de registres soigneusement attachés, clairement étiquetés et classés par année et par sujet. *1836 : Les Amériques*, *1836 : Bermudes et Antilles*, *1836 : Inde*.

Qu'est-ce que c'était que ce bruit ? Mary regarda tout autour d'elle. Elle avait clairement entendu quelque chose… Mais, même en tendant l'oreille, elle ne discernait plus que le brouhaha lointain des invités, ponctué d'éclats de rire.

Elle se remit à inspecter le classeur à tiroirs. Il ne lui fallut pas longtemps pour comprendre qu'il ne contenait que d'anciens dossiers qui s'arrêtaient en 1845. Le second classeur à tiroirs renfermait des dossiers allant de 1846 à 1855, mais rien de plus récent. Mary commençait à s'impatienter. Les dossiers courants devaient être rangés ailleurs. Elle en ouvrit quelques-uns au hasard, juste pour s'en assurer, mais tout paraissait en ordre, classé chronologiquement par numéro, sans fichier manquant ou autre forme d'irrégularité. Si on excluait l'hypothèse d'un système complexe de code secret, les dossiers étaient des plus ordinaires. Une visite aux entrepôts semblait s'imposer…

Encore ce bruit ! Comme un léger grattement… Mary s'immobilisa pour mieux écouter. Mais rien, à part les bruits étouffés de la fête.

Puis, soudain, un nouveau bruit : des pas qui résonnaient dans le couloir et s'approchaient dangereusement. Mary fit coulisser le tiroir – pas le temps de fermer à clef – et regarda autour d'elle. Paniquée, elle pensa d'abord se jeter sous le bureau, mais elle changea rapidement d'idée en entendant les pas se rapprocher. Le placard était juste à côté et (Dieu merci !) ouvert ! Elle se tassa comme elle put à l'intérieur, ravie que sa courte crinoline lui offre une telle liberté de mouvement. Elle tirait la porte à elle lorsqu'elle entendit la porte du bureau s'ouvrir.

Mary ne perçut d'abord rien d'autre que les battements de son cœur. Elle inspira profondément. Une fois, puis deux. À la troisième, elle sentit qu'elle commençait à se calmer un peu et essaya de s'habituer à l'obscurité du placard. Il y faisait chaud. Sa joue effleura un tissu de laine rugueux – un manteau ? – et elle reconnut le mélange de tabac et d'eau de Cologne qui avait imprégné la bibliothèque.

Elle avait la bouche complètement sèche. Mais quel était ce bruit dans la pièce ? Oh, et pourquoi est-ce qu'elle n'avait pas pris le temps de refermer correctement la porte derrière elle ? Ce n'était tout de même pas permis d'être aussi impatiente !

Petit à petit, elle prit conscience d'un autre bruit, mais si doucement qu'elle pensa d'abord l'avoir rêvé. On aurait dit comme une lente respiration. Oui, c'était ça, une respiration. Mais pas la sienne. Et qui venait de… Derrière elle ?

C'était absurde !

À moins que…

Instinctivement, elle retint sa respiration, et l'autre s'arrêta juste après. Après avoir compté jusqu'à cinq, elle souffla très doucement et entendit un faible écho, une fraction de seconde plus tard.

Carabistouilles ! Elle ne pouvait pas se permettre ce genre d'accès de panique, sinon elle n'allait pas s'en sortir ! Bon. Elle n'avait qu'à se prouver, une bonne fois pour toutes, que son imagination lui jouait des tours.

Calmement, doucement, elle se mit à tâter derrière elle de la main gauche et tomba sur… du tissu. Un tissu fin, pour être plus précis. Jusqu'ici, tout allait bien : elle se trouvait dans un placard, après tout. Le seul problème, c'est que ce tissu était étrangement chaud. Chaud comme… un corps. Et sous la pression de sa paume, on aurait même juré qu'il bougeait…

Avec une rapidité terrifiante, une main se plaqua brusquement sur son visage, lui recouvrant le nez et la bouche.

Un long bras retenait les siens le long de son corps. Mary se retrouva pressée contre une surface chaude et ferme.

– Chut ! murmurèrent des lèvres à son oreille gauche. Si vous criez, nous sommes perdus tous les deux.

Même si elle l'avait voulu, elle n'aurait pas pu crier : son cri était resté bloqué en travers de sa gorge.

Celui qui la tenait prisonnière appuya plus fermement sa main contre son visage.

– Compris ?

Il parlait calmement. Sa main était chaude et sèche. Il aurait tout aussi bien pu lui demander si elle prenait du sucre avec son thé.

Non sans peine, elle réussit à faire oui de la tête.

De longues secondes s'écoulèrent. Les pas dans le bureau s'approchèrent, puis s'éloignèrent. Une fois, deux fois : un bruit de métal glissant sur du métal semblait indiquer qu'on tirait les rideaux.

Mary avait les larmes aux yeux, mais se força à les ravaler en serrant les dents. Plutôt mourir que de montrer qu'elle avait peur. Elle essaya de faire un point sur ce qu'elle savait de l'homme caché dans le placard. Sa voix indiquait une bonne éducation. *Michael Gray ?* Non. Le parfum qui émanait de cet homme était différent : savon au cèdre avec une touche de whisky à la place de la légère aura d'huile de macassar et de tabac à pipe de Michael. Sa certitude là-dessus la surprit elle-même.

Les pas firent de nouveau le tour de la pièce. Leur propriétaire émit un « humpf ! » de mécontentement. Puis, enfin, la porte du bureau s'ouvrit, se referma et une clef tourna rapidement dans la serrure.

Mary et son mystérieux compagnon attendirent sans bouger. Dans son dos, elle sentait le battement de son cœur, lent et régulier. Elle compta jusqu'à dix. Vingt. Puis trente. Non mais, est-ce qu'il comptait la relâcher un jour ? Elle hésita à lui mordre la main.

Il chuchota à son oreille :

– Pas de cris, pas de larmes.

Elle fit faiblement oui de la tête.

Il attendit encore quelques secondes avant d'ôter sa main.

Mary inspira un grand coup. Elle essaya de bouger les bras, mais il les retenait encore de son bras gauche.

Il attendit encore un moment avant de la libérer complètement, toujours aussi lentement.

Les mains tremblantes, elle ouvrit le placard et faillit tomber. Mais elle fut retenue par des mains énergiques qui l'aidèrent doucement à se redresser.

Elle les écarta d'un geste brusque et se tourna d'un coup pour faire face à l'inconnu. Les rideaux tirés, la pièce se retrouvait presque entièrement plongée dans l'obscurité, mais elle réussit à distinguer une silhouette grande et mince.

Il craqua une allumette. Dans cette soudaine lumière, Mary aperçut une paire d'yeux sombres et des traits sévères et inflexibles. L'inconnu sortit une petite bougie, l'alluma, puis l'approcha du visage de Mary. Après l'obscurité prolongée, cette lumière vive était presque douloureuse. Ils s'inspectèrent mutuellement pendant un long moment, puis il esquissa un sourire. Il trouvait ça drôle ? On aurait dit qu'il était sur le point de lui poser une question mais qu'il se ravisait finalement.

Elle le provoqua du regard. De nombreuses questions se pressaient dans sa tête, mais il était hors de question qu'elle parle la première. Maintenant que son dos n'était plus collé contre lui, elle avait un peu froid.

Il se dirigea rapidement vers la porte et sortit une clef de sa poche pour l'ouvrir. Voyant que la voie était libre, il se tourna vers elle et, d'un geste galant, l'invita à sortir.

– Après vous, fit-il sur ce satané ton de conversation mondaine.

Mary le dévisageait toujours. Bon sang de bonsoir… ?

Il jeta de nouveau un œil dans le couloir, avant de lui lancer un regard pressant.

– Allez, vite !

Elle secoua lentement la tête, sans avancer d'un pouce.

– Non. Après vous.

– Voyons, nous n'allons tout de même pas nous chamailler ? demanda-t-il avec une condescendance extrême.

– Je n'ai absolument pas l'intention de me chamailler avec vous, répondit-elle avec le même dédain.

Maintenant qu'il s'était mis à parler, elle se sentait plus déterminée que jamais à ne rien lâcher.

– Si vous souhaitez partir, reprit-elle, ce n'est pas moi qui vous retiendrai.

Il referma la porte, la foudroyant du regard.

– Ma chère petite, je ne sais pas à quoi vous jouez…

– Vous me paraissez bien mal placé pour poser ce genre de question, rétorqua Mary avec une certaine arrogance.

Il eut du mal à réprimer un sourire. Quel drôle de bonhomme…

– Touché !

Il se tut un instant et fixa le plafond comme pour chercher l'inspiration.

– Bien, bien… Puis-je vous proposer que nous quittions la pièce tous les deux en même temps ?

Mary pesa le pour et le contre. Impossible de rester là éternellement. D'abord, ils ne pouvaient pas risquer que quelqu'un revienne dans le bureau, et puis on allait bientôt se rendre compte qu'elle avait disparu. Ce qui était aussi valable pour lui, d'ailleurs, s'il faisait partie des invités. Elle inclina gracieusement la tête.

– Mais quelle riche idée ! murmura-t-elle en singeant ses manières.

Elle se faufila jusqu'à la porte, qu'il lui ouvrit. Ils se glissèrent dans le couloir et elle fit le guet pendant qu'il refermait et rangeait la clef dans sa poche. C'était une clef de la maison. Comment avait-il réussi à mettre la main dessus ?

Il la dévisageait avec arrogance.

– Eh bien ? Vous ne pensez pas qu'il est grand temps que vous retourniez au salon ?

Mary dut lutter pour ne pas le gifler. Elle convoqua toute la dignité qu'elle avait en réserve, avant de lui tourner le dos et de s'éloigner rapidement.

CHAPITRE 4

MAIS POURQUOI diable n'avait-elle pas appelé à l'aide dans ce placard ? Alors qu'il se frayait un chemin à travers la foule des invités en se demandant ce qu'il allait bien pouvoir faire, James Easton aperçut sa mystérieuse inconnue qui aidait Angelica Thorold à servir le thé. Elles formaient un contraste charmant : Miss Thorold, avec ses boucles blondes et son teint rose pâle, et Miss Placard (surnom qu'il lui avait donné), avec ses cheveux noirs et son air farouche. De quelle couleur pouvaient bien être ses yeux ? Noisette ? Il avait eu du mal à les distinguer à la lueur de la bougie. La beauté de poupée de Miss Thorold tranchait merveilleusement avec cette jeune femme qui n'avait rien d'anglais. C'était sans doute l'effet recherché.

Miss Placard dut s'arrêter un instant pour refaire son chignon. Ses cheveux étaient maintenant sévèrement ramenés en arrière, alors qu'ils tombaient en cascade sur ses épaules à peine quelques minutes plus tôt. James se rappela son odeur : linge frais, savon à la citronnelle, très jeune femme. Il avait d'abord été surpris, puis ravi que, dans cet espace si confiné, elle n'ait pas porté de parfum.

Il l'observait du fond de la pièce. Sa robe sobre qui lui montait jusqu'au cou indiquait clairement qu'elle ne faisait pas partie des jeunes filles de bonne société. Sa coiffure ne correspondait pas du tout non plus à la mode actuelle : cette saison, les jeunes filles arboraient une cascade d'anglaises relevées bien au-dessus des oreilles. Sa place à la table du thé semblait également le confirmer. Miss Placard se tenait légèrement en retrait, les yeux baissés, et se contentait d'emplir de thé les tasses les unes après les autres. Miss Thorold, par contre, se mettait en avant, ajoutant avec grâce crème et sucre aux tasses, avant de les distribuer à l'essaim d'invités dont elle était entourée, presque exclusivement composé de célibataires béats d'admiration. George, le frère aîné de James, n'y faisait pas exception.

Comme si elle avait senti qu'il la dévisageait, Miss Placard releva brusquement la tête et croisa le regard de James. Une décharge d'énergie, à la fois agréable et troublante, parcourut son corps des pieds à la tête. Il devait s'efforcer de rester impassible et immobile. Elle lui lançait un regard de défi alors qu'elle aurait dû rougir de honte. Elle le toisa encore un moment, comme pour le jauger, puis détourna dédaigneusement les yeux, comme si elle avait vu tout ce qu'elle avait à voir. Il réprima un sourire. Quelle petite arrogante !

Elle était plutôt séduisante, pour une gouvernante. Et, à en juger par la manière dont elle s'était comportée dans le placard, elle était également loin d'être bête. Une femme plus impressionnable aurait crié, se serait débattue ou aurait du moins sangloté en silence. Mais elle s'était montrée rapide, disciplinée et pragmatique. Ce n'était donc pas une jeune femme comme les autres. Une parente pauvre, peut-être ? Et puis il restait cette question : qu'était-elle venue chercher dans ce bureau ? Seule. Dans le noir.

James longea la pièce, se frayant un chemin jusqu'aux portes ouvertes du balcon. À choisir, il préférait encore la puanteur à l'asphyxie.

– Le cheune Dchames… quelle churpriche !

James dévisagea l'homme qui venait de surgir à ses côtés.

– Mr Standish. Bonsoir.

Warner Standish était un vieil ami de la famille, un idiot prétentieux doublé d'une insupportable langue de vipère.

James découvrit à travers un interstice de la barbe rousse taillée en pointe de Standish la cause du chuintement : une magnifique rangée de dents en bois flambant neuves.

– Che ne penchais pas vous trouver ichi, cheune homme. Vous devriez faire dodo depuis longtemps à chette heure-chi !

James haussa les épaules. Ce n'était vraisemblablement pas la peine de lui rappeler qu'il avait presque vingt ans.

– Che n'arrive pas à me chouvenir : vous êtes à Eton ou à Harrow ?

– Ni l'une ni l'autre. J'ai quitté l'école il y a déjà quelques années, Mr Standish.

– Ah, ch'est que vous êtes à Oxford, alors.

– Non plus. Je travaille avec mon frère, répondit James entre ses dents.

– Dans chette echpèche d'entrepriche de conchtruchion de ponts ou che ne chais quoi ? Comme ch'est étranche.

– Notre entreprise familiale de génie civil.

« Ce que vous savez parfaitement, espèce de vieux schnock », ajouta James dans sa tête.

– Ah, et qu'avez-vous donc fait de votre frère, alors ? demanda Standish. Che ne l'ai pas vu de la choirée.

– Vous devez bien être le seul, répondit James sans desserrer les dents.

Bon sang, ce que George pouvait lui faire honte : il avait passé la soirée à se rendre ridicule auprès de Miss Thorold, monopolisant la conversation, la suivant partout les bras chargés de verres de punch et de plateaux de petits-fours, essayant de l'inviter à chaque valse, bien que son carnet de bal soit déjà plein. Tout le monde se moquait de lui.

– Hein, quoi cha ? brailla Standish.

James lui indiqua la table où on servait le thé.

– Ah. Il attend chon audienche auprès de Mich Thorold, ch'est cha ?

– Il doit bien en être à sa quatrième tasse de thé. Au fait, ajouta James l'air de rien, qui est-ce qui sert le thé avec Miss Thorold ?

– Ch'ais bien peur que vous vouliez dire *qu'eche qui* et non *qui eche qui*, mon cher petit…

– Oh ? fit James étonné.

– Che me chuis déchà rencheigné tout à l'heure. Thorold m'a dit que ch'était la nouvelle demoichelle de compagnie de cha fille… Ch'appelle Quinn. Mich Quinn.

– Et ?…

– Et vu che qu'il vient de che pacher, che n'est pas franchement churprenant.

James secoua la tête : il n'était jamais au fait des derniers potins.

– Je crains de ne pas être au courant.

Standish était aux anges.

– L'une des domechtiques est en conché… pour neuf mois, chi vous voyez che que che veux dire. Chelle qui l'a remplachée a une fache de feche… Et voilà que chelle-chi apparaît comme par machie à peine un mois plus tard.

James se raidit.

– Thorold est un petit futé. Mais à cha plache, che n'aurais pas échayé de la faire pacher pour une demoichelle de compagnie… Ch'est un peu voyant tout de même.

– Sous son propre toit ?

Standish ne put s'empêcher de ricaner :

– Ch'est tellement plus pratique !

Il se tourna pour regarder Miss Quinn, toujours occupée à servir du thé.

– Un beau morcheau, d'ailleurs. Elle a un che-ne-chais-quoi d'egchotique… Elle me rappelle une dancheuse echpagnole que ch'ai connue. Ou égypchienne ? Métiche, peut-être ? ajouta-t-il avec un soupir de plaisir. Enfin, che ne chais plus, mais che me rappelle que ch'était une chacrée houri.

James n'osait même pas s'imaginer la scène. Mais le reste du raisonnement de Standish tenait parfaitement la route. La jeune femme était séduisante, intelligente, célibataire. Et elle était jeune : seize ou dix-sept ans, à vue d'œil. Ce qui expliquait qu'elle fasse profil bas à cette soirée. Ce qui expliquait également son calme inattendu dans le placard, et la raison pour laquelle elle avait préféré rester silencieuse et cachée avec un étranger plutôt que d'être découverte avec lui et sauvée. Oui, c'était de loin l'explication la plus plausible du mystère de Miss Placard.

– C'est de notoriété publique ? demanda James l'air détaché. Ou c'est une théorie personnelle ?

– Touchours pas convaincu ?

– Sans preuves…

Standish baissa la voix.

– Vous n'avez pas remarqué la tenchion qui règne entre elle et Mich Thorold ? La cheune demoichelle ne chupporte pas cha préchenche.

James avait en effet remarqué la tension palpable entre les deux jeunes filles.

– Mmm.

Standish exultait.

– Elle vous plaît, n'est-che pas ?

Détachant ses yeux de Miss Quinn, James lui lança un regard glacial.

– Je suis juste surpris que Thorold ait pris la peine de présenter sa maîtresse à sa femme et à sa fille.

– Oh, vous êtes devenu bien moralisateur.

– Je m'étonne seulement qu'elles ne se soient pas encore battues comme des chiffonnières.

– Peut-être que nous arrivons après la bataille. Dites, cheune Dchames, chi vous allez au bar, rapportez-moi un whichky-choda, vous cherez bien brave.

Mais James était déjà loin.

Qui aurait donc cru qu'il y ait autant d'amateurs de thé par une chaleur pareille ? Mary épongea discrètement quelques gouttes de transpiration qui perlaient à son front et souleva la théière brûlante. Servir le thé permettait à Angelica Thorold de mettre en valeur ses charmes : une voix très douce, des doigts délicats libérés de leurs gants, une rivière de diamants scintillant sur sa poitrine. Et le tour était joué : la table était envahie de messieurs, dont la plupart étaient veufs ou célibataires. Mary n'enviait pas le moins du monde le triomphe social d'Angelica, mais, après presque une heure, ce rituel du thé commençait à devenir franchement monotone.

Et puis c'était gênant… Même si Mary s'efforçait de garder la tête baissée et de rester derrière Angelica, elle faisait l'objet de regards appuyés. Elle n'avait jamais supporté qu'on la dévisage. Bien qu'elle ait fort peu de chances de se retrouver véritablement menacée, elle courait toujours le risque que quelqu'un ne la regarde et ne devine la vérité… Et elle ne pouvait pas du tout se permettre qu'on découvre sa véritable identité.

Elle surprenait des bribes de conversation où les invités s'interrogeaient sur elle. Un ou deux d'entre eux avaient même fait exprès de formuler leurs hypothèses à voix haute : elle en rougit jusqu'aux oreilles et serra plus fort la théière. Elle s'efforça de garder son sang-froid : nervosité et porcelaine ne faisaient pas bon ménage. Machinalement, elle versa une nouvelle tasse de Darjeeling.

– Rebonsoir, Miss Thorold ! s'exclama un homme trapu aux joues roses.

Il avait la trentaine, les cheveux châtain clair, une forte barbe et le visage luisant d'une fine couche de transpiration.

Angelica, qui n'en croyait pas ses yeux, éclata de rire.

– Mr Easton ! C'est au moins votre sixième tasse de thé de la soirée !

– C'est vrai, Miss Thorold, mais j'ai vraiment une soif de chameau ce soir ! La chaleur, sans doute !

– Vraiment ?

– Ou ce thé délicieux ! À moins que… dit-il en se penchant vers elle, ce ne soit la délicieuse jeune femme qui… Aïe ! glapit-il. Pas la peine de me bousculer comme ça !

Il se tourna pour lancer un regard noir à celui qui se trouvait derrière lui, avant de changer brusquement de ton :

– Ah, c'est toi, James.

James l'ignora.

– Comme le disait si justement mon frère, Miss Thorold, c'est une fête très réussie.

Alors qu'elle tendait une nouvelle tasse à Angelica, Mary ne put réprimer un mouvement brusque et releva aussitôt la tête : cette voix ! C'était l'homme du placard ! La tasse vacilla dans sa soucoupe avant de se rétablir de justesse. Mais George se mit alors de nouveau à gesticuler et la renversa pour de bon, projetant un flot de thé bouillant sur la main gauche de Mary. Son cri de surprise fut heureusement couvert par son cri de douleur. Elle réussit à reposer la tasse sans la briser, mais répandit tout de même du thé sur la table et par terre.

Angelica s'écarta d'un bond avec un petit cri :

– Ce n'est pas possible d'être aussi maladroite !

Elle inspecta sa robe en glapissant.

– Je vous prie de m'excuser, murmura Mary en serrant les dents. Je ne l'ai pas fait exprès.

Elle cherchait une serviette pour éponger le désastre.

James fut plus efficace. Il fit signe à un valet de pied qui passait par là.

– Nettoyez-moi tout ça.

Après avoir jeté un coup d'œil à Angelica qui faisait encore toute une histoire avec sa robe, il ajouta sèchement :

– Et allez chercher la bonne de Miss Thorold. Vite.

– Miss Thorold, vous n'avez rien ? demanda George Easton, qui en profita pour lui prendre la main. Quel horrible accident ! s'exclama-t-il en accusant Mary du regard.

Au cri d'Angelica, une nuée d'invités aux petits soins s'était aussitôt formée : des jeunes filles compatissantes, ouvertement soulagées de voir leur propre robe épargnée, et toute une foule de jeunes galants qui rassurèrent mille fois Angelica en lui répétant qu'elle était tout à fait ravissante, mais si, mais si. Une escouade de matrones d'une cinquantaine d'années se fraya énergiquement un chemin jusqu'à la jeune femme, poussant Mary hors du chemin, la refoulant jusqu'aux portes du balcon. Mais cela lui était égal. Mieux valait être ignorée que réprimandée.

– Faites-moi voir cette brûlure.

Cette voix posée fit de nouveau sursauter Mary. Elle pivota pour fixer James droit dans les yeux, s'attendant à du mépris ou à des moqueries. Mais elle n'y lut que… de l'inquiétude ? Elle lui tendit la main.

– Ce n'est pas très douloureux.

Il fronça les sourcils. Le dos de la main était couvert de méchantes plaques rouges.

– Les brûlures sont toujours douloureuses.

Il saisit le verre de punch des mains d'un invité surpris pour y pêcher les morceaux de glace pilée, qu'il plaça dans son mouchoir.

– Tenez.

Son ton bourru tranchait avec la délicatesse avec laquelle il posa la poche de glace qu'il venait de fabriquer sur la main de Mary.

– Merci.

Mary lui jeta un rapide coup d'œil. Il se comportait comme un homme plus âgé, mais, sous la lumière vive du salon, il lui apparut beaucoup plus jeune qu'elle ne se l'était d'abord imaginé. Il ne devait pas avoir plus de vingt ans !

– Veuillez excuser la maladresse de mon frère.

James était grand et carré. George, trapu, avec un large visage. Ils ne se ressemblaient pas le moins du monde, si on exceptait leur fâcheuse tendance à s'imposer.

– Vous n'avez pas à vous excuser.

Ils restèrent un long moment sans rien dire.

– Vous devriez aller voir un médecin, dit-il enfin.

– Ce n'est pas la peine.

– Est-ce que les Thorold penseront à en appeler un pour vous ?

– Ce n'est rien, je vous assure.

Sa brûlure la lança deux fois plus, comme pour protester contre ce mensonge.

– Eh bien, dit-il après un nouveau silence, puisque ce n'est rien, vous m'accorderez bien la prochaine valse.

Mary en resta bouche bée. Une seconde. Deux secondes. Et encore une autre.

– Pardon ?

– La prochaine valse. Dansez avec moi, dit-il avec une certaine impatience. Vous savez valser, j'imagine ?

– Je ne peux..., répondit Mary en s'étouffant à moitié. Je ne peux pas danser avec vous !

Il se pencha vers elle, légèrement menaçant.

– Et pourquoi pas, je vous prie ?

Furieuse, elle se redressa complètement, bien que cela ne fasse pas une grande différence, avant de déclarer distinctement :

– Un gentleman n'exige pas qu'une dame danse avec lui, il l'invite à danser. Si elle refuse, il n'insiste pas.

Cette fois, il ne put réprimer un sourire.

– Vous avez tout à fait raison, mais il me semble que vous avez renoncé à votre statut de dame en venant vous cacher avec moi dans ce placard.

– Chut !

Rouge comme une pivoine, Mary regardait nerveusement autour d'elle.

– Vous présentez les choses comme si…

– Oh ? Parce que ce n'est pas ce qui s'est passé peut-être ? demanda-t-il en haussant les sourcils.

Ils se dévisagèrent en silence pendant un long moment. Si James demeurait impossible à déchiffrer, Mary ne cachait pas son hostilité.

– Je ne peux pas danser avec les invités. Ce ne serait pas convenable.

– Moins convenable que de se montrer grossière envers un invité ? ajouta-t-il habilement. Vous n'êtes pas censée faire ce qu'on vous demande ?

– Vous devriez danser avec Miss Thorold, répondit Mary en serrant les dents.

– Son carnet de bal est plein.

Comme si une nouvelle idée lui avait traversé l'esprit, il déclara soudain :

– Vous vous doutez bien que ce n'est pas le, comment dire… charme qui émane de votre personne qui me pousse à vouloir danser avec vous. Mais nous devons discuter de ce qui s'est passé dans le bureau, et c'est le moyen le plus commode.

Mary n'avait aucune envie de danser avec James Easton. Elle ne l'appréciait pas le moins du monde. Mais elle fut tout de même blessée dans son orgueil.

– Je n'ai jamais pensé que vous puissiez vous intéresser à moi, répondit-elle sèchement. Et nous n'avons rien à nous dire. Si vous voulez bien m'excuser…

Elle fit dignement un pas sur la droite et faillit rentrer dans Michael Gray.

– Ah, ma chère ! s'exclama-t-il en la rattrapant gentiment par les bras. Mais qu'est-ce qui s'est passé ? J'ai entendu l'émeute depuis la salle de billard.

Il tombait du ciel. Mary avait une furieuse envie de tirer la langue à James Easton.

– J'ai renversé un peu de thé. Sans le faire exprès, ajouta-t-elle aussitôt. Je crois que j'ai éclaboussé la robe de Miss Thorold. Ses, euh… amis se font beaucoup de souci pour elle.

Michael lança un bref coup d'œil vers Angelica, qui luttait héroïquement contre les larmes pendant qu'on l'accompagnait hors de la pièce. Son expression se figea, avant de se durcir.

– Bon sang ! C'est tout ? J'ai cru qu'on avait assassiné quelqu'un.

Il tenait toujours Mary par les bras. Celle-ci bougea légèrement et il la relâcha avec un petit sourire charmeur.

– Me voilà rassuré, de voir que vous n'avez rien et que vous n'êtes pas devenue complètement hystérique.

Il aperçut alors la main de Mary et ne put retenir une exclamation :

– Mais vous ne m'avez pas dit que vous vous étiez gravement brûlée !

Il saisit le bout de ses doigts et, ignorant ses protestations, souleva la poche de glace improvisée. La brûlure, qui s'étendait jusqu'au poignet, était impressionnante, rouge vif et gonflée sous l'effet conjugué du thé bouillant et de la glace.

– Ça a l'air beaucoup plus méchant que ça ne l'est réellement, expliqua Mary en se tortillant, mal à l'aise sous le regard de James qui les observait. Mr Gray, je suis sûre que ça va aller.

Michael secoua la tête.

– C'est un vilain mensonge, ma chère. Venez, nous allons de ce pas vous chercher un baume à la cuisine pour soigner cette brûlure. Et appelez-moi Michael, je vous en prie.

Elle hésita. Elle ne voulait pas d'un baume. Elle voulait juste rester seule pour pouvoir réfléchir tranquillement aux événements de la soirée. Et puis elle aurait dû aller prendre des nouvelles d'Angelica. Mais suivre Michael lui permettrait de quitter le salon et de s'éloigner du regard inquisiteur de James Easton.

Michael lui sourit : un vrai numéro de charme…

– D'abord, vous refusez de danser avec moi, et maintenant, vous refusez mon aide ? Je vous assure, Mary – puis-je vous appeler Mary ? –, que je ne mords pas.

Risquant un regard à la dérobée vers James, elle le vit se rembrunir. Il affichait l'une des expressions les plus intimidantes qu'elle ait vues depuis longtemps, plus à sa place dans une chambre d'inquisition que dans une soirée mondaine.

– Du baume, mais quelle merveilleuse idée, Michael ! dit-elle d'une voix mielleuse, avant d'accepter le bras qu'il lui offrait pour se laisser guider vers la cuisine.

CHAPITRE 5

Dimanche 9 mai

LA MATINÉE fut marquée par un incessant ballet de domestiques venus livrer une impressionnante collection de bouquets. Cette avalanche de fleurs destinées à Angelica ne faisait qu'illustrer à quel point cette jeune femme à la fois riche et séduisante était un bon parti. Il y en avait tant que le salon ressemblait à une serre, ou à une échoppe de fleuriste, avec tous ces vases posés en équilibre qui avaient colonisé la moindre surface disponible. Mais Angelica n'avait pas l'air de s'en réjouir, bien au contraire : elle semblait lasse, malheureuse, même. Quand les dames se retirèrent au salon après le déjeuner, elle alla se blottir dans un fauteuil où elle resta longtemps à regarder par la fenêtre. Mary l'encouragea à jouer un morceau au pianoforte, mais après avoir feuilleté quelques partitions, Angelica s'effondra de nouveau dans son fauteuil.

– Où se trouve le bouquet de Mr Easton, ma chère ? demanda Mrs Thorold.

– Je n'en sais rien, Maman.

Mary comprit que c'était le moment d'aller chercher le fameux bouquet pour le mettre en valeur en lui trouvant une place de choix.

Mrs Thorold livra son verdict :

– Très joli bouquet. Des roses et du jasmin d'hiver sur fond de fougères.

Angelica soupira et se retourna dans son fauteuil.

– Exquis ! lâcha-t-elle avec un sarcasme évident.

– Que veut dire ce bouquet, ma chère ? demanda Mrs Thorold sans prêter attention au ton de sa fille.

Angelica leva les yeux au ciel et se mit à réciter comme un automate :

– Les roses représentent la beauté ; le jasmin d'hiver, la grâce et l'élégance ; les fougères traduisent la fascination qu'éprouve le gentleman. En d'autres mots, les fleurs me représentent, entourée de son admiration verdâtre.

Mary eut du mal à réprimer un sourire. Elle avait déjà entendu parler du langage des fleurs à l'Institution. Mais elle n'avait encore jamais imaginé qu'on puisse le prendre ainsi au pied de la lettre.

– Quel délicieux compliment, reprit Mrs Thorold. Mr Easton est un bon parti, ma chère. Il est ambitieux, issu d'une bonne famille, et il faudrait être aveugle pour ne pas voir à quel point vous lui plaisez.

– C'est vrai qu'il est plutôt séduisant, sous son air un peu sévère, dit Angelica en s'animant légèrement. Mais je pensais qu'il était trop jeune à votre goût.

– Il a trente et un ans, ma chère. Il ferait pour vous un mari idéal, à tout point de vue.

– Oh… *George* Easton.

Mrs Thorold écarquilla les yeux.

– Comment ! Vous ne croyiez tout de même pas que… Angelica, vraiment ! s'exclama-t-elle, visiblement énervée. Un fils *cadet* ? On ne vous a donc jamais rien appris ?

– Je ne vois pas où est le problème, Maman, répondit Angelica avec une grimace. Ce sont des hommes d'affaires, pas des aristocrates qui héritent de leurs titres.

Mrs Thorold fit semblant de ne pas entendre cette remarque frappée au coin du bon sens.

– Vous pouvez oublier les autres soupirants. Cet après-midi, vous vous montrerez gentille avec *George* Easton. Et Miss Quinn y veillera.

– J'imagine que vous allez vous retirer dans votre chambre, Maman ? demanda Angelica, tendue.

– J'y vais tout de suite, ma chère.

Elle s'arrêta au seuil de la pièce pour transpercer sa fille du regard.

– Tenez-vous droite et tenez-vous bien. Sinon…

Dès que la porte se fut refermée derrière Mrs Thorold, la jeune femme bondit hors de son fauteuil.

– Tenez-vous bien ! rugit-elle. J'imagine que vous allez épier mes moindres faits et gestes, Miss Quinn ?

– Moi ? Non, pourquoi ?

– Pour tout rapporter à votre chère patronne !

– Pardon ? demanda Mary d'une toute petite voix.

Comment Angelica pouvait-elle être au courant de l'existence de l'Agency ?…

– Permettez-moi de vous donner un bon conseil, Miss Quinn.

Angelica se pencha au-dessus de Mary, collant presque son visage contre le sien. Ce qui aurait été plutôt grotesque, si elle n'avait paru si menaçante.

– Lequel, Miss Thorold ? fit Mary qui s'efforçait de rester calme.

– Vous êtes peut-être au service de ma mère, mais si vous vous mettez en travers de mon chemin, je ferai de votre vie un enfer !

Angelica savait se montrer très convaincante. Ce qui n'empêchait pas Mary d'être soulagée : par « chère patronne », Angelica avait juste voulu dire « Mrs Thorold », et non pas « Anne Treleaven ».

Il dut y avoir dans l'expression de Mary quelque chose qui déplut à Angelica. Celle-ci lui jeta un regard noir, avant de saisir brusquement sa main blessée pour enfoncer profondément ses ongles pointus dans la chair rouge brûlée à vif.

Mary en eut le souffle coupé. Ses yeux s'emplirent de larmes, mais elle réussit à ne pas crier.

Angelica la fixait encore droit dans les yeux, la défiant du regard.

Mary demeura parfaitement immobile, réprimant son envie de se défendre.

Après quelques secondes, Angelica finit par lâcher prise. Le bout de ses ongles était d'un rouge écarlate.

– Vous voilà prévenue…

La vue du sang avait apparemment apaisé Angelica. Quand ses prétendants commencèrent à arriver, quelques minutes plus tard – un par bouquet –, elle était presque de bonne humeur, les joues encore légèrement roses. La main bandée, Mary réapparut dans le salon, juste au moment où le valet annonçait :

– Mr George Easton. Mr James Easton.

George, rapide et impatient, ouvrait la voie. Il portait

une veste de soie immaculée et une cravate à motifs, des bottes impeccablement cirées, et son sourire n'étincelait pas moins que la chaîne de sa montre. Il avait même ciré le bout de ses moustaches ! James se tenait un peu en retrait, sobrement vêtu : veste grise, cravate simple. Son visage rasé de près faisait ressortir l'expression légèrement cynique de son sourire.

Selon les règles de la bienséance, Angelica salua d'abord l'aîné.

– Mr Easton ! Laissez-moi vous remercier pour ce délicieux bouquet… Comment avez-vous deviné que j'adorais les roses ?

George lui fit un baisemain avec cérémonie, et se redressa, embrassant la pièce du regard.

– Miss Thorold, je suis flatté que vous ayez retenu mon modeste bouquet parmi toute cette collection.

Elle éclata d'un rire cristallin et présenta sa main à James.

– Je dois vous avouer que je ne retiens que mes préférés.

Puis, s'installant au milieu d'un divan, elle jeta un œil par-dessus son épaule.

– Miss Quinn, veuillez sonner pour le thé, commanda-t-elle d'un ton détaché.

D'un geste gracieux, elle invita les frères à la rejoindre.

Ils s'assirent.

Mary tira la sonnette.

On apporta le thé.

Un peu à l'écart, près de la fenêtre, Mary était bien placée pour observer manœuvres et jeux de séduction. Angelica jouait les petites filles enjouées, mais s'intéressait surtout à James. Elle lâchait à l'occasion une petite phrase à George pour qu'il ne se sente pas délaissé, mais sa préférence ne faisait pas de doute. Difficile pour autant de savoir si elle agissait ainsi pour se venger de sa mère ou parce qu'elle préférait sincèrement James à son frère.

Mary ne disait pas un mot et faisait semblant d'être absorbée par son tricot. Sa brûlure la lançait terriblement. Pour une pianiste, Angelica avait des ongles bien pointus…

Au bout d'un moment, la conversation prit un tour plus intéressant.

– Ce que je trouve insupportable, déclara James, c'est qu'on fasse de Florence Nightingale une espèce de sainte des temps modernes. Soigner les soldats, c'est une chose, mais voilà qu'elle suscite une idolâtrie ridicule. Quand on pense à toutes ces jeunes inconscientes qui se sont jetées dans le premier train pour la Crimée… C'est dangereux et complètement irresponsable.

– Vous avez tout à fait raison, fit Angelica en riant.

– Maintenant, en Angleterre, n'importe quelle vieille fille qui ne sait plus quoi faire de sa vie se sent capable de jouer les chirurgiens de campagne, ajouta-t-il mollement avec dédain.

– Sans ces « vieilles filles qui ne savent plus quoi faire de leur vie », en Crimée, les pertes anglaises auraient été bien plus élevées.

Cette voix claire et acerbe, c'était celle de Mary, qui se surprit elle-même à prendre part à la conversation. Mais qu'est-ce qui la prenait de se mêler ainsi de leur discussion ?

Trois paires d'yeux étonnés se posèrent aussitôt sur elle.

– C'est vrai, concéda James en haussant à peine les sourcils. Mais je veux parler de cette tendance à idéaliser le métier d'infirmière. C'est loin d'être une promenade de santé, contrairement à ce que pense l'immense majorité des jeunes filles.

– Il est vrai que les journaux ont transformé Miss Nightingale et ses infirmières en héroïnes. Mais ils n'en ont pas moins idéalisé les soldats, ce qui n'empêche pas nombre de jeunes gens inconscients de s'acheter un grade dans l'armée.

James soupira, faisant preuve d'une certaine condescendance.

– Lorsque des hommes s'enrôlent, ils savent qu'ils risquent leur vie. Quand des troupeaux de jeunes femmes bien élevées débarquent dans des campements militaires, non seulement elles se mettent en danger elles-mêmes, mais elles perturbent ceux qui sont censés les protéger, alors que des sujets plus importants les préoccupent.

– Les hommes sont surtout ravis de pouvoir mettre leurs échecs sur le compte des femmes qui les « perturbent » soi-disant, rétorqua Mary. Comme si les infirmières étaient les seules femmes dans les campements militaires !

Cette allusion sans équivoque aux prostituées laissa George bouche bée.

James sourit jusqu'aux oreilles.

– J'ignorais que vous vous connaissiez si bien, tous les deux, lança sèchement Angelica.

James ne parut pas prêter attention au ton de la jeune femme.

– À vrai dire, avoua-t-il platement, je ne crois pas que nous ayons eu le plaisir d'être présentés comme il se doit.

George n'en avait pas la moindre envie, mais Angelica

pouvait difficilement refuser et fit les présentations d'une voix glaciale.

– Permettez-moi de vous présenter Miss Quinn. Miss Quinn, George et James Easton.

George serra la main de Mary le plus brièvement possible.

– Enchanté, lâcha-t-il avec un air qui disait tout le contraire.

James s'inclina profondément, effleurant des lèvres le bout des doigts de Mary.

– Ravi de faire votre connaissance, Miss Quinn. J'adore rencontrer de dangereux extrémistes.

Elle murmura quelques mots avant de retirer brusquement sa main.

– À propos d'infirmières… J'espère que votre main va mieux.

La main gauche de Mary était en feu.

– Oui, merci.

– Est-ce que le baume spécial vous a fait du bien ?

S'il n'était placé plus haut qu'elle sur l'échelle sociale, Mary aurait juré qu'il se montrait… insolent.

Elle releva légèrement la tête.

– Énormément.

L'onguent gras n'avait en vérité fait qu'empirer les choses.

– Vous me voyez bien soulagé, marmonna-t-il. Quelle rapidité, quel soin admirable de la part de ce gentleman… Il fait partie de la famille ?

Qu'est-ce qu'il cherchait donc à sous-entendre par là ?

– Mr Gray est le secrétaire de Mr Thorold, expliqua-t-elle de sa voix la plus formelle.

– Ah, je me disais aussi que je l'avais déjà vu. Vous le connaissez depuis longtemps ?

– Quelques jours seulement. Depuis que j'ai été engagée par Mrs Thorold.

Il parut étonné.

– J'aurais juré que vous travailliez ici depuis plus longtemps… Vous paraissez tellement à l'aise dans la maison.

– Mais vous aussi vous semblez comme chez vous ici, répliqua aussitôt Mary.

– Oh, il est si simple de lier connaissance, vous ne trouvez pas ? demanda-t-il avec un demi-sourire. Regardez, vous et Mr Gray, par exemple…

L'expression d'Angelica passa de l'irritation blasée au plus vif intérêt.

Mary lança à James un regard plein de reproches.

– Il y a connaître et connaître, Mr Easton. Mr Gray s'est simplement montré courtois avec moi.

– *Extrêmement* courtois, même, insista James avec un sourire moqueur cette fois. Peu de maris se montrent aussi attentionnés avec leur femme.

Le sourire crispé d'Angelica parut brusquement fragile.

– Michael Gray a toujours eu un faible pour toutes les femmes, pourvu qu'elles soient jeunes. Papa dit que c'est son plus gros défaut, déclara-t-elle comme pour clore le débat.

George se tourna aussitôt vers elle.

– J'espère qu'il ne vous poursuit pas de ses attentions écœurantes, Miss Thorold.

– Il ne se le permettrait jamais, répondit Angelica en prenant une pose d'héroïne de roman. Il connaît sa place.

– Me voilà rassuré.

– J'espère que vous aussi, Miss Quinn, vous connaissez votre place, ajouta James.

– Me faites-vous la leçon, Mr Easton ? demanda Mary, rouge de colère.

– Pas le moins du monde. Je me contente de vous faire remarquer que des jeunes femmes dans votre... position... peuvent parfois se retrouver dans des situations pour le moins délicates, dit-il en insistant outrageusement sur le mot « position ».

Mary se raidit dans son fauteuil, droite comme un i. Ces allusions dépassaient maintenant le simple épisode du placard. Des bribes des conversations de la soirée lui revenaient : il l'accusait d'être la maîtresse de quelqu'un. Mais de qui ? De Thorold ? Ou bien de Michael ?

James s'enfonça dans son fauteuil en croisant nonchalamment les jambes.

– Il faut reconnaître que les gouvernantes et les demoiselles de compagnie occupent dans la société une place des plus délicates... Si un secrétaire, ou n'importe quel autre homme, se comporte mal envers elle, ces pauvres créatures n'ont pas la moindre chance de s'en sortir !

Mary était hors d'elle.

– Vous semblez vous intéresser de très près à la faiblesse des femmes, et vous avez des idées bien précises sur ce qu'elles doivent faire ou ne pas faire.

Angelica réagit d'un coup, les joues écarlates :

– Peut-on savoir ce que vous insinuez sur ma famille, monsieur ?

Au tremblement de sa voix, il était évident qu'elle avait

également eu vent des rumeurs qui couraient sur la domestique qui avait été renvoyée.

Le maudit jeune homme semblait s'amuser de la réaction qu'il venait de provoquer.

– Oh là, on dirait que je vous ai toutes deux blessées sans le faire exprès. Je vous prie de bien vouloir m'excuser, Miss Thorold.

Mary éprouva une nouvelle fois l'irrépressible envie de lui envoyer son poing dans la figure.

Angelica paraissait toujours contrariée.

Inquiet, George essaya de rattraper la situation :

– Ma chère Miss Thorold, mon frère ne faisait qu'énoncer des généralités. Il ne visait évidemment pas votre famille ni votre maisonnée. N'est-ce pas, James ? demanda-t-il d'un ton menaçant.

– Tout à fait, George.

James avait répondu d'un ton détaché, comme s'il n'avait été pour rien dans cet incident.

– J'imagine qu'il faudrait que je prenne comme un compliment le fait que vous me trouviez assez intelligente pour aborder ce genre de sujet en ma présence, dit enfin Angelica, qui commençait à se détendre.

– Exactement, ma chère Miss Thorold, répondit James avec un soupçon de moquerie.

Mais tout ce qu'Angelica sembla retenir, c'est qu'il l'avait appelée « ma chère ».

Il posa ensuite ses yeux sombres sur Mary.

– Miss Quinn, j'espère que nous nous sommes compris ?

– Mais certainement, Mr Easton, répondit-elle, l'air parfaitement innocent.

– Me voilà donc soulagé, déclara-t-il en se levant. Je n'ai vraiment pas vu le temps passer : j'ai failli oublier mon rendez-vous suivant. Merci pour le thé et pour cette charmante conversation.

– Quel rendez-vous ? demanda George, surpris.

– Prends ton temps, grand frère, tu n'as pas besoin de venir. Nous nous verrons ce soir.

Angelica resta interdite, sa petite bouche rose légèrement entrouverte. C'était sans doute la première fois qu'un gentleman la quittait sans même qu'elle lui ait donné congé.

– Oh… je vois… Eh bien… Au revoir, alors. À bientôt ?

– Bientôt, oui. Ce n'est pas la peine de me raccompagner. Bon après-midi, Miss Thorold.

Il était déjà à la porte du salon, quand il jeta un œil par-dessus son épaule.

– Miss Quinn… lança-t-il avant de sortir à Mary qui leva à peine un sourcil. J'ai bien peur que vous ne pensiez : « Et bon débarras »…

CHAPITRE 6

Lundi 10 mai

LA LETTRE était adressée à Mr G. Easton, mais en regardant le cachet de la poste, James décida de l'ouvrir lui-même. Un grand sourire illumina son visage et il traversa en courant la pièce principale pour se précipiter dans le bureau de son frère. Il entra en trombe en hurlant :

– Ça y est ! George, on a gagné !

George sursauta.

– Bon sang, James, gronda-t-il, tu n'as jamais appris à frapper avant d'entrer ?

– Regarde ! dit James en lui glissant la lettre sous le nez. Le contrat pour les chemins de fer. En Inde. Nous allons construire des chemins de fer en Inde ! Le premier coup de pioche est prévu pour septembre, ce qui veut dire… Bon sang ! Il va falloir que tu partes dès la fin du mois ! Plus tôt, même, si possible.

Il se lança ensuite comme un gamin dans une tirade sur les préparatifs, les billets à réserver, les tablettes de quinine… Il s'arrêta brusquement.

– George ? Oh ! Tu m'écoutes ?

George leva la tête de son buvard.

– Mmoui ?

– C'est le plus gros contrat jamais décroché par Easton

Ingénieurs, tu pars en Inde et on dirait qu'on vient juste de te voler ton accordéon. Qu'est-ce qui ne va pas ?

George lâcha un soupir à fendre l'âme.

– Mon accordéon ! Si tu savais ce qu'elle…

– De quoi tu parles ? Qui ça, « elle » ?

– Miss Thorold, qui d'autre ? Le soir de la fête, je lui ai dit que, moi aussi, j'étais musicien. Elle s'est aussitôt montrée intéressée. Mais quand je lui ai dit que je jouais de l'accordéon, elle… elle a éclaté de rire !

James dut lutter pour ne pas rire à son tour.

– Ce n'était sans doute pas bien méchant.

– C'est sans espoir. Elle me considère comme un clown.

– Mais non, mentit James poliment.

Il remarqua pour la première fois que le buvard de son frère était couvert de gribouillis : « Mrs George Easton », « Angelica Easton », « George & Angelica », avec une nette préférence pour « Angelica » tout court, orné de guirlandes de cœurs et de flèches.

George se passa la main sur le visage.

– Les poètes ont raison : c'est une maladie. Je ne dors plus, je ne mange plus, je ne travaille plus… Je ne pense qu'à elle.

– Tu as pourtant bien mangé, hier soir.

– C'était différent.

– Parce que c'était du poulet rôti ? Allons, George, des jeunes filles prêtes à t'épouser, il y en a des douzaines. Alors pourquoi te torturer avec Miss Thorold ?

George lui lança un regard noir.

– On voit bien que tu n'y connais rien, à l'amour.

– Si c'est ça, l'amour, dit James en montrant le sous-main,

j'aime autant passer mon tour. Si tu continues, tu vas finir par nous écrire des poèmes.

Son frère rougit comme une tomate, James éclata de rire.

– Non ? C'est pas vrai ! Oh, mon pauvre vieux.

– Ça y est ? Tu as fini de te moquer de moi ?

– Ah, ça, jamais ! Bon, et si nous parlions de ce nouveau chemin de fer à Calcutta.

– Eh bien ? demanda George, visiblement vexé.

– Comment ça, « Eh bien ? » ? Je te rappelle que tu lances la construction dans deux mois à peine ! J'ai l'impression que c'est exactement ce qu'il te faut. Ça fait trop longtemps que tu n'as pas pris la tête des opérations et ça t'évitera de penser à Miss Kissadéja, promit James, de plus en plus enthousiaste. Dans une quinzaine de jours, tu seras à bord d'un navire, en route pour l'Orient aux mille épices, et il n'y aura déjà plus de place pour Miss Chaipuki dans ta tête de mule.

George se redressa.

– Deux semaines ?

– C'est qu'il faut tout de même que tu…

– Mais c'est amplement suffisant ! s'exclama George.

Son regard s'illumina et il sourit enfin à son frère.

– Je vais bien y arriver, en deux semaines !

– Mais bien sûr, dit James soulagé.

Voilà qui ressemblait déjà plus au bon vieux George.

– Tu crois vraiment ?

– Mais oui !

George se précipita pour serrer énergiquement la main de son frère.

– Merci ! Ta confiance me fait chaud au cœur. Je sais bien

que toute cette affaire ne t'emballe pas franchement, et que tu ne m'as pas vraiment encouragé dans ce projet, mais tu ne sais pas à quel point cela me fait plaisir, que mon petit frère me soutienne…

Pas emballé ? Pas encouragé ? Pour le projet en Inde ? James eut soudain la désagréable impression qu'ils ne parlaient pas du tout de la même chose…

– Euh, George ?… De mon soutien pour ?…

– Pour mon mariage avec Miss Thorold, bien sûr ! Je vais l'emmener avec moi en Inde.

Oh, non. Oh, non !

– Ah… c'est donc cela que tu voulais dire ?

Mais George ne l'écoutait déjà plus.

– Elle est en pleine forme, pas comme sa mère. Elle s'adaptera parfaitement au climat de là-bas. Et la dimension romantique de l'Inde, son aspect merveilleux, comme tu l'évoquais toi-même, m'aideront à gagner son cœur !

James était profondément affligé : c'était de pire en pire. Ayant entendu de sales rumeurs sur les affaires de Thorold, il s'était dès le début secrètement opposé à cette alliance. Il avait toujours cru pouvoir débusquer la vérité avant que George ne se décide à faire sa demande en mariage, d'où son expédition dans le bureau de Mr Thorold. Mais une cour éclair, c'était une tout autre histoire. Même si Angelica paraissait pour le moins mitigée, ses parents se montraient très intéressés. Ils la forceraient sans doute à accepter la demande de George. Il ne restait plus que très peu de temps pour agir. Et pour l'instant – merci, Miss Quinn ! –, il n'avait encore rien trouvé.

– Tiens, avant de partir, dis-moi ce que tu penses de cela !

George farfouilla dans un tiroir de son bureau pour en ressortir une feuille de papier à lettres couleur lavande, ornée de fleurs.

James la prit et la lut rapidement.

– Tu veux vraiment mon avis ?

Le visage de George s'assombrit.

– C'est si mauvais que ça ? C'est que c'est un sacré casse-tête, de trouver des rimes à « Angelica ».

James eut pitié de son frère.

– Ne t'en fais pas, va. Je vais t'en écrire un mieux que ça.

« Mais poème ou pas poème, se dit-il, tu n'épouseras pas la fille d'un escroc. »

Mardi 11 mai

– Hep !

James ne réagit pas au premier beuglement. Adams, le contremaître en chef, avait tendance à s'énerver facilement.

– M'sieu East'n !

Il ne pouvait plus faire semblant de ne pas l'avoir entendu. James s'épongea le front et la nuque, se préparant à découvrir quelle nouvelle catastrophe s'était abattue sur le chantier. Ce chantier, la construction d'un nouveau tunnel sous la Tamise, s'était révélé un nid à problèmes dès le premier coup de pioche. Il aurait déjà dû être achevé. Et l'insoutenable puanteur du fleuve menaçait de le retarder davantage, une bonne partie de ses meilleurs ouvriers ayant peur d'attraper la mort à cause de cette odeur pestilentielle. James ne pensait pas que la puanteur présentait en elle-même des risques pour leur santé, mais il les avait tout de même renvoyés chez eux la veille, parce qu'ils étaient secoués de haut-le-cœur si violents qu'ils ne pouvaient plus travailler en toute sécurité. Si cette canicule se maintenait, ils seraient contraints de travailler de nuit. C'était ça ou repousser le chantier à l'automne.

Après avoir rejoint le contremaître, James lui dit :

– Je rêve du jour où vous m'appellerez autrement que « Hep ! ».

Adams sourit, repoussant sa casquette sur son crâne.

– Y m' semb' bien que j' vous ai app'lé « Hé », l'aut' jour, m'sieu.

– Et qu'est-ce que c'est que ça ? demanda James en montrant le petit garçon malingre qu'Adams tenait par le cou et qui se débattait dans les airs.

– Ce vaurien-là...

– ... va mourir étouffé. Lâchez-le.

Adams relâcha brusquement le garçon, tout en le retenant encore fermement par l'épaule.

– Y s'est introduit sur le chantier. Et y veut pas s'en aller. J' l'ai chassé y' a pas dix minutes, et ce sale mioche... est déjà d' retour. J' le balance à la flotte, m'sieu ?

Le garçon inspira un grand coup, essaya de parler et fut aussitôt pris d'une quinte de toux qui le plia en deux. Quand il retrouva son souffle, les larmes aux yeux, il se tourna vers James.

– Un message pour Mr Easton, monsieur.

– C'est tout c' qu'y sait dire ! s'exclama Adams qui ne

décolérait pas. Mais y veut pas l' donner, son satané message ! Soi-disant qu'y doit parler qu'à vous.

– Bien, je t'écoute, soupira James.

– C'est rapport à… commença le garçon, avant de jeter un regard méfiant au contremaître. Ce chantier, à Chelsea, monsieur.

James plissa les yeux. Il n'y avait pas de chantier à Chelsea.

– Chelsea ?…

– Oui. La maison, monsieur.

Bon sang ! Voilà ce qui se passait quand on en arrivait à engager des policiers en douce pour faire surveiller la maison des Thorold : ils sous-traitaient le travail auprès de jeunes garçons pour trois fois rien, une misère en regard de ce qu'on leur avait donné pour remplir cette mission. Il aurait dû s'en douter.

– Oh… ce chantier-là.

James fit signe à Adams de lâcher prise et au garçon de le suivre. Une fois hors de portée, il observa le gamin.

– Quel âge as-tu ?

– Dix ans, monsieur.

Assez vieux pour travailler, donc.

– Comment as-tu fait pour me trouver ?

– J'ai bien cru que je n'y arriverais jamais, monsieur. L'inspecteur Furley avait vaguement parlé d'un tunnel sous le fleuve, mais il est rond comme une queue de pelle et je pensais qu'il racontait encore n'importe quoi, répondit le garçon en se frottant énergiquement le nez. Normalement, je ne serais pas venu vous voir moi-même, mais j'avais une communication urgente à vous faire. J'en prends toute la responsabilité, monsieur.

Si James en voulait à Furley, les manières du garçon l'amusaient en revanche.

– Alors ? Qu'est-ce qu'il y avait de si important ?

Le récit du garçon fut à la fois clair et bref. La jeune femme qu'il était chargé d'espionner avait quitté la maison à neuf heures et demie, était montée dans une voiture de louage qui l'avait conduite jusqu'au bureau de douane, où elle était restée à observer l'entrée. Après un quart d'heure, Mr Thorold était sorti du bureau, puis s'était perdu dans la foule. Mais plutôt que de le suivre, elle avait renvoyé la voiture avant d'entrer à son tour dans le bâtiment.

– Comment as-tu fait pour la suivre ? demanda James.

– Accroché à l'arrière de la voiture, monsieur.

On voyait souvent des garçons pouilleux s'offrir ainsi un voyage à l'œil.

– Bien. Quelle heure était-il ?

– C'était il y a un quart d'heure environ. Peut-être un peu plus. Elle a observé la porte un moment, mais elle n'est pas ressortie depuis. Comme c'est juste à côté et qu'elle va sans doute y rester un moment, puisqu'elle a renvoyé la voiture, je me disais que ça vous intéresserait à coup sûr.

James n'en revenait pas.

– Bien pensé, euh…

– Quigley, monsieur. Alfred Quigley.

– Bien. Beau travail, Quigley.

James lui jeta une couronne. Il s'apprêtait à partir quand il se retourna.

– Euh… Quigley ?

– Oui, monsieur ?

– Je ne pourrai pas surveiller cette dame moi-même. Suis-là et viens directement me faire ton rapport.

Le garçon parut légèrement surpris.

– Et l'inspecteur Furley ?

– Je m'arrangerai avec lui. À partir de maintenant, tu travailles pour moi.

Grâce à Alfred Quigley, James arriva juste à temps : au moment où sa voiture de louage s'arrêtait aux portes du bureau de douane, il aperçut une silhouette familière. Elle portait une voilette sombre et était vêtue encore plus sobrement que d'habitude, mais il la reconnut à ses gestes énergiques. Elle franchit les grilles d'un pas leste avant de héler une voiture.

En murmurant « Suivez cette voiture » au cocher, James se sentit un peu ridicule.

– On me l'a déjà faite, celle-là ! s'esclaffa le cocher.

Les rues étaient bondées d'animaux de tout poil et d'ordures en tout genre : il fallut presque un quart d'heure au cocher rien que pour atteindre le bout de la rue. Mais il réussit à suivre la voiture à travers ce chaos, traversa le London Bridge avant d'entrer dans Southwark.

Les deux véhicules s'arrêtèrent près du West India Dock. James vit celle qu'il avait suivie jeter un œil autour d'elle avant de descendre pour poursuivre à pied. Il resta encore quelques minutes dans sa voiture pour l'observer, profitant du fait qu'elle ne pouvait pas avancer trop vite si elle voulait éviter de salir ses jupes. Elle les avait remontées aussi haut que la bienséance le lui permettait, c'est-à-dire juste au niveau de ses bottines à boutons. C'était l'après-midi, mais une légère nappe de brouillard avait envahi les rues. Une fois qu'elle se fut enfoncée dans la brume, James régla tranquillement sa course, rabattit le bord de son chapeau pour dissimuler son regard et descendit à son tour. Pas besoin de se dépêcher : il savait exactement où elle allait.

Juste au coin, les entrepôts de l'entreprise commerciale Thorold & Cie occupaient un demi-hectare de terrain gagné sur les marais de la rive gauche de la Tamise. Les bâtiments carrés de brique rouge aux petites fenêtres étroites n'étaient pas très élevés. Ils ne dataient vraisemblablement pas de plus d'une vingtaine d'années, mais étaient déjà recouverts d'une épaisse couche noire de crasse.

James resta un peu en arrière, s'adossant à un réverbère dont la lumière essayait vainement de lutter contre le brouillard, et regarda celle qu'il suivait ralentir au fur et à mesure qu'elle se dirigeait vers l'enceinte des entrepôts. Elle était toujours cachée derrière sa voilette, mais elle avait tourné la tête vers les bâtiments.

Qu'est-ce qu'elle pensait donc trouver ici ?

L'endroit était assez animé, plein de l'agitation et des cris des garçons de course, des vagabonds, d'une marchande d'allumettes, des dockers, des marins en escale, d'hommes en costume de tweed et de prostituées bien matinales. James pouvait donc continuer à l'observer à son aise. Ce n'était vraiment pas un endroit pour une dame. Surtout pas pour une dame seule sans domestique dans son sillage. Même avec sa voilette, elle attirait les regards et provoquait des réflexions. Si elle s'arrêtait, elle se ferait sûrement accoster. James serait alors obligé de voler à son secours. Quoiqu'il ne savait pas s'il s'en donnerait la peine.

Juste après leur « rencontre » dans le placard de Mr Thorold, il avait commencé à mener son enquête. Même s'il n'était encore qu'un apprenti détective, il avait quelques contacts. Tout ce qu'il avait découvert sur elle, c'est qu'elle enseignait auparavant dans une école de filles, où elle avait elle-même étudié. L'école acceptait de nombreuses enfants démunies, dont elle semblait avoir fait partie. En tout cas, il n'avait pas réussi à remonter jusqu'à des membres de sa famille ni même à découvrir qui avait réglé son inscription. La piste s'arrêtait là. Miss Quinn n'avait pas d'amies en dehors de l'école, elle ne rendait visite à personne et n'avait pas d'autres attaches.

Ces détails insignifiants n'avaient fait qu'aiguiser la curiosité de James. La veille, il n'avait pas réussi à s'endormir et était resté longtemps éveillé à examiner les maigres données de sa vie : Mary Quinn, maîtresse d'école et demoiselle de compagnie. Date de naissance : inconnue. Lieu de naissance : inconnu. Famille : inconnue. Enfance : inconnue. C'était absurde. Selon ses sources, même pour des orphelins recueillis par la paroisse, on aurait dû avoir plus d'éléments. Soit la jeune femme était une orpheline particulièrement délaissée, soit elle vivait sous un nom d'emprunt. Et aucune de ces deux hypothèses ne paraissait vraiment crédible.

James continua à l'examiner pendant qu'elle observait les entrepôts. Avec son habit strict et ses mouvements gracieux, elle n'avait vraiment rien d'une coupable ni d'une criminelle. Il savait bien que les apparences se révélaient souvent trompeuses, et que les traits les plus doux pouvaient masquer la cruauté ou le vice. Mais il n'arrivait pas à se faire à l'idée qu'elle ne soit qu'une vulgaire criminelle ou une apprentie maître chanteuse, et encore moins la maîtresse de Thorold. Dans son lit, la veille, il avait passé en revue des scénarios plus rocambolesques les uns que les autres : elle était la fille illégitime de Thorold, ou à la recherche d'un héritage dont Thorold l'aurait spoliée, ou encore une jeune innocente qu'on avait forcée (qui ça ? Gray ?) à fouiller le bureau, ou bien…

Mary traversa la rue et s'approcha lentement de l'entrée principale des entrepôts. Elle semblait étudier la haute grille en métal, surmontée de piques, qui encerclait la propriété. Son innocence devenait à chaque instant moins plausible. James avait bien conscience qu'il devait lui-même paraître suspect. Mais ses motifs à lui étaient on ne peut plus légitimes.

Il savait pertinemment ce qu'il aurait dû faire : ne pas prêter attention à elle, sauf quand ses actions venaient perturber sa propre enquête. Il savait aussi parfaitement ce qu'il n'aurait jamais dû faire : perdre ses jours, et ses nuits, à se demander pourquoi elle agissait ainsi. Il n'aurait pas dû s'inquiéter de tous les dangers qui la guettaient. Il n'aurait pas non plus dû perdre son temps à se quereller avec elle alors qu'il rendait visite à Angelica. Et, en aucun cas, il ne devrait admirer la finesse et l'élégance de sa silhouette, à quelques mètres de lui à peine…

En aucun cas.

Et à propos de perdre son temps… Il consulta sa montre

de gousset. S'il ne savait toujours pas pourquoi, il avait du moins compris ce que Mary manigançait, et il avait rendez-vous avec un client dans une demi-heure. James inclina légèrement la tête et s'arrêta à un coin de rue tranquille.

Alors que Mary disparaissait peu à peu, Alfred Quigley apparut tout à coup.

– Monsieur ?

– Je veux un rapport détaillé, ce soir, à mon bureau. J'y serai jusqu'à huit heures.

James lui murmura ensuite l'adresse. Quigley fit oui de la tête et fila aussitôt, se fondant dans la foule.

À sept heures ce soir-là, James était le dernier dans ses bureaux de Great George Street. C'était souvent le cas, même si, ce soir, il était aussi distrait qu'inefficace. Il venait de se jurer pour la neuvième fois d'arrêter de penser à Mary Quinn, lorsqu'un léger grattement à la porte lui fit relever la tête.

– Entrez !

Alfred Quigley se glissa sans bruit dans la pièce.

– 'Soir, monsieur Easton.

– Eh bien, Quigley ?

Le rapport du garçon était très clair. Miss Quinn était restée encore une dizaine de minutes à examiner les entrepôts, avant de prendre un omnibus qui l'avait ramenée en ville. Elle s'était ensuite arrêtée à Clerckwell pour choisir un certain nombre d'articles, dont plusieurs mètres de corde solide et des vêtements masculins qu'elle avait payés comptant, puis à Bond Street, où elle avait acheté des rubans et du fil de soie qu'elle avait fait porter sur le compte des Thorold. Et elle avait passé le reste de la journée à la maison.

James se rembrunit en écoutant le récit de Quigley.

– À ton avis, qu'est-ce qu'elle a l'intention de faire avec cette corde et ce costume ?

– On dirait bien qu'elle est partie pour explorer les entrepôts, monsieur. Même si c'est un drôle de passe-temps pour une dame.

– Tu as raison.

James rumina encore quelques minutes. Le silence ne fut rompu que par Quigley, qui essaya d'étouffer un bâillement.

– Oh ! C'est moi qui te retiens, fit brusquement James. Tu ferais mieux de rentrer te coucher.

– Vous avez encore besoin que je surveille la dame cette nuit, monsieur ?

C'était une offre héroïque : le garçon avait déjà du mal à garder les yeux ouverts. Il n'avait que dix ans, après tout.

– Non, je m'en occupe. Tu habites loin d'ici ?

– Non, monsieur. Je vis juste à côté, à Church Street, avec ma mère.

– Bien. Nous nous reverrons demain.

Alors que Quigley s'apprêtait à partir, James eut un petit pincement au cœur.

– Quigley !

– Monsieur ?

– Tu as mangé ?

Bon sang ! Le voilà qui se changeait en nounou.

Un grand sourire illumina le petit visage plein de taches

de rousseur. C'était bien la première fois qu'il ressemblait vraiment à un petit garçon.

– Tarte d'anguilles et purée. *Z'étaient* très bonnes, m'sieur.

CHAPITRE 7

IL ÉTAIT une heure moins le quart lorsque Mary arriva aux entrepôts qu'elle était venue repérer dans l'après-midi. La rue semblait tranquille et déserte, à l'exception des quelques vagabonds roulés en boule sous les porches qui essayaient de dormir tant bien que mal. Il ne faisait jamais tout à fait nuit dans cette partie de Londres. Le fleuve reflétait la lueur de la lune, les lumières des maisons comme celles des réverbères qu'un épais brouillard ne faisait qu'estomper. Cette nuit-là, le quartier de Southwark avait été submergé par un raz-de-marée de purée de pois si épaisse qu'on avait l'impression qu'elle collait à la peau. Mary chercha à tester la densité du brouillard. Elle tendit le bras devant elle : ses doigts paraissaient transparents, comme si elle s'était changée en fantôme.

Cela faisait plus de cinq ans qu'elle ne s'était pas déguisée en garçon. Elle avait presque oublié à quel point il était pratique et confortable de porter un pantalon. Et, la casquette bien enfoncée jusqu'au-dessus des yeux, elle n'attirait pas l'attention. Le cocher n'avait cherché à savoir ni où elle allait exactement ni pourquoi : tout ce qu'il avait voulu savoir, c'est si elle avait de quoi payer sa course. Une fois cette mission terminée, il faudrait absolument qu'elle remette ça, juste pour le plaisir, effraction et puanteur du fleuve mises à part, bien entendu.

Mais pour l'instant, elle devait rester concentrée sur sa mission : trouver des preuves. Voilà une semaine qu'elle était chez les Thorold et elle n'avait encore rien découvert d'intéressant. Sa mission prenait fin dans six jours : il fallait bien qu'elle trouve un moyen d'aider l'Agency à résoudre cette affaire, n'est-ce pas ? Elle avait passé la journée à peser le pour et le contre. Les consignes qu'elle avait reçues se résumaient à observer et à écouter. En principe. Mais Anne et Felicity ne l'avaient pas postée dans cette maison par hasard. Ce n'était pas comme si elle agissait par simple curiosité ou pour chercher à faire mieux que l'agent principal, non, elle songeait avant tout aux intérêts de l'Agency. Et ce n'était pas en restant les bras croisés qu'elle se montrerait utile. Après tout, à quoi pouvait bien servir un agent qui ne savait rien, n'entendait rien, ne faisait rien, pas même remuer ses méninges ?

Enfin, voilà ce qu'elle s'était répété toute la journée pour se donner bonne conscience. Et puis il était un peu tard pour se poser des questions.

Mary secoua les épaules, comme pour se débarrasser de la désagréable impression d'être épiée. Elle se faufila jusqu'à la grille et essaya d'abord de passer la tête entre les barreaux. C'était juste, mais faisable. Lorsqu'elle officiait comme cambrioleuse, l'une de ses devises était : *Si la tête passe, tout passe*. Elle lâcha son sac de matériel de l'autre côté de la grille et attendit. S'il y avait un chien de garde, il ne manquerait pas de se faire connaître. Une minute s'écoula. Rien… à part ce sentiment désagréable d'être observée. Elle se retourna brusquement : toujours rien, bien sûr. Chochotte ! Mary s'épongea le front, puis lutta pour se glisser entre les barreaux avec un léger grognement. « Si la tête passe… », facile à dire. Elle n'avait pas encore de poitrine à l'époque !

Les pavés de la cour étaient lisses. Elle récupéra son équipement et traversa la cour avec précaution, l'oreille aux aguets. Quelqu'un avait laissé la porte du bâtiment principal ouverte. Non mais, franchement ! Il fallait vraiment que Thorold songe à améliorer la sécurité de ses entrepôts ! Mary sentit son inquiétude disparaître ; elle commençait même à s'amuser. Ses sens étaient tous en éveil. Elle se sentait envahie par une bouffée d'euphorie qui n'avait rien à voir avec le bien-fondé ou l'importance de sa mission, et tout avec le fait d'être à nouveau plongée en pleine action. Face au danger, elle retrouvait d'un coup ce concentré d'adrénaline.

Elle entra discrètement à l'intérieur, se glissant dans l'obscurité la plus complète. Comme elle n'y voyait rien, ses autres sens prirent aussitôt le relais. Le silence avait une profondeur particulière : elle n'avait pas besoin d'entendre l'écho pour deviner que cette pièce était très grande. Ça sentait la sciure et le sel, le goudron et la résine. Le plancher était composé de lattes grossières, couvertes de sable et de crasse.

Dans l'obscurité, il valait mieux ramper que marcher. Mary se mit à quatre pattes pour traverser l'immense pièce, se déplaçant lentement et prudemment entre les palettes chargées de piles de caisses. Les proportions gigantesques de cette salle lui faisaient perdre ses repères : lorsque, tout au bout, elle arriva devant une porte normale, celle-ci lui parut étrangement petite. La porte était bien fermée, mais la serrure était si simple à forcer que Mary ne put s'empêcher de sourire. Un vrai jeu d'enfant…

Elle entrouvrit la porte et dressa l'oreille. Un frottement distant se transforma progressivement en bruit de pas. Mary referma le battant et s'aplatit contre le mur en respirant le plus doucement possible, l'oreille collée à la serrure.

Un gardien marchait d'un pas lourd.

Il s'arrêta juste devant la porte. La lumière vive de sa lanterne projeta un petit rayon de lumière jaune à travers la serrure.

Un soupir.

Une pause.

Un pet.

Puis les pas s'éloignèrent.

Mary attendit encore trois minutes avant de rouvrir. Une lumière pâle descendait d'une série de lucarnes découpées dans le toit, révélant un vaste escalier. La lune parvenait à percer le brouillard.

Mary rasa les murs, épiant à chacun de ses pas le moindre craquement avant de placer tout son poids sur une marche. Elle progressait très lentement. Lorsqu'elle arriva enfin au dernier étage, elle se glissa le long de petites portes jusqu'au bout du couloir, qui débouchait sur une imposante porte en acajou. Elle se rapprochait du but. La plaque de cuivre clouée dessus le confirma : Mr H. Thorold. Le sourire aux lèvres, elle tourna la poignée. Fermée, bien sûr.

Mais alors qu'elle introduisait un passe-partout dans la serrure, un léger grondement se fit entendre de l'autre côté de la porte. Elle s'arrêta, scruta le couloir derrière elle. Rien. De léger, le grondement se fit brusquement plus menaçant.

Un chien ! Elle faillit en faire tomber sa clef. Un chien de garde.

– Chhhhhut…

Le grondement persistait, de plus en plus fort. Il ne manquerait pas de se transformer en terrible aboiement.

– Tais-toi ! ordonna Mary en essayant de se montrer la plus convaincante possible. Il faut absolument que tu sois sage, le chien.

Elle sentit comme une légère hésitation de l'autre côté.

– Oui, c'est un bon chien, ça, poursuivit Mary en essuyant ses paumes moites sur son pantalon. C'est ça, reste bien sage, murmura-t-elle pour l'encourager, alors que le grondement faiblissait progressivement.

Quand elle n'entendit plus qu'une respiration régulière, elle fit doucement tourner la clef dans la serrure tout en parlant gentiment et calmement à l'animal. La serrure s'ouvrit avec un bruit métallique. En entrouvrant la porte, Mary continua à amadouer le chien.

Une paire d'yeux la fixait, luisant dans l'obscurité. Des yeux de loup.

Sa gorge se noua d'un coup.

– Bonsoir, mon cher. C'est bien, tu as été un bon gros chien, jusqu'ici.

Le regard fixe de la bête brillait d'un éclat irréel.

– Si ça ne te dérange pas, j'aimerais entrer dans ton

bureau, chuchota Mary, qui espérait paraître plus calme qu'elle ne l'était. Je vais entrer très doucement, d'accord ?

Elle s'accroupit et franchit le seuil, centimètre par centimètre.

On aurait vraiment dit que l'animal s'accordait un moment pour réfléchir.

Un éclair traversa l'esprit de Mary – mais pourquoi n'y avait-elle pas pensé plus tôt ? Elle fouilla un instant dans son sac, en veillant bien à éviter les mouvements brusques. Lorsqu'elle sentit sous ses doigts l'objet emballé dans du tissu, elle entendit l'animal renifler avec curiosité. Elle déballa l'objet sous ses yeux brillants : un beau morceau de mouton bouilli. Elle l'avait dérobé dans le garde-manger ce soir-là, en prévision de ce genre de rencontre. Mais elle ne s'attendait pas à tomber sur le chien de garde à l'intérieur même du bureau de Thorold.

L'animal renifla un coup avant de se jeter sur la visiteuse. Elle sentit une patte fraîche et une haleine chaude et moite. Puis le chien se retira avec son trophée, qu'il engloutit avec gloutonnerie.

Mary finit de se glisser dans le bureau, ferma la porte derrière elle et, soulagée, s'affala par terre. Elle avait le dos trempé de sueur. Quand le chien vint inspecter cette silhouette prostrée, la reniflant avec une curiosité non dissimulée, elle eut du mal à ne pas éclater de rire.

Elle craqua une allumette pour allumer sa bougie. Fille et chien s'observèrent attentivement. C'était un bâtard imposant, tout noir et à poil ras, aux longues oreilles tombantes et au regard vif. Il ne ressemblait pas du tout à un chien de garde traditionnel et Mary fut aussitôt séduite par son air pataud.

– Qu'est-ce qu'un homme comme Thorold fait avec un gentil chien comme toi ?

Le chien parut hausser les épaules.

Ils prirent encore quelques minutes pour faire connaissance, avant que Mary ne repousse gentiment, à contrecœur, son nouvel ami. Sur la cheminée, la pendule de Thorold indiquait une heure vingt-cinq.

– Je suis vraiment désolée, mais j'ai encore du pain sur la planche.

Le bureau de Thorold ressemblait à celui de sa maison : pas un papier qui dépassait et beaucoup de grands classeurs à tiroirs. Sans doute pas d'images obscènes ici, mais il ne fallait jurer de rien. La procédure à suivre s'annonçait assez simple : survoler les dossiers, les vérifier au hasard pour voir s'ils correspondaient bien à leurs étiquettes, puis les remettre en place. Ce serait vite fait, car l'écriture était facile à déchiffrer.

Mais alors que quarts d'heure et demi-heures s'envolaient, Mary se sentait de plus en plus frustrée. Elle ne s'attendait évidemment pas à trouver des tas d'informations capitales dans le premier dossier. Tous les dossiers étaient clairement numérotés et étiquetés et renvoyaient à d'autres documents qu'elle avait repérés. Pas la moindre trace de papiers informels ou de brouillons qui auraient pu indiquer un commerce illégal. Mais qu'en savait-elle, après tout ? Peut-être même qu'il n'existait aucune preuve écrite. Que faire alors ?

– Tu peux me dire ce que je fais là, hein, le chien ?

demanda-t-elle, l'air piteux. Il me faudrait des semaines pour tout éplucher.

La pendule du bureau fit un petit bruit mécanique qui attira son attention. Quatre heures ! Les domestiques allaient bientôt se lever à Cheyne Walk. Mary remit tout en place et abandonna le chien à regret. Ses dernières inquiétudes s'envolèrent lorsqu'elle vit qu'il ne bronchait même pas quand elle ouvrit la porte, comme s'il avait compris l'importance du silence. Après lui avoir affectueusement léchouillé la main, il était retourné se coucher tranquillement sous le bureau.

En descendant l'escalier, elle faillit rentrer dans l'un des gardiens de nuit. Heureusement, il était trop fatigué pour remarquer la petite bosse qu'elle formait dans la pénombre du palier du troisième étage. Si on laissait de côté sa récolte de preuves, Mary avait décidément beaucoup de chance cette nuit-là. Quand elle se faufila entre les barreaux de la grille, écrasant de nouveau sa poitrine au passage, il faisait encore assez sombre dehors. Et voilà, se dit-elle soulagée, elle s'en était bien sortie. Elle n'avait encore rien trouvé, mais elle…

C'est pas vrai !

Trop occupée à s'envoyer des fleurs, elle avait oublié la règle de base du cambriolage : rester vigilant et concentré.

– Bien joué ! fit une voix sortie du brouillard.

De grandes mains saisirent Mary par les bras : elle sursauta. Elle ne pouvait distinguer que les contours de celui qui la tenait : homme, grand, carré.

Paralysée par la peur, elle laissa son instinct prendre le relais.

Elle se défendit, écrasant le pied de son adversaire, lui envoyant de grands coups de coudes pour se libérer rapidement de son emprise. Lorsque la silhouette se pencha sur elle dans cette brume grise, Mary passa de nouveau à l'attaque, lui décochant un bon coup de poing dans le nez.

L'homme poussa un grognement, lâcha un juron et recula légèrement.

Elle en profita pour prendre la fuite. Alors qu'elle filait vers le pont le plus proche, elle entendit ses pas qui résonnaient derrière elle. Il avait l'avantage de la taille, et, à moins qu'il ne soit sérieusement touché, il finirait par la rattraper. Elle lâcha son sac pour aller plus vite.

Dans sa course, elle sentait les nappes de brouillard effleurer son visage comme autant de toiles d'araignée. Son poursuivant lui avait semblé étrangement familier… Il lui rappelait vaguement quelqu'un. Mais elle n'avait pas du tout l'intention de se retourner pour approfondir la question.

Sa voix ?

La forme de son visage ?

Elle sentit qu'on agrippait l'arrière de sa veste. Elle la laissa glisser le long de ses épaules, sans ralentir.

Juste avant qu'il ne la rattrape, elle eut un mauvais pressentiment. Exactement comme la première fois – la dernière fois – qu'on l'avait arrêtée. Un éclair d'angoisse, la certitude qu'elle allait se faire prendre. Et c'est là qu'on l'avait arrêtée.

Il la saisit par le dos de sa chemise, la tira d'un coup sec dans un bruit de tissu qui se déchire. Les coutures s'enfoncèrent dans sa peau et elle fut propulsée en arrière, arrêtée par un corps musclé et anguleux.

– Espèce d'idiote ! rugit une voix familière. Arrêtez de résister et je ne vous ferai pas de mal !

Parée pour un nouveau coup de coude, Mary se figea brusquement, entre soulagement et consternation.

– Laissez-moi deviner, dit-elle faiblement. Vous aviez vraiment envie de cette valse ?

CHAPITRE 8

JAMES N'AVAIT ENCORE jamais éprouvé cette irrépressible envie d'étrangler une jeune femme. Une pulsion si forte qu'il dut serrer de toutes ses forces l'épaisse chemise de Mary pour s'empêcher de passer à l'acte.

Il la fit brusquement pivoter pour l'avoir face à lui.

– Vous et moi, gronda-t-il, allons avoir une petite conversation.

– Avec grand plaisir, mais après le dîner et le gala de charité, proposa-t-elle.

Malgré son apparente désinvolture, les yeux de Mary trahissaient son inquiétude. Parfait. Là, tout de suite, il la voulait complètement terrorisée. En la tenant fermement par la chemise (elle aurait du mal à filer sans…), il l'obligea à revenir sur leurs pas, ramassant au passage les affaires dont elle s'était débarrassée en chemin. Veste. Sac.

Ils continuèrent à marcher en direction des entrepôts, jusqu'à ce qu'une grande voiture noire surgisse du brouillard.

Mary se raidit aussitôt.

– Oh que non !

– Oh que si !

– Je ne monterai pas là-dedans avec vous.

– Et pourquoi pas ?

Elle essayait de lui résister, mal à l'aise.

– Ce n'est pas… convenable.

Si elle n'avait pas porté un sérieux coup à son sens de l'humour en lui envoyant son poing dans la figure, James aurait certainement éclaté de rire.

– Ah ! Parce que se promener dans Londres déguisée en garçon au beau milieu de la nuit, c'est convenable, peut-être ?

Elle ne répondit pas. Un petit miracle en soi.

Il ouvrit la voiture et poussa Mary à l'intérieur comme un vulgaire paquet de linge sale, puis grimpa derrière elle et se mit en travers de la portière.

Elle se glissa immédiatement vers l'autre portière.

Il plongea pour la plaquer sur la banquette, la retenant fermement par ses frêles épaules.

– N'y songez même pas. Vous sortirez quand je l'aurai décidé.

Il frappa deux coups au plafond de la voiture, qui se mit aussitôt en route.

Les cheveux de Mary s'étaient défaits pendant la bataille. Elle paraissait ridiculement jeune. Et elle avait perdu presque tous les boutons de sa chemise : ils avaient dû sauter quand James avait tiré dessus tout à l'heure. Elle rougit jusqu'aux oreilles et referma sa chemise d'un mouvement brusque qui le fit rougir à son tour. Il détourna les yeux.

– Pourrais-je avoir ma veste, s'il vous plaît ?

Il la lui tendit sans réussir à lui présenter ses excuses. Il avait l'impression d'avoir la langue collée au palais. Il choisit de s'occuper en tirant les rideaux des deux fenêtres.

– Vous saignez du nez, dit Mary pour rompre le silence gêné qui s'était installé.

James, surpris, le tâta pour vérifier.

– Effectivement, confirma-t-il avant de sortir son mouchoir.

– Je ne l'ai pas… cassé ?

Il ne put réprimer un sourire.

– Vous avez l'air déçue.

Elle se mit à rire, mais se reprit rapidement :

– Non, pas du tout. Je ne voulais pas… Enfin, si, je voulais bien frapper aussi fort, mais je ne savais pas que c'était vous…

– Il vous paraît cassé ?

Il souleva son mouchoir et s'approcha d'elle.

Elle effleura de ses doigts fins l'arête de son nez, si délicatement qu'il eut à peine l'impression qu'elle le touchait.

– C'est possible… En tout cas, vous aurez une belle marque.

– Tant qu'il ne penche pas d'un côté, ce n'est pas bien grave.

Elle retira fébrilement sa main.

– Vous devriez aller voir un médecin.

Il sourit, ce qui le fit aussitôt gémir.

– C'est exactement ce que je vous ai dit ce soir-là. Vous y êtes allée ?

– Ce n'était pas la peine, ça va mieux.

James se surprenait à éprouver du plaisir en sa compagnie. Cette étincelle dans ses yeux, cet air coquin, l'intimité de la voiture… Il était vraiment temps d'en revenir à leurs affaires.

– Alors, Miss Quinn… Peut-on savoir ce que vous cherchez dans les affaires de Henry Thorold ?

Mary se raidit et reprit une mine plus sévère.

– Cela ne vous regarde pas.

– Ah, mais si, insista-t-il. Ma famille se retrouvera peut-être bientôt liée à celle des Thorold. J'ai donc besoin de savoir pourquoi vous vous êtes introduite par effraction dans les entrepôts cette nuit, et ce que vous y avez découvert.

– C'est pour ça que vous fouinez ? Pour espionner votre future belle-famille ?

Il essaya de paraître honteux, sans se montrer convaincant.

– Eh oui, quelle triste époque nous vivons là, n'est-ce pas ?

– C'est déchirant ! Si vous permettez que je vous abandonne à votre douleur…

Elle frappa deux coups secs au plafond, s'apprêtant à ouvrir la portière.

James s'enfonça dans sa banquette en croisant les bras.

– À votre place, Miss Quinn, je n'essaierais pas de sauter d'une voiture en marche.

Il avait raison. La voiture était toujours lancée au grand trot. Mary jeta à James l'un de ses regards noirs.

– Pourquoi on ne s'est pas arrêté ?

– Parce que mon cocher a l'oreille bien exercée, répondit-il avec un petit sourire. Il sait quand c'est moi qui frappe.

Elle le fixa encore un instant avant d'écarter le rideau de sa fenêtre.

– Où sommes-nous ?

Comme l'intérieur de la voiture était éclairé, elle ne pouvait voir sur la vitre que le reflet de son propre visage.

Il haussa les épaules.

– Twickenham, peut-être ?

Il regardait ses longs cheveux défaits dans la bataille. Il aurait aimé passer sa main dans cette chevelure lisse et soyeuse pour savoir ce qu'on ressentait… mais s'empressa de chasser cette pensée.

– Mais c'est un enlèvement !

– Pas du tout. Ne prenez pas vos désirs pour des réalités, Miss Quinn.

– Bien. Qu'est-ce que vous me voulez, alors ? demanda-t-elle en fronçant les sourcils.

– Discuter un peu avec vous, c'est tout. Je vous reconduirai à Cheyne Walk dès que nous aurons terminé.

– Vous pensez vraiment que je vais gober ça ?

Nouveau sourire.

– Ma chère Miss Quinn, si j'étais en manque de mélodrame et de clichés, je m'offrirais une soirée au théâtre. Je ne suis pas en train de vous enlever. Je n'ai pas de sombre dessein. Et, oui, j'espère bien que vous me croirez. Passons maintenant aux choses sérieuses : je pense que nous devrions partager nos informations, peut-être même travailler ensemble. En tout cas, arrêter de nous gêner l'un l'autre.

Il s'attendait à ce qu'elle lui fasse une scène, mais elle se contenta de croiser les bras en le dévisageant froidement.

– Ça se défend. Vous d'abord.

– J'ai appris récemment que, ces dernières années,

plusieurs investisseurs privés avaient perdu beaucoup d'argent à cause de certaines expéditions commerciales de Thorold. Apparemment, celui-ci prétend que les navires ont fait naufrage ou qu'ils ont disparu en mer. Mais ces investisseurs se sont mis à douter de sa parole et pensent que les navires n'ont pas vraiment disparu. Thorold leur aurait menti pour conserver la totalité des profits.

Mary l'observait d'un œil sceptique. Il reprit, anticipant les questions qu'elle aurait pu poser :

– D'habitude, il est assez difficile de contester ce genre d'événement : chaque navire est répertorié, et son parcours enregistré. Un navire qui disparaît ou chavire, ce qui peut arriver, fait toujours beaucoup de bruit. Or les marchandises de ces cargaisons étaient passées en fraude et les investisseurs s'attendaient à récupérer un fort retour sur investissement en échappant aux taxes et aux impôts. C'est pour cette raison que Thorold a pu demeurer assez vague sur les détails des naufrages. Il n'aurait eu aucun mal à mentir au sujet de ces cargaisons.

James remarqua avec une certaine satisfaction que Mary l'écoutait attentivement. Si cette fille pouvait se montrer absolument insupportable, c'était en revanche loin d'être une cruche.

– Vous comprenez dans quelle situation je me trouve : cela pourrait se révéler très embarrassant.

– C'est la contrebande en elle-même ou le fait que les investisseurs se soient fait rouler qui vous gêne ? À cause de l'honneur des voyous, c'est ça ?

– Pas la peine de vous moquer. Bien sûr que les deux me choquent.

– Et vous avez décidé de mener votre enquête…

– Oui.

– Pourquoi ne pas la confier à quelqu'un ?

– Par discrétion.

– La discrétion s'achète.

– Certes, mais c'est aussi une question de temps. George compte faire sa demande en mariage très bientôt et j'ai besoin d'avoir des preuves solides si je dois l'en empêcher.

C'était tout à fait logique.

– Qu'y avait-il à bord de ces navires ?

– De l'opium, essentiellement, répondit James à contrecœur. Mais il paraît que Thorold s'intéresse également aux pierres précieuses.

– À quand remontent ces histoires ?

– Entre deux et sept ans, selon mes sources.

Mary réfléchit un instant.

– Il est fort probable que les dossiers relatifs à ces expéditions aient été détruits depuis longtemps. S'ils ont jamais existé…

– Je sais bien… C'est pour cela que je n'ai pas fait appel aux autorités.

– Bien, j'imagine que c'est donc surtout la route de la Chine qui vous intéresse.

– Je ne sais pas… On cultive également l'opium sur le sous-continent indien, qui est la principale zone d'activités de Thorold.

Mary n'en revenait pas.

– Vous voulez dire que vous n'avez pas la moindre idée de l'endroit d'où provenaient les navires ni même de la route qu'ils ont pu emprunter ?

– Je viens tout juste de commencer mes recherches, protesta James.

– Et de quelle manière espérez-vous découvrir tout cela ? En me poursuivant à travers Londres ?

– C'est reparti pour le mélodrame ?

– J'ai juste beaucoup de mal à comprendre pourquoi vous pensez que je pourrais vous être utile.

– Honnêtement, je crains plutôt que vous ne me gêniez dans mon enquête. Maintenant que je vous ai dit tout ce que je savais : à vous.

– Oh, ce ne sera pas long. Vous feriez mieux de demander à votre cocher de me conduire à Chelsea : il faut absolument que je sois rentrée avant que les domestiques ne se lèvent.

– Pas tant que vous ne m'aurez rien dit.

Elle lui lança un regard qu'elle voulait plein de mépris.

Il haussa les épaules et jeta un œil par la fenêtre.

– Que diriez-vous d'une grande promenade à travers la campagne ? Il fait vraiment un temps idéal…

– Bon, bon, d'accord…

Elle prit un instant pour réfléchir.

– Je suppose que vous avez entendu parler de l'ancienne femme de chambre des Thorold, Gladys.

– En effet, répondit James toujours impassible.

– Sa sœur n'a plus aucune nouvelle d'elle depuis qu'elle a été renvoyée. Ça ne lui ressemble pas du tout. Sa sœur est une amie à moi : elle est très inquiète et m'a demandé d'essayer de découvrir ce qui était arrivé à Gladys.

Il attendit encore quelques secondes, mais elle semblait avoir fini.

– La disparition d'une domestique ?
– Oui.
– Et vous pensez vraiment que je vais vous croire ?
– Tiens, voilà que c'est vous qui donnez dans le mélodrame, maintenant !
– Cette affaire est du ressort de la police.
– Comme la vôtre, vous voulez dire ?
Il fronça les sourcils, sans insister davantage.
– Et qu'avez-vous découvert cette nuit ?
– Rien, soupira-t-elle.
Il eut envie de fouiller dans son sac pour s'en assurer, mais c'était un peu cavalier. Drôles de scrupules, vu la manière dont il l'avait bousculée un peu plus tôt…
– Que recherchiez-vous ?
– Tout et n'importe quoi : des lettres, des instructions, des traces de paiement. Tout ce qui pourrait avoir un lien avec Gladys ou avec des maisons pour femmes déchues, des maisons closes ou des ateliers, enfin, tous les endroits où elle aurait pu échouer après avoir été chassée.
– Mais pourquoi Thorold posséderait-il ces documents ? C'est Mrs Thorold qui s'occupe des domestiques.
– Mrs Thorold ne semble pas posséder de documents : elle n'aime pas écrire. Et puis vous pensez vraiment qu'un homme comme Thorold demanderait à son invalide de femme de s'occuper du sort d'une servante qu'il a séduite ?
– Mais pourquoi aurait-il conservé des documents la concernant ? Pourquoi ne l'aurait-il pas tout bonnement jetée à la rue ?
– C'est sans doute ce que vous lui auriez conseillé de faire, répondit Mary avec mépris. Et je dois reconnaître

que c'est sans doute ce qui s'est passé. Mais Gladys était enceinte. Thorold a perdu son fils il y a quelques années, et il n'est pas complètement insensible. Il y a une petite chance qu'il ait essayé d'aider la jeune femme, peut-être même de garder contact avec elle. Il ne pourra jamais officiellement reconnaître l'enfant, ce qui n'a, semble-t-il, jamais arrêté les hommes.

– Je vois.

Il se tut un instant.

– Est-ce que cela risque d'affecter les sentiments de votre frère pour Miss Thorold ?

– Non. George est absolument fou d'elle. Et le grand classique de la maîtresse qui attend un enfant n'a aucune incidence juridique sur nos affaires.

Lorsqu'il vit l'expression de Mary, il ajouta aussitôt :

– Sans vouloir offenser votre amie Gladys, bien entendu.

– Bien entendu, répondit-elle sur un ton glacial.

Il toussota pour se donner une contenance.

– Euh… J'imagine que vous ne vous souvenez d'aucun document relatif à…

– … ce qui vous intéresse ? Il n'y avait rien en rapport avec de l'opium en tout cas. Ce que j'ai pu voir paraissait tout à fait en ordre. Le plus souvent, les navires de Thorold transportent en Inde des produits manufacturés, comme du textile ou de l'acier inoxydable, et importent des produits comme du thé ou du riz. De temps à autre, les navires font une escale en Amérique ou aux Antilles, mais presque plus, ces derniers temps.

– Je vois.

– Vraiment ?

Impossible de déchiffrer l'expression de Mary. Elle le toisait d'un air de défi, le fixant de ses yeux... James avait remarqué, que, selon la lumière, ceux-ci passaient de noisette à vert.

Il ne savait pas quoi répondre. Elle avait sur la joue une tache sombre – poussière ? charbon ? – qu'il trouvait assez charmante, sans trop savoir pourquoi.

– Bien, alors pourquoi avoir fait tout ce numéro, l'autre jour, en insinuant que j'étais la maîtresse de Thorold ?

Il espérait que la lumière diffuse masquerait son embarras.

– C'était juste une hypothèse.

– Qui ressemblait furieusement à une accusation.

Il se sentait de plus en plus mal à l'aise.

– Je vous prie de m'excuser, finit-il par articuler.

– Eh bien ! Ça ne doit pas vous arriver souvent, de vous excuser, fit-elle, amusée.

– Non, avoua-t-il en souriant malgré lui. Vous faites partie d'un cercle très limité.

– Tant qu'à vous montrer bien élevé, vous pourriez peut-être me ramener à Chelsea maintenant ?

Obéissant, il sortit la tête par la fenêtre pour donner des instructions au cocher.

– Cela ne prendra que quelques minutes, dit-il en consultant sa montre. Nous sommes presque arrivés à Battersea, et il est tout juste cinq heures.

– Merci, répondit-elle avec une pointe d'ironie.

– Mais tout le plaisir est pour moi, Miss Quinn, ajouta-t-il avec un grand sourire. Il faut absolument que nous remettions cela au plus vite.

Elle sourit à son tour.

– Pourquoi pas… Lorsque votre nez sera guéri.

Il en caressa l'arête du bout des doigts.

– Cela devrait aller. Mais où diable avez-vous appris à vous battre ainsi ?

– C'est-à-dire ?

– Euh… Comme un homme. La plupart des jeunes femmes auraient poussé de hauts cris et auraient essayé de me griffer le visage. Ou elles se seraient tout simplement évanouies.

– J'ai toujours été un garçon manqué.

– Un garçon manqué avec plein de frères ?

Il n'avait aucun mal à imaginer le tableau : une petite fille farouche entourée d'une meute de garçons imposants.

– Si on veut. Et maintenant, c'est à vous de répondre à une question : comment saviez-vous que je serais aux entrepôts cette nuit ?

– Je vous avais vue les inspecter dans la journée, fit-il, très content de lui.

– Ce matin ? Mais comment…

– J'avais, euh… été informé de vos allées et venues.

– Par qui ?

– Un employé.

– Vous m'avez fait suivre ?

– Oui, je sais, ce n'est pas très glorieux de ma part…

– J'aurais fait la même chose à votre place, reconnut finalement Mary après avoir réfléchi à la question.

À en juger par le bruit des roues, ils devaient être en train de traverser le pont de Battersea. Dans une minute, ils seraient à Cheyne Walk.

– Écoutez, dit-il en se penchant vers elle, je pense que nous devrions travailler ensemble.

Elle plissa légèrement le front.

– Pourquoi ?

– Parce que nous couvrirons plus de terrain à deux, répondit-il avec un peu d'impatience. Et parce que nous risquerons moins de nous gêner ou d'éveiller les soupçons de Thorold.

– Mais nous enquêtons sur des époques et des événements tout à fait différents.

– Tout en cherchant des preuves similaires… Si celles-ci existent, bien sûr. De toute façon, vous ne pouvez pas continuer à vous infiltrer dans les entrepôts nuit après nuit pour parcourir les dossiers de Thorold. Vous arriverez peut-être à y retourner encore une fois ou deux, pas plus, avant qu'un gardien ne vous attrape. Si vous n'avez toujours rien de concret à ce moment-là, que ferez-vous ?

– J'improviserai, sans doute.

– C'est justement là qu'un bon associé vous serait utile.

– Cet associé idéal, c'est vous, je présume ? demanda-t-elle avec méfiance.

– Est-ce que je n'ai pas réussi à vous trouver cette nuit ?

La voiture s'arrêta. James jeta un œil dehors.

– Nous sommes juste à l'angle. Lawrence Street. Cela vous convient ?

– Parfait.

Elle s'apprêtait à ouvrir la porte, lorsque les longs doigts de James se refermèrent sur les siens.

– Promettez-moi d'y penser.

Elle se figea. Leurs visages se touchaient presque.

– Pourquoi êtes-vous si sûr de pouvoir me faire confiance ? demanda-t-elle en le fixant droit dans les yeux.

Il ne détourna pas le regard.

– Je n'en suis pas sûr du tout. Mais je suis prêt à prendre ce risque.

CHAPITRE 9

Mercredi 12 mai

MARY ENTRA dans la maison comme elle en était sortie : par une fenêtre de derrière. Il était cinq heures et demie du matin, et les domestiques venaient d'entamer leur journée de travail. Personne ne semblait s'être aperçu de son absence. Mary aurait déjà dû dormir depuis longtemps, mais elle ne pouvait s'empêcher de repenser à tout ce qui lui était arrivé. Alors qu'elle était allongée dans son lit, des images de sa nuit d'aventures défilaient dans sa tête. Le brouillard irréel. Les gigantesques entrepôts aux ombres étranges et changeantes. Le bon gros chien. Et, plus que tout, le regard sombre de James Easton.

Il avait une manière déconcertante de la regarder : avec attention et insistance, comme si elle était une énigme à déchiffrer. Mais elle était loin de se sentir mal à l'aise avec lui. C'était vraiment étrange. D'habitude, si on la dévisageait plus de quelques secondes, surtout s'il s'agissait d'un homme, elle n'avait plus qu'une envie : disparaître. Mais avec James, c'était différent : elle avait envie de faire comme lui, de l'examiner d'aussi près qu'il le faisait. Ce désir la ravissait autant qu'il l'inquiétait. Elle ne pouvait pas vraiment se permettre de se laisser fasciner… À moins que ?

Et puis il y avait cette histoire avec Gladys qu'elle avait inventée comme couverture. Elle l'avait peaufinée pendant un moment pour la rendre aussi réaliste que crédible. Et cette nuit, elle avait eu l'occasion idéale de la mettre à l'épreuve. Alors pourquoi était-elle déçue que James l'ait aussi facilement gobée ?

Lorsqu'elle finit par sombrer dans un demi-sommeil agité, elle fut aussitôt réveillée par une servante qui lui apportait une tasse de thé en marmonnant quelque chose à propos de l'eau du bain. Mary était empêtrée dans ses draps, comme si elle avait passé des heures en proie aux cauchemars. Et même après avoir pris son bain et s'être habillée, elle se sentait encore vaseuse. Elle était tellement épuisée que ses yeux la picotaient et qu'elle avait, par moments, des vertiges.

Les matinées avec les Thorold mère et fille étaient d'un calme proche de l'ennui. Mrs Thorold et Angelica prenaient le petit déjeuner dans leurs chambres et ne faisaient leur apparition qu'une fois les hommes partis. Pendant des heures, Angelica, qui n'était pas encore bien réveillée, ouvrait à peine la bouche, sauf pour bâiller. Avec sa mère, elles dictaient des petits messages à Mary en somnolant dans leurs fauteuils. Au déjeuner, l'humeur changeait. Avec cette obsession caractéristique des malades, Mrs Thorold prenait presque tous les jours la voiture pour consulter l'un de ses très nombreux médecins. On aurait dit qu'elle ne vivait que pour ces expéditions : bien que les Thorold aient largement les moyens de s'offrir des consultations à domicile, elle semblait trouver dans ces sorties un attrait irrésistible. Après tout, cette routine n'était pas si différente du code sophistiqué de visites sociales de la plupart des femmes de son milieu. Mrs Thorold monopolisant la voiture, Angelica s'exerçait au pianoforte ou prenait ses cours de musique. Elle avait beaucoup de talent et il était tentant de rester à l'écouter, mais Mary préférait en profiter pour mener son enquête en prétextant une petite promenade ou des courses à faire.

Mais ce jour-là, elle avait l'impression que même ses os étaient mous et elle se montrait particulièrement maladroite : elle n'arrêtait pas de laisser tomber des objets ou de se cogner dans le montant des portes. Après le déjeuner, elle pensa un bref instant interroger les domestiques pour tenter de savoir s'il n'y avait pas eu de changements récents dans la routine de la maison, ou des livraisons qui auraient pu correspondre à des objets ou des bijoux indiens, mais ils se montraient encore méfiants avec elle. Théoriquement, elle faisait partie des domestiques, mais elle prenait ses repas avec les Thorold et sa chambre se trouvait au même étage que les leurs. Elle appelait les domestiques par leur prénom, alors qu'ils ne s'adressaient à elle qu'en l'appelant « Miss Quinn ». Il aurait été extrêmement mal vu qu'elle sympathise avec eux ou qu'elle s'aventure dans leurs quartiers. Même la petite bonne qui la réveillait tous les matins semblait se méfier d'elle.

Mary étouffa un nouveau bâillement. Peut-être qu'un bon livre bien ennuyeux l'aiderait à s'endormir. Après une bonne sieste, elle se sentirait mieux. Dans le petit salon à la fois sombre et frais qui donnait sur le grand salon, Mary parcourut, les paupières lourdes, les titres des livres rangés sur les étagères. Ils appartenaient pour la plupart à

Angelica et n'offraient pas beaucoup de choix : romans gothiques et recueils de poésies à l'eau de rose, sans oublier la collection de drôles d'ouvrages de littérature « édifiante ». Elle choisit un volume au hasard, *Petits Bouquets de poèmes fleuris*, et s'installa dans un fauteuil à oreilles dans le recoin le plus sombre de la pièce.

À l'exception des accords énergiquement plaqués sur le pianoforte dans la pièce à côté, la maison était plutôt silencieuse. Mary devait somnoler depuis une demi-heure environ, lorsque la musique cessa brusquement, au beau milieu d'un morceau. Rien de bien étrange jusque-là, mais Angelica se mit à chuchoter avec agitation, ce qui intrigua aussitôt Mary.

– Michael ! Mais qu'est-ce que vous venez faire ici ?

– Vous parler, bien sûr.

– Soyez sérieux, je vous en prie !

– Je suis tout à fait sérieux. J'imagine que Mrs Thorold se repose. Où est Miss Quinn ?

Il y eut un silence.

– « Mary », vous voulez dire ? railla Angelica.

Une vraie dame se devrait de manifester sa présence, se dit Mary. Bouger un peu, tousser discrètement ou quelque chose de ce genre. Mais elle resta assise sans faire de bruit.

Michael paraissait tendu.

– Seriez-vous en train d'insinuer que je me montre trop aimable avec Miss Quinn ?

– Je n'ai pas besoin de suggérer quoi que ce soit. Je vous ai vu flirter avec elle à la fête et voler à son secours. Tout le monde vous a vu.

– C'était bien le but, soupira Michael. Je croyais que

nous avions décidé qu'il fallait que je m'occupe de détourner son attention. Faire semblant de m'intéresser à elle me semblait le meilleur moyen…

C'était donc ça, la vérité peu flatteuse qui se cachait derrière l'entreprise de séduction de Michael ! Mary se demandait si elle devait se sentir blessée dans son orgueil. Un peu, sans doute. Mais sa curiosité l'emportait sur sa fierté. Elle préférait apprendre de quoi on essayait de la détourner.

– Il y a une différence entre témoigner de l'intérêt à une personne et la regarder avec des yeux de merlan frit ! rétorqua sèchement Angelica. Vous vous êtes ridiculisé devant tout le monde !

– Je suis vraiment désolé que vous le preniez ainsi.

Michael restait calme, mais on sentait l'émotion contenue dans sa voix.

– Je ne suis pas la seule. Miss Quinn aussi vous trouve ridicule. Elle a fait exprès de renverser le thé pour attirer l'attention. Et ça a parfaitement marché ! Vous et James Easton vous êtes précipités à son secours, en vous donnant en spectacle…

– Taisez-vous, la coupa Michael. Quelqu'un va vous entendre.

Mais Angelica poursuivit, haussant le ton. Elle avait des tremblements dans la voix.

– Je suis sûre qu'elle mijote quelque chose. Elle reste assise là, à faire sa sainte-nitouche, en vous faisant les yeux doux, à vous et à papa, et vous n'y voyez que du feu. Vous me croyez trop bête pour comprendre ce qui se passe juste sous mes yeux, mais c'est vous qui êtes aveugle !

– Parlez plus bas.

– Ne me touchez pas ! J'ai raison, j'ai raison. Vous ne me croyez pas pour l'instant, mais vous verrez !

Il y eut un nouveau silence. Est-ce que Michael faisait du mal à Angelica ? Non, il y aurait eu plus de bruit. Mary eut le temps de compter jusqu'à vingt avant qu'ils ne se remettent à parler.

– Vous n'avez pas répondu à ma question : où se trouvent Mrs Thorold et Miss Quinn ?

– Quelle importance ?

– J'ai besoin de vous parler. En toute intimité.

Nouveau silence.

– Maman est dans sa chambre et Miss Quinn est... Dieu sait où, répondit finalement Angelica. Elle sort souvent se promener après le déjeuner.

– J'espère que « Dieu sait où », c'est loin d'ici.

– Vous êtes bien mystérieux, Michael.

– Votre père prépare un coup...

– Il est toujours sur plein de « coups » ! fit Angelica avec un rire forcé. Si je recevais un penny chaque fois qu'il est sur un coup ...

– ... vous seriez bien riche. Ce que vous êtes, ajouta sérieusement Michael. Écoutez-moi : votre père compte vous envoyer passer l'été à Brighton.

– Quoi !

– Il ne vous accompagnera pas, bien sûr. Il prévoit de louer une maison pour vous, votre mère et Miss Quinn.

– Comment ? Il... Mais pourquoi ferait-il une chose pareille ?

Nouveau silence pesant.

Lorsque Michael reprit la parole, ce fut d'une voix grave et lasse.

– Il dit que c'est à cause de cette chaleur exceptionnelle, qu'il se fait du souci pour votre santé et celle de votre mère.

– Ça n'a pas de sens. Voilà des années que Maman a la santé fragile : pourquoi est-ce qu'il commencerait à s'en préoccuper maintenant ?

– Ce n'est pas une année comme les autres. Il fait beaucoup trop chaud pour la saison et l'almanach ne prévoit pas d'amélioration. Tout le monde sait que cette terrible puanteur qui vient du fleuve véhicule infections et maladies. Les meilleurs médecins mettent tous en garde contre les dangers de ces miasmes.

– Oui mais… soupira Angelica, ça tombe vraiment…

– Je sais.

– C'est lui qui vous l'a dit ?

– Il m'a demandé de m'occuper de la location de la maison. Je suis censé être chez l'agent immobilier en ce moment même.

Encore un de ces silences insupportables. Mary aurait vraiment aimé pouvoir épier leurs visages, leurs attitudes.

– Vous pensez qu'il y a un lien quelconque avec… ?

– Je ne vois pas en quoi. Mais c'est bien l'explication la plus plausible.

– Mais qui pourrait donc soupçonner…

– Je préfère que nous n'en parlions pas ici. Il vaut mieux se retrouver ailleurs.

– Demain. Comme d'habitude…

Le plancher craqua. Leurs voix se firent de plus en plus

faibles, presque inaudibles ; ils avaient dû traverser le salon. Pendant quelques minutes, Mary put à peine distinguer leurs murmures. Puis, soudain, ils se remirent à bouger, mais rapidement, cette fois.

Peu après, Mary entendit la porte du salon s'ouvrir, suivie de la voix plaintive de Mrs Thorold :

– Qui était-ce, ma chère ?

– Pardon ? Qui ça ?

– Il m'a semblé entendre des voix.

– Oh, c'est sans doute moi : je chantonnais.

– Non, non. Ce n'était pas ça. J'ai cru entendre un homme.

Angelica partit d'un rire forcé.

– Je ne vois pas ce que vous voulez dire. Comme vous pouvez le constater, Maman, je suis on ne peut plus seule.

Mrs Thorold grogna légèrement. Mary s'imagina les deux femmes se dévisageant dans la pénombre. Mrs Thorold parut enfin céder :

– J'ai dû me tromper.

– J'espère que ce n'est pas votre santé qui vous joue des tours !

– Où est Miss Quinn ?

– Elle doit se promener quelque part. Vous êtes sûre que vous vous sentez bien, Maman ? Vous… n'avez pas l'air dans votre état normal. Vous êtes toute rouge !

– Vraiment ?

– Maman, est-ce que vous avez abusé de vos forces ? Vous ne devriez vraiment pas vous déplacer trop vite ou faire trop d'efforts. Rappelez-vous ce que vous ont dit vos médecins.

– Vous avez raison, ma chère.

– Mais… Vous êtes habillée comme pour sortir ?

– Ce n'est rien, dit Mrs Thorold en essayant de se montrer convaincante. Je suis juste descendue un peu trop vite dans les escaliers, à cause de ces voix.

Même Mary savait que Mrs Thorold n'était pas du genre à se précipiter pour quoi que ce soit.

– Oh, ma pauvre Maman. Souhaitez-vous que je vous aide à remonter ? Vous devriez vraiment vous reposer encore un peu.

– Non, non. Il faut que je sorte.

– Si tôt après le déjeuner ?

– J'ai rendez-vous de bonne heure aujourd'hui. Sonnez donc pour qu'on prépare la voiture, ma chère. Je suis déjà en retard. Et mon chapeau… Il me faut mon chapeau.

Mère et fille quittèrent le salon. Jamais Mary n'avait entendu Angelica faire preuve d'autant de gentillesse. Et lorsque, une minute plus tard, elle entendit la porte du salon se refermer une seconde fois, Mary crut comprendre pourquoi.

CHAPITRE 10

IL ÉTAIT MINUIT passé à peine lorsque la voiture de James s'arrêta dans une étroite ruelle, à deux pas des entrepôts de Thorold. Il ouvrit une fenêtre et tendit l'oreille. Même la nuit, Londres n'était jamais vraiment silencieuse. Dans certains quartiers, comme Haymarket, les longues nuits de beuverie et de réjouissances ne faisaient que commencer et les rues étaient bondées. Même des zones industrielles comme celle-ci possédaient leur propre fond sonore : le claquement des sabots des chevaux sur le pavé, une drôle de voix venant d'un bateau sur le fleuve, le clapotis de l'eau. Un incendie, dont le grondement sourd parvenait déformé par l'eau, brûlait quelque part au bord de la Tamise.

James descendit de voiture pour se dégourdir les jambes. Barker, son cocher, lui lança un regard réprobateur et renfonça son chapeau sur ses yeux. Il trouvait ces escapades nocturnes tout à fait indignes de lui, et affichait pour cette deuxième sortie consécutive un air de martyr.

James choisit de l'ignorer. Son attention fut attirée par une série d'aboiements énergiques. Vu le bruit, c'était un gros chien. Cela venait de… Des entrepôts ? Il s'approcha un peu et se raidit, prêt à agir. Deux voix d'hommes se mêlèrent aux aboiements du chien. Le bruit de leurs bottes sur le pavé empêchait de comprendre ce qu'ils criaient.

James entendit ses pas, agiles et légers, avant même de la voir. Elle portait encore ses habits sombres de garçon, une grossière casquette vissée sur la tête, et courait à une vitesse impressionnante. Pendant un moment, il ne put apercevoir dans l'ombre que son visage. Elle paraissait profondément inquiète.

– Par ici !

Il sortit de la ruelle et elle trébucha, s'arrêtant net, réussissant tout juste à garder l'équilibre. Elle avait le visage déformé par la peur. Dès qu'elle le reconnut, elle fonça droit sur lui.

Ignorant la main qu'il lui tendait, elle se jeta dans la voiture sans attendre son aide. James s'y engouffra juste après elle. Pas besoin de frapper au plafond cette fois : il n'avait pas encore fermé la portière que la voiture démarrait en trombe. Projeté sur son siège, il lâcha un grognement amusé. En tout cas, on ne pouvait pas dire qu'on s'ennuyait avec cette fille-là !

Toujours sans un mot, Mary moucha les deux bougies et colla son visage à la vitre. Il faisait nuit noire et, malgré les rues étroites et défoncées, Barker conduisait le plus vite possible. La voiture était légère et les chevaux frais.

James jeta un œil à travers sa fenêtre. Les deux hommes étaient toujours lancés à leur poursuite et le chien arrivait presque au niveau des roues. Mais Barker prenait de la vitesse et les silhouettes s'estompèrent rapidement. Un coup de sifflet rappela peu après le chien. Encore tendue, Mary resta collée à la fenêtre une bonne minute avant de s'affaler sur son siège. Elle avait le souffle court et les joues toutes rouges.

James sourit : Mary ressemblait plus à un marin qu'à une demoiselle de compagnie.

Ses premiers mots ne furent pas plus distingués. La première phrase intelligible qu'elle lâcha fut :

– Maudit chien !

– Vous préférez sans doute les chiens de manchon.

– Pas vraiment, aboya Mary. Ce gros nigaud et moi avons fait ami-ami, hier. C'est pour ça qu'il s'est mis à me courir après. Il voulait jouer avec moi !

James avait l'impression qu'elle lui jetait un regard noir et décida de rallumer les bougies pour en avoir le cœur net.

La lumière jaune et chaleureuse des chandelles sembla brusquement redonner conscience de la situation à Mary. Rougissant légèrement, elle se redressa pour adopter une attitude plus digne : les genoux serrés, les mains posées sur les genoux.

– Euh... Merci, murmura-t-elle faiblement. Pour... Euh...

Il fit comme s'il n'avait rien entendu.

– Vous étiez en train d'entrer ou de ressortir quand ils vous ont repérée ?

– D'entrer, marmonna-t-elle. Je venais juste de passer la grille.

– On peut dire que vous avez de la chance que je me sois justement trouvé là.

Elle releva le menton.

– J'aurais bien trouvé un moyen de m'en sortir.

– Ne dites pas n'importe quoi ! Il ne leur aurait pas fallu plus d'une minute pour vous rattraper, dit-il en la transperçant du regard. Vous savez qu'on pend les voleurs dans ce pays ?

Elle rougit de nouveau : et comment, qu'elle le savait !

– Vous n'étiez là que parce que vous voulez que je vous livre des informations.

– Et j'ai dû me contenter de vous sauver la vie.

– Vous devez être ravi que je me retrouve avec une dette envers vous.

Aucun doute, c'était bien un regard noir qu'elle lui jetait à présent.

– Je peux savoir où nous allons ?

Il prit le temps de lui répondre.

– Ça dépend.

– De quoi ?

– De si vous êtes prête à travailler avec moi.

Elle paraissait mal à l'aise.

– C'est que… Je n'ai pas encore pris ma décision.

– Eh bien, c'est le moment.

– Pourquoi ?

Pourquoi ? Non mais, est-ce qu'elle faisait exprès d'être aussi casse-pieds ?

– Attendez, je viens de changer d'avis : tout compte fait, je vais plutôt vous jeter dans la Tamise.

Le sourire de Mary le surprit. Ce n'était pas un sourire de mépris, non, elle paraissait sincèrement amusée.

– Ça vous démange, hein ?

– Terriblement, avoua-t-il.

– Je ne vois toujours pas pourquoi nous devrions travailler ensemble.

– Pour l'instant, nous avons tous les deux fait chou

blanc. On peut difficilement faire pire. Et puis si nous échangeons nos informations, nous gagnerons du temps en nous partageant le travail.

– Espérons.

– Je pourrais vous être utile.

– Arrêtez vos salades ! Tout ce que vous voulez, c'est pouvoir me surveiller.

– Vraiment ?

– Bien sûr. Vous n'êtes pas du tout du genre à collaborer. Et si vous me disiez franchement ce que vous voulez plutôt que d'essayer de m'embobiner avec des arguments qui ne tiennent pas la route ?

Il sourit.

– Parfait : je ne vous fais pas du tout confiance et je souhaite garder un œil sur vos agissements. Et, bien sûr, vous pensez exactement la même chose.

Elle fit semblant d'y réfléchir encore, mais James comprit au léger relâchement de sa posture qu'elle avait déjà fait son choix. Elle finit par hocher la tête, à contrecœur.

– Très bien. Mais c'est un partenariat d'égal à égal : vous me donnerez toutes vos informations, et moi les miennes.

– Mais bien entendu.

– Si je découvre que vous vous êtes moqué de moi, ajouta-t-elle en fronçant les sourcils, ou si vous m'avez caché certains éléments… je vous jetterai aux lions.

– Pareil.

– Et ne croyez pas que, parce que je suis une femme, je ne suis pas capable de me montrer à la hauteur. Je ne supporterai pas que vous vous mettiez à penser à ma place ou que vous cherchiez à me protéger.

– D'accord.

Ils se regardèrent un instant sans rien dire : se défiant, s'acceptant. James lui tendit alors brusquement la main, mais Mary ne réagit pas.

Il haussa les sourcils.

– Eh bien ? Vous ne voulez pas sceller notre accord ?

Elle sourit.

– Un pacte de gentlemen ?

– Si on veut.

Elle hésita encore un instant avant de placer, non sans réticence, sa main dans la sienne. Cette petite main, chaude et sèche, paraissait si fragile que James la prit très délicatement. Mais elle le surprit aussitôt en serrant vigoureusement la sienne.

Au diable la jeune femme fragile : il répondit en lui broyant la main à son tour.

– Quelle petite peste !

Elle sourit de nouveau et retira sa main en faisant l'innocente.

– Je vous avais prévenu…

Il grommela et sortit un instant la tête par la fenêtre pour échanger quelques mots avec Barker.

– Votre frère ne se demande pas pourquoi vous passez votre temps à vous promener dans sa voiture ?

– Qu'est-ce qui vous fait dire que c'est la sienne ? demanda James irrité.

– Parce qu'il est plus âgé. Vous n'êtes pas son apprenti ?

– Je suis son associé. Et je travaille bien plus que lui comme ingénieur.

Elle était visiblement surprise.

– Alors vous avez dû commencer tout de suite après l'école.

– Oui, George avait besoin de moi.

– Et votre père ? Ce n'est pas une entreprise familiale ?

– Il est mort.

– Je suis désolée, dit-elle doucement. Moi aussi, mes parents sont morts.

Il fit semblant de ne pas avoir entendu.

– Nous partageons aussi la même maison. Enfin, pour l'instant. Si cette affaire ne tourne pas mal, il faudra bien que je m'en aille. Je n'ai pas franchement envie de cohabiter avec de jeunes mariés.

– Miss Thorold a l'air de vous préférer à votre frère, dit sournoisement Mary. Si cette affaire tourne bien, c'est plutôt votre frère qui devra déménager.

Cette idée parut amuser James.

– Est-ce que j'ai l'air de faire partie de ceux qui se gâchent la vie en tombant amoureux et en se mariant ?

– En voyant les choses sous cet angle, vous finirez certainement par devenir un vieux garçon aigri.

– Oh, je finirai bien par me marier, répondit-il calmement. Mais quand je le ferai, ce sera pour de bonnes raisons.

– C'est-à-dire ?

Il fit un geste assez vague.

– L'argent. Les affaires. La politique.

– Et que peut espérer votre femme en échange ?

– Eh bien, un mari ! répondit-il comme si cette question n'avait pas de sens.

– C'est tout ?

– Qu'est-ce que les femmes veulent de plus ? Des fleurs ? Des bijoux ? Des sonnets ? Des enfants ? C'est dans mes cordes.

– Des sonnets ? demanda Mary l'air dubitatif.

– Bon, c'est vrai qu'un sonnet dans les règles de l'art prendrait beaucoup de temps, mais pour les poèmes, pas de problème. J'en ai fait un pour Angelica, un acrostiche où j'utilise toutes les lettres de son nom. C'est George qui l'a signé, bien sûr, mais c'est moi qui l'ai écrit pour lui. Vous ne me croyez pas, n'est-ce pas ? dit-il en souriant.

– Pas du tout.

– Votre nom est un peu trop court, mais il n'y a rien de plus facile. Ce que la dame à qui on le destine n'est pas censée savoir, bien entendu…

– Eh bien, si c'est si simple, allez-y ! Composez-moi donc un acrostiche.

– D'accord. Voyons… Magnifique beauté aux mille boucles d'ébène, Armée de charmes et de regards assassins, Reine de mes tourments et peines, Y a-t-il… euh…

Mary se boucha les oreilles.

Il s'arrêta, surpris.

– Quoi ? Qu'est-ce qu'il y a ?

– Faites arrêter la voiture, que je me jette moi-même dans la Tamise.

– C'est si mauvais que ça ?

– C'est pire que mauvais ! répondit-elle sincèrement.

Il parut vexé, mais se détendit rapidement.

– Vous au moins, vous avez votre franc-parler.

– Ce pour quoi je ne tiens pas à m'excuser.

– C'était plutôt un compliment, fit-il en souriant.

– Oh…

Elle sourit à son tour, un vrai sourire qui le fit brusquement rougir.

– Bien… Revenons-en à notre enquête, proposa James.

Mary reprit aussitôt un air sérieux.

– D'accord.

– Vous ne pourrez plus retourner aux entrepôts désormais. Ils vont renforcer leur surveillance.

– Pendant quelque temps, c'est sûr. Peut-être que je… Enfin, que nous pourrions réessayer un peu plus tard, dit-elle visiblement contrariée.

– Peut-être. Nous avons déjà fouillé le bureau de la maison et, en partie, celui des entrepôts. Thorold ne conserve certainement pas ses papiers ailleurs.

– À moins qu'il ne possède un troisième bureau… Un bureau entièrement dédié au commerce illicite.

– Vous avez entendu parler d'un lieu de ce genre ?

– Non, admit-elle.

– Bien. Je vais tâcher de me renseigner sur le sujet, mais en attendant, il faut mettre au point notre stratégie.

– Oui, et vite. Thorold a l'intention d'envoyer le plus tôt possible sa petite famille au bord de la mer. Je pense qu'il doit manigancer quelque chose dans les prochains jours et qu'il cherche à l'éloigner.

Mary ne pouvait pas ouvertement évoquer la date limite du 17 mai.

– Il se sert de la chaleur comme excuse ?

– Oui. Mais lui resterait en ville avec Michael Gray.

James lui lança un drôle de regard.

– Gray… C'est lui qui vous l'a dit ?

– Pas exactement… Disons que j'ai surpris une conversation.

– Entre Gray et Thorold ?

– Avec Gray, répondit-elle prudemment.

– Et il parlait au nom de Thorold ?

– Oui.

– Je vois.

James rumina un instant l'information, avant de jeter à Mary un regard, soupçonneux cette fois.

– Vous paraissez bien proche de ce Gray. Qu'est-ce qu'il vous a confié d'autre ?

Mary sentit comme une bouffée de chaleur – pourvu qu'elle ne se soit pas mise à rougir !

– Je connais à peine Michael Gray, fit-elle sèchement. J'ai surpris par hasard l'une de ses conversations aujourd'hui, et je vous en fais part. Selon le marché que nous venons de conclure.

Et si elle avait été tentée de partager le reste de ce qu'elle savait, les soupçons de James lui en auraient définitivement passé l'envie.

– Bien entendu, dit-il avec un sarcasme évident.

– Vous ne me croyez pas, c'est ça ?

Il se renfonça dans un coin et croisa les bras.

– Et pourquoi faudrait-il que je vous croie, alors que mon for intérieur me crie de me méfier ?

– Votre for intérieur ? La fièvre de votre imagination, vous voulez dire !

– Gray a volé à votre secours lorsque vous vous êtes brûlée, vous entraînant dans un recoin secret de la maison. Vous rougissez dès que je prononce son nom. Là, vous rougissez ! Et vous en êtes à vous appeler par vos prénoms.

– Et ces indices ridicules vous suffisent à me traiter de menteuse !

– Parce que vous ne mentez pas, peut-être ?

– Je ne sais pas ce qui m'a pris de croire à cette collaboration, marmonna-t-elle. Laissez-moi descendre.

– Vous ne savez même pas où nous sommes.

– Ça m'est égal.

Mary s'apprêtait à ouvrir la portière, quand il la rattrapa par le poignet. Elle se libéra d'un coup sec. Avec un grognement de douleur, il la força à se rasseoir, évitant de justesse un coup de genou bien placé.

– Arrêtez de vous débattre, espèce d'idiote !

Mary s'arrêta d'un coup. Tout son corps était secoué de tremblements et elle avait les joues en feu.

– Qu'est-ce que c'est que ce numéro encore ?

Il plaça une main sur son front. Elle était bouillante.

– Qu'est-ce que vous faites ? gémit Mary.

Sans répondre, il attrapa son poignet gauche. La brûlure était encore rouge et gonflée, mais il y avait de nouvelles marques : une rangée de quatre demi-lunes qui avaient tailladé la peau. Elles étaient boursouflées, presque blanches.

– Laissez-moi deviner : vous avez la tête qui tourne ? Vous vous sentez faible ? Vous avez très chaud ?

À chaque question, elle fit oui de la tête.

– Vous avez une méchante fièvre. C'est l'œuvre d'Angelica, je présume, soupira-t-il en indiquant les vilaines marques.

Elle ne dit rien.

– Heureusement que George a toujours une bouteille de whisky dans la voiture.

– Vous voulez fêter ça ?

– Quelle adorable tête de mule, fit-il gentiment en fouillant dans ses poches. Je vous avais bien dit d'aller voir un médecin.

– Tout allait bien avant que…

– Avant que quoi ? Qu'Angelica ne vous griffe ? Sans vouloir l'excuser… je suis sûr que vous avez dû le chercher.

Mary observa tout ce qu'il venait d'aligner sur la banquette : une flasque de whisky, un canif et un mouchoir.

– Oh que non ! Vous ne croyez tout de même pas que je vais vous laisser me charcuter la main !

– Ne faites pas l'idiote. Il faut ouvrir la plaie et la nettoyer.

– Arrêtez de me traiter d'idiote !

– Alors laissez-moi vous soigner avant que votre plaie ne s'infecte et ne vous tue !

Elle soupira et tendit la main.

– Je ne suis pas une menteuse.

Il sourit légèrement.

– Vous êtes un drôle d'oiseau. Serrez les dents, ajouta-t-il en ouvrant son canif. Ça va faire mal.

CHAPITRE 11

Jeudi 13 mai

ELLE AVAIT oublié de fermer les volets. Quand les premiers rayons de soleil vinrent lui caresser les paupières, Mary ouvrit brusquement les yeux. Elle se redressa d'un coup, avant de laisser retomber sa tête sur l'oreiller. Les événements de la veille lui revenaient comme en un rêve. Sa fuite des entrepôts... James Easton sorti de l'ombre... La drôle de dispute... James désinfectant sa plaie avec un canif et du whisky ! Il l'avait raccompagnée à Cheyne Walk, faisant le guet pendant qu'elle escaladait le mur pour rentrer en douce dans la maison.

Avant de se coucher, elle s'était bandé la main et avait pris un peu de poudre d'écorce de bouleau pour combattre la fièvre. Ce matin, assise dans son lit, alors qu'elle écoutait le pas des domestiques dans la maison, elle sentit à quel point elle allait mieux. Pas vraiment reposée, bien sûr, puisqu'elle avait passé les deux dernières nuits dehors. Mais son corps ne la faisait plus autant souffrir et elle avait l'esprit plus clair.

La porte de sa chambre s'ouvrit d'un coup : la petite bonne de la cuisine entra et flanqua une tasse de thé sur la table de chevet.

– Thé.

Cela ressemblait plus à un grognement qu'à un mot. Mary lui sourit tout de même gentiment : elle était morte de soif.

– Merci, Cass.

La petite fille resta impassible.

– Mary-Jane-vous-fait-dire-qu'on-a-des-problèmes-avec-les-tuyaux-d'eau-chaude-est-ce-que-vous-prendrez-votre-bain-ici-mademoiselle ?

– Naturellement.

Il y avait toujours des problèmes de tuyauterie et cette annonce faisait partie de la routine matinale. En prenant son bain, puis en s'habillant, Mary réfléchit aux nouvelles complications que créait James. (Ils avaient fini par s'appeler par leur prénom quelque part pendant la nuit, entre leur courte lutte et le moment où il l'avait regardée escalader le mur pour rentrer au point du jour : série d'humiliations qui la faisaient frémir rien que d'y penser.) Il lui avait prouvé qu'il était efficace, intelligent et, même si elle avait du mal à l'admettre, également capable de faire preuve d'attentions. Malgré toutes ces années heureuses à l'Institution, Mary était toujours aussi déstabilisée par les marques d'attention. Mais elle n'était pas près d'oublier que James pouvait aussi se montrer arrogant, grossier, soupçonneux, et absolument convaincu de la supériorité des hommes sur les femmes. Et dire qu'Angelica le préférait à George, la pauvre !

Comme il lui fallait encore de l'écorce de bouleau, elle emprunta l'escalier des domestiques pour descendre à l'office. En tournant dans le couloir, elle faillit rentrer dans un grand homme crasseux qui rôdait là. À en juger par sa tenue, il devait travailler aux écuries et n'avait rien à faire dans la maison. Elle le dévisagea, attendant des excuses.

Mais rien : il restait là, à la regarder avec des yeux vitreux. Un sourire se dessina lentement sur son visage mal rasé.

– Tiens, tiens, qui voilà ! La nouvelle d'moizelle…

Il empestait le gin.

Mary se redressa, le fixant droit dans les yeux.

– Vous avez dû vous égarer. Je vous conseillerais de retourner aux écuries par la porte de la cuisine.

Il fit semblant de s'offusquer :

– Et vous, ça ne vous ferait pas de mal de vous montrer un peu plus gentille, mamzelle, marmonna-t-il en titubant légèrement. Il n'est jamais bon de se mettre à dos les domestiques, vous savez.

La remarque amusa Mary malgré elle. Après tout, c'était un bon conseil, même s'il venait d'un ivrogne.

– Je ne me suis pas montrée désagréable, reprit-elle, je pense juste qu'il est dans votre intérêt qu'aucun membre de la famille ne vous trouve ici.

– Pfff, on voit bien que vous n'y connaissez rien, dit-il en s'appuyant confortablement contre le mur pour la dévisager à son aise. Personne ne dit au vieux Brown ce qu'il doit faire… Et surtout pas vous, mamzelle.

– Voyez-vous cela ! dit sèchement Mary, qui le regretta presque aussitôt.

Mais qu'est-ce qui lui prenait de se laisser entraîner dans une dispute avec le cocher de Mrs Thorold ? Maintenant qu'il s'était présenté, elle comprit pourquoi elle ne l'avait pas reconnu tout de suite : elle ne l'avait encore jamais vu dans la maison et elle n'était jamais montée dans la voiture des Thorold. Elle se raidit et fit mine de vouloir passer, mais il lui barra le passage en chancelant légèrement, avec un air plus menaçant.

– Comme je vous le disais, pas la peine de jouer l'arrogante avec moi, mamzelle. Si vous avez un peu de jugeote, faudra bien vous montrer polie avec le vieux Brown.

Elle jeta rapidement un œil vers l'escalier qui descendait à l'arrière-cuisine. On entendait monter des bruits de voix : la cuisinière, Cook, sans doute, et une ou deux bonnes, mais personne n'avait l'air de monter comme elle l'aurait espéré. Même les valets de pied semblaient avoir disparu. Que faire ? Filer vers le salon et faire comme si elle n'était jamais tombée sur Brown ?

Celui-ci rit de la voir si mal à l'aise.

– Vous savez, ça ne coûte rien d'être polie.

Réprimant sa colère, Mary resta bien droite.

– Je me suis montrée très courtoise envers vous. Plus que vous ne l'êtes avec moi, en tout cas.

– Vous me plaisez bien, mamzelle, dit-il avec un sourire. J'aime les femmes qui ont du caractère.

Il devait être encore plus saoul qu'il ne le paraissait.

– Et vous, vous êtes bien impertinent.

Elle essaya encore de le contourner, mais il l'en empêcha de nouveau, bloquant le passage de son long bras couvert d'une veste en tweed qui sentait le moisi. Elle retint sa respiration. Si jamais il osait ne serait-ce que l'effleurer du revers de sa manche, elle le frapperait. Mais ce n'était peut-être pas le moment de le provoquer non plus.

– Laissez-moi passer, commanda-t-elle en essayant de garder son calme.

– Il en a, de la chance, ce milord, lança le cocher avec envie.

Il se redressa contre le mur. Adossé ainsi, on aurait pu croire qu'il discutait avec elle dans un pub.

– Dire qu'il y en a qui ont le beurre, l'argent du beurre et le...

– Je ne vois pas du tout de quoi vous voulez parler.

Mary avait répondu automatiquement, d'un ton sec et pincé, en se raidissant légèrement malgré elle. Il ne pouvait tout de même pas...

– Vous voyez très bien ce que je veux dire, railla Brown. Vous et votre petit monsieur, ajouta-t-il en baissant la voix d'un air entendu. Je vous ai vue, à l'aube, vous faufiler par la fenêtre déguisée en garçon. Et lui aussi, qui faisait le guet. Mais il était tellement occupé à vous regarder que, moi, il ne m'a pas vu.

Visiblement content de lui, Brown partit d'un rire gras. Mary sentit aussitôt un nœud se former dans son estomac. Paradoxalement, elle sentit aussi un petit frisson de plaisir la parcourir. James ne l'avait pas quittée des yeux !

– En ce qui me concerne, j'ai toujours eu un faible pour les belles Anglaises au teint pâle, mais vous n'êtes pas si mal dans votre genre.

Brown grogna. Il avait une façon extrêmement désagréable de la déshabiller du regard.

– Franchement, ce monsieur m'épate, reprit-il. Je donnerais cher pour savoir comment il a bien pu convaincre une ravissante petite dame comme vous de faire ça gratuitement.

Il lâcha un sifflement d'admiration.

– Pas à dire, il est futé, ce gars-là.

– Vous me semblez bien bavard, Mr Brown.

Le cocher fut secoué d'un grand rire silencieux. Il s'essuya les yeux d'un revers de manche sale et lui sourit, l'air ravi.

– Oh, ho ! J'ai droit à du « Mr Brown », maintenant ? C'est que j'en sais long, ma petite dame… Il y en aurait, des choses à raconter, sur cette famille-là !

Il lui fit un clin d'œil appuyé.

– Vraiment ?

– Vous n'êtes pas le seul jupon à faire des cachotteries dans cette maison, poursuivit-il avec un nouveau clin d'œil. À Londres, il n'y a pas une dame au-dessus de tout soupçon, et cette maison n'échappe pas à la règle.

Mary essaya une nouvelle fois d'estimer son degré d'ivresse. Peut-être qu'il est toujours à moitié saoul, se dit-elle. Ou qu'il fait semblant, pour le tourner à son avantage… Ses yeux brillaient sous l'empire de l'alcool, mais il paraissait néanmoins lucide.

– Qu'est-ce qu'il y a dans cette caboche ? demanda-t-il brusquement. Vous en avez, une drôle de tête.

Mary baissa humblement les yeux.

– Je me demandais juste, Mr Brown, si vous comptiez faire part de vos soupçons à mon employeur.

– Peut-être… Ou peut-être pas, si vous continuez à me donner du « Mr Brown ». Vous n'avez pas froid aux yeux, fillette. La plupart des bonnes femmes m'auraient supplié à genoux de ne rien dire. Vous n'avez vraiment pas peur de moi ? lança-t-il avec une certaine malveillance.

Mary le fixa de ses grands yeux innocents.

– Moi ? Mais je n'ai rien fait de mal.

Il poussa un grognement, mais ne parut pas se formaliser plus que cela.

– Vous et Mrs Thorold... lâcha-t-il, ravi de constater l'étonnement de Mary. Eh oui ! Elle-même. Ah ! Là, vous m'écoutez !

– Je vous écoutais déjà, monsieur.

– Petite maligne ! s'esclaffa Brown.

Mary retint son souffle. L'éclat de son regard avait légèrement changé : toujours impudent, mais moins vicieux. Du moins, elle l'espérait...

– Je pense que vous vous moquez de moi, Mr Brown, dit-elle doucement. Ce n'est pas du tout le genre de Mrs Thorold.

Il avait sans doute voulu dire *Miss* Thorold.

– Ah non ? Alors dites-moi où elle passe tous ses fichus après-midi !

– Chez ses médecins, bien entendu...

– Ça, c'est ce qu'elle raconte ! Drôle de malade qui préfère se faire ausculter à l'extérieur plutôt qu'à domicile...

– Mrs Thorold a besoin de consulter de nombreux spécialistes.

– Pfff ! J'ai encore jamais vu ce genre de spécialiste s'installer à Pimlico, ma petite ! Elle ne va pas se faire examiner, dit-il d'un air entendu. Pas par un professionnel en tout cas...

– Vous... voulez dire que Mrs Thorold a une liaison ?

C'était une question idiote, car c'était bien ce que Brown sous-entendait, mais cela paraissait tellement invraisemblable ! Quoi, cette invalide qui passait ses journées à soupirer et à somnoler ? Cette épouse qui appelait son mari de vingt ans « Mr Thorold » ?

Mais il fallait dire que… Même si cela semblait hautement improbable, voire impossible, le raisonnement de Brown se tenait tout de même, bizarrement. Pourquoi Mrs Thorold tenait-elle tant à sortir consulter ses médecins, alors qu'elle trouvait à peine la force de couper elle-même sa viande ? Et qu'elle sortait rarement pour d'autres raisons ? Elle n'avait pas d'amies. Sa couturière et sa modiste devaient venir jusqu'à elle. Mais ses médecins l'auraient forcée à venir consulter ? C'était vraiment très étrange. Une liaison clandestine, comme le laissait entendre Brown, paraissait effectivement beaucoup plus crédible.

À moins qu'il n'y ait une troisième explication… ?

Un léger bruit sourd à gauche les fit sursauter tous les deux. Cass se tenait à l'autre bout du couloir, un seau dans l'une de ses mains rougies, une serpillière dans l'autre. À la place de la mine revêche qu'elle affichait d'habitude, on pouvait lire sur son visage une certaine curiosité.

Mary jura intérieurement. Si elle ne risquait peut-être pas de se faire renvoyer pour avoir discuté avec le cocher, se faire prendre à dire du mal de sa patronne était beaucoup plus gênant…

Elle se tourna vers Brown et lui dit fermement :

– Je refuse de vous croire, monsieur. Si vous voulez bien m'excuser.

– Petite sotte, marmonna Brown.

Elle ne prit pas la peine de se retourner pour voir si c'était à elle ou à Cass qu'il s'adressait, mais reconnut que, de toute façon, elle l'avait bien mérité.

CHAPITRE 12

– VOUS SORTEZ vous promener, Miss Thorold ?

Angelica sursauta, laissant tomber ses gants en chevreau sur le tapis de l'entrée.

– Miss Quinn ! Vous m'avez fait peur !

Angelica portait un bonnet vieillot qui dissimulait en partie son visage. Ce qui n'était pas caché parut bien rouge à Mary.

Celle-ci attendait sa réponse, mais Angelica demeurait silencieuse.

– Qu'est-ce qu'il fait lourd ! Ce n'est vraiment pas un temps à aller se promener.

Mary n'exagérait pas. L'air était lourd et suffocant, même dans le jardin, et l'humidité ambiante et le ciel menaçant laissaient présager un gros orage.

– Ce n'est pas si insupportable, répondit rapidement Angelica. J'avais juste envie de prendre l'air.

Mary n'y crut pas une seconde. Cette jeune femme n'allait jamais à pied là où elle pouvait aller en voiture, et Mrs Thorold était sortie avec, un quart d'heure plus tôt.

– Puis-je vous accompagner ? J'ai honte de ne pas avoir votre énergie. Et puis j'ai parfois l'impression de ne pas assez m'occuper de vous.

Angelica se décomposa.

– Non ! Euh… C'est-à-dire que… vous avez l'habitude de faire de grandes promenades et je ne vais pas marcher très vite…

C'était vraiment trop tentant.

– Oh, ça ne fait rien, je peux marcher plus lentement, assura Mary. Et, pardonnez-moi de vous le rappeler, mais il me semble qu'il n'est pas très convenable que vous sortiez toute seule.

La jeune femme se mit à bredouiller lamentablement.

Mary la regarda s'empêtrer pendant un petit moment, avant de prendre pitié d'elle.

– Enfin, je ne pense pas qu'il y ait vraiment de mal à cela… conclut-elle d'un ton détaché. Je ne vais pas vous infliger ma présence, Miss Thorold, et j'irai sans doute me promener de mon côté. Puis-je faire quelques courses pour vous ?

Si Angelica Thorold avait été capable de gratitude, voilà ce qu'on aurait pu lire sur son visage qui s'éclaircit aussitôt.

– Oh, non ! Pas aujourd'hui. Merci, Miss Quinn.

Elle se précipita vers la porte, mais se tourna vers Mary avant de l'ouvrir.

– Euh… Miss Quinn ?

– Oui, Miss Thorold ?

– Puisque nous allons nous promener toutes les deux… Peut-être que… si Maman le demande… nous pourrions lui laisser croire que nous nous sommes promenées ensemble ?

– Pourquoi pas ?

Les lèvres d'Angelica esquissèrent un petit sourire crispé.

Mary attendit deux minutes avant de se lancer derrière Angelica. Celle-ci avait menti, bien entendu : elle marchait assez vite et Mary avait bien fait de ne lui laisser que peu d'avance. Elle n'était déjà plus au loin qu'un petit point de couleur, que sa robe azur permettait heureusement d'identifier aisément.

Ce ne serait pas un problème. Mary décida de rester à une cinquantaine de mètres de Miss Thorold. En ce début d'après-midi, les rues de Chelsea grouillaient de chevaux et de voitures, de livreurs, de maraîchers, de vendeuses de fleurs ou d'allumettes, de gamins des rues, de chiens et d'autres créatures.

Les deux jeunes femmes marchaient en direction du nord-est, de Sloane Square. Malgré sa robe coûteuse et son allure mystérieuse, Angelica attirait étrangement assez peu l'attention. Mary était soulagée. Il lui serait impossible de ne pas intervenir si Miss Thorold se retrouvait dans une situation délicate. Au coin de Sloane Square, celle-ci s'arrêta brusquement. L'homme qui marchait derrière elle lâcha un juron et faillit renverser le contenu de sa brouette en essayant de l'éviter. Mais Angelica, occupée à scruter la place, ne sembla même pas y prêter attention.

Mary se posta derrière deux fleuristes qui échangeaient les derniers ragots avec une bonne. Elle n'eut pas besoin d'attendre longtemps. Une minute plus tard, un monsieur blond et mince toucha le coude d'Angelica, la faisant sursauter. Mary sourit : Michael Gray. Mais son sourire s'effaça lorsqu'elle vit peu après Michael héler une voiture, dans laquelle il aida Miss Thorold à monter.

La circulation était si intense que Mary n'eut pas de mal à les suivre à pied. Elle aurait aimé pouvoir entendre ce qu'ils se disaient. Est-ce que l'intimité du fiacre suffisait à Michael ou est-ce qu'il la conduisait quelque part ? Et qu'est-ce qu'ils pouvaient bien se raconter ? Dans un roman, ils s'aimeraient en secret, passionnément. Leur amour irait contre toutes les convenances. Le pauvre Michael et la belle Angelica, presque fiancée à George Easton, n'auraient pas le droit de s'aimer. Ce qui pourrait expliquer qu'Angelica ait été jalouse de sa demoiselle de compagnie lorsque Michael s'était montré ouvertement galant avec elle. Peut-être qu'ils cherchaient à présent un moyen d'annoncer leur idylle à Mr et Mrs Thorold. Le scénario était tout à fait plausible, même s'il n'avait rien d'original…

Mais… Mary trébucha. Elle venait de penser à une seconde hypothèse : peut-être qu'ils étaient tous deux impliqués dans les affaires illégales de Thorold ! Peu importe pour le compte de qui ils agissaient. C'était plausible également. Michael livrait à Angelica de précieuses informations sur la comptabilité. Ils devaient revoir leurs plans à cause du projet de vacances à Brighton. Et ils gardaient une certaine distance en public pour ne pas éveiller les soupçons. Qui aurait été mieux placé qu'Angelica pour s'occuper d'une délicate affaire d'argent sans éveiller les soupçons ? C'était le « principe Scrimshaw » en action : personne ne se méfiait des femmes, et surtout pas des femmes en position d'infériorité. En tant que bras droit de Thorold, Michael faisait un suspect idéal. Mrs Thorold, invalide ou infidèle, ne paraissait pas le moins du monde se préoccuper de sa famille. Mais Angelica était parfaite : cette enfant gâtée et oisive, fille d'un homme d'affaires riche, n'avait jamais rien à faire mais tout le temps pour le faire. Sa cruauté, dont la main de Mary portait encore la trace, paraissait de ce point de vue des plus logiques. Mary s'en voulut : en tant que membre de l'Agency, elle aurait dû être la dernière à sous-estimer une femme.

Décidément, ils en avaient, des choses à se raconter ! Mary suivit le fiacre le long des méandres de son parcours à travers Kensington et autour des parcs. Elle hésita à y aller au culot : *Ça alors ! Miss Thorold ! Mr Gray ! Si j'avais pu imaginer que je vous trouverais là, tous les deux, à Rotten Row !* Mais elle y renonça. Elle ne pouvait pas agir avant d'en savoir plus.

Au bout de trois quarts d'heure, la voiture finit par s'arrêter. Michael en sortit rapidement, paya le cocher et lui donna sèchement quelques instructions. Puis le fiacre s'ébranla et se remit en route, pour Cheyne Walk, vraisemblablement. Michael partit en direction de l'est. Il avait les mains dans les poches et semblait satisfait de cet entretien. Est-ce qu'il fallait le suivre ? Au cas où il s'arrêterait en route avant de retourner à sa comptabilité ?

Mary le suivit jusqu'au bout de Saint James Park, où elle le vit d'un coup sortir sa montre, avant de la ranger et de se dépêcher vers le sud. Elle se détendit. Son rendez-vous avec Angelica lui avait pris plus de temps que prévu : il devait vite retourner aux bureaux de Thorold. Elle était soulagée de ne plus avoir à se concentrer autant sur une cible. Elle poussa un soupir satisfait, jeta un œil autour d'elle et constata qu'ici, dans le parc, l'espèce de purée de pois puante si tenace à Chelsea s'était dissipée. C'était bon signe.

Le rendez-vous avait dû bien se dérouler : Angelica passa tout le reste de la journée à flotter dans un nuage de bonne humeur, à jouer des bribes de Mozart ou à chanter, l'air rêveur. Cela changeait de ses bouderies et de ses colères habituelles.

Le dîner venait de se terminer lorsque Thorold se racla la gorge.

– Mes chères, j'ai quelque chose à vous annoncer.

Les dames posèrent leur cuillère à pudding et Michael prit une gorgée de vin.

– Rester en ville est extrêmement désagréable en ce moment, commença Thorold. Je me fais beaucoup de souci sur les conséquences que pourraient avoir cette chaleur et ces miasmes sur votre santé.

Il s'arrêta pour dévisager Mrs Thorold d'un œil inquiet.

– J'ai pris des dispositions pour que vous puissiez vous retirer à Brighton, où l'air est pur. Vous partirez samedi et vous y passerez l'été.

Son annonce fut accueillie par un silence absolu. Angelica, que Mary épiait du coin de l'œil, feignit assez bien la surprise. Elle écarquilla les yeux et porta une main à son cou. En bout de table, Mrs Thorold serrait les lèvres. Le regard qu'elle lança à son mari était noir de reproche, pour ne pas dire de colère.

Angelica s'éclaircit la voix :

– Tout cela est si soudain, Papa. Qu'est-ce que nous allons donc faire à Brighton tout l'été ?

– Prendre des vacances, pardi. La maison est idéalement située, près du bord de mer.

Thorold prenait lentement conscience de l'humeur générale et se mit à regarder Angelica d'un air légèrement désapprobateur.

– Mais... Je pensais vous faire plaisir, ma chère. Il me semblait que vous vous étiez bien amusée à Brighton, l'année dernière.

Angelica inspira un grand coup, comme pour rester calme.

– C'est vrai, Papa. Mais nous n'étions restés qu'une quinzaine de jours. Et puis c'est si soudain... Si nous devons vraiment partir après-demain, il va falloir que je réorganise toutes mes leçons de musique et de nombreux autres engagements.

Visiblement contrarié, Thorold tourna les yeux vers sa femme. Et perdit tout à fait le sourire.

– Je... J'imagine que cette bonne nouvelle ne vous réjouit pas non plus, Mrs Thorold ?

Celle-ci soupira et se lança dans les méandres d'un interminable bulletin de santé.

Mary s'enfonça dans sa chaise, sans quitter Angelica des yeux. La jeune femme ne paraissait pas étonnée. Elle observait sa mère avec un certain amusement, comme si elle s'était attendue à cette réaction. L'avait-elle recrutée pour l'aider à rester en ville ? Comment avait-elle réussi à manipuler la vieille dame sans trahir ses propres intérêts ?

Mary se rappela soudain les sous-entendus du cocher,

piste qu'elle n'avait pas encore eu le temps de creuser. Si Brown avait raison, le désir de Mrs Thorold de rester à Londres n'avait rien de médical. Peut-être, après tout, qu'Angelica n'avait pas essayé de gagner sa mère à sa cause. Ce qui offrait une toute nouvelle explication à la nervosité de Thorold et à son empressement à éloigner sa famille de la ville. Soustraire sa femme à une liaison honteuse ? Le plan Brighton paraissait alors aussi compréhensible qu'urgent.

Et si c'était vraiment le cas, si Mrs Thorold entretenait bien une relation extraconjugale, cela voulait dire qu'elle passait son temps à leur jouer la comédie en faisant semblant d'être invalide ! Mais comment aurait-elle pu avoir assez d'énergie pour entretenir une relation passionnelle et clandestine alors qu'elle se montrait si faible dans tous les autres aspects de sa vie domestique ? Mary crispa les doigts autour de son verre. Une duplicité... plus importante que ce qu'elle avait imaginé, et sans doute plus impressionnante en son genre que les trafics de Thorold. Car si une femme pouvait tromper son mari, sa fille et toute la maisonnée sur sa santé, ses capacités et sa nature... il fallait vraiment reconnaître que c'était une femme de talent.

Mary réalisa qu'elle était à deux doigts de briser sa fragile coupe de cristal. Elle s'obligea à se concentrer de nouveau sur la voix de Mrs Thorold.

– Je ne vois pas comment je pourrais trouver un interniste de l'envergure d'Abernethy à Brighton. C'est tout simplement impossible. Et c'est pareil pour Mr Bath-Oliver, mon phrénologiste, qui est le meilleur de toute l'Europe. Et puis il y a...

Alors que la liste de lamentations se poursuivait, Mary jeta un coup d'œil à Michael. Il cessa aussitôt de regarder Angelica.

Thorold finit par perdre patience :

– Très bien, Mrs Thorold, très bien. Je comprends. Mais j'aurais tout de même été rassuré de vous voir quitter la ville. Cette puanteur de la Tamise devient absolument insupportable... Maintenant, si vous éloigner de vos médecins devait représenter une menace pour votre santé... Si vous pensez vraiment que partir serait pire que rester...

Il y eut un éclair d'acier dans les yeux de Mrs Thorold, mais elle poursuivit d'une voix douceâtre :

– Je le crains, mon époux.

Il soupira et ferma les yeux.

– Bien, reprit-il avec lassitude. Il nous reste une décision à prendre. Je vais tout de même louer la maison de Brighton : je me sentirai plus tranquille en sachant que vous pouvez toujours vous y retirer, si jamais l'air devient vraiment irrespirable à Londres. Mais Angelica, c'est à vous de choisir si vous préférez rester à la maison avec votre mère ou partir pour Brighton en compagnie de Miss Quinn.

Il dévisageait sa fille, l'air désemparé. Michael s'autorisa à la regarder de nouveau. Mary la fixait également, tout comme Mrs Thorold.

Angelica avait pleinement conscience de l'importance de ce moment et le laissa s'étirer quelques secondes, jouissant de son éphémère pouvoir. Elle finit par sourire à son père.

– Papa, vous êtes vraiment très généreux et très attentionné, mais je crois qu'il vaudrait mieux que je reste avec Maman. Si l'air devient vraiment dangereux, pourquoi ne pas nous accompagner à Brighton ? Il ne serait pas juste que nous soyons les seules à respirer l'air pur alors que vous resteriez vous-même exposé au danger.

Quel numéro magnifique : douce, humble et dévouée, la fille idéale. Si Mary avait été dupe, elle aurait sans doute pour la première fois apprécié la piété filiale d'Angelica. Mais elle ne pouvait qu'admirer le talent d'actrice de la jeune femme. Elle n'avait pas même risqué un regard vers Michael.

CHAPITRE 13

Vendredi 14 mai

APRÈS CETTE JOURNÉE riche en découvertes, Mary eut du mal à trouver le sommeil. Une nuée de questions l'inquiétait et parasitait son esprit : sur Michael Gray, sur Angelica et sur l'étrange manque de preuves pouvant pour l'instant compromettre Thorold… Mais dès qu'elle essayait de se concentrer sur le sujet, ses pensées revenaient inévitablement aux fameux « médecins » de Mrs Thorold. Pure lascivité ? À moins que cette histoire d'amant ne fasse également partie du plan ? Peut-être que – mais cette idée traversa si fugitivement son esprit embrumé qu'elle faillit la laisser filer –, peut-être qu'ils étaient tous dans le coup : le mari, la femme et l'amant ? Trop scandaleux ? Catégoriquement impossible, vu les personnes impliquées ? Elle ne… À moins que…

Elle finit par sombrer dans les bras de Morphée. Lorsqu'elle rouvrit les yeux, le grincement de sa porte marquait le début d'une nouvelle journée.

– Thé.

Cass plaça la tasse sur la table de nuit beaucoup plus délicatement que d'habitude.

Mary se souleva sur un coude et plissa les yeux pour mieux la regarder.

– Merci.

À la place de la sempiternelle question sur le bain, il y eut un drôle de silence, suivi d'un :

– C'est vrai ?

Mary s'assit et se frotta les yeux.

– Qu'est-ce qui est vrai ?

– Ce que Mr Brown a dit.

Manquait plus que ça !

– Sur Mrs Thorold ? Je n'en sais rien.

Mary prit une gorgée de thé avant de fixer Cass.

– Tu me crois ?

– J' sais pas, fit Cass en haussant les épaules.

– Alors pourquoi tu me poses la question ?

Nouveau haussement d'épaules. L'échange aurait dû s'arrêter là, mais Cass se mit à regarder ses pieds avant de se triturer les doigts. Ils étaient à vif, gercés et il y avait des croûtes autour de ses ongles.

– Tes mains te font mal ?

Troisième haussement d'épaules.

– J'y peux rien. C'est à cause du ménage.

Mary l'examina rapidement.

– Passe-moi le pot sur le rebord du lavabo. Le bleu, en verre.

Cass obéit mécaniquement.

– Assieds-toi là, dit Mary en tapotant la chaise à côté du lit. Relève un peu tes manches.

Le bout des manches était taché, crasseux. La gamine sentait la graisse de mouton et les cheveux sales. Mais était-ce encore une enfant ? Maintenant qu'elle se tenait près d'elle, Mary remarqua pour la première fois que ses yeux paraissaient vieux et las. Douze ans, au moins. Peut-être même quatorze, dans le corps grêle d'une enfant de dix ans.

Cass se raidit au contact de Mary, mais finit par se détendre légèrement.

– Ça sent bon, ce truc, murmura-t-elle.

Mary fit oui de la tête, en veillant à ne pas croiser son regard.

– Ça pique un peu, au début, mais ça soulage.

Elle massa un bon moment les petites mains comme des serres. Elle y passa plus de temps que nécessaire, mais les mains s'adoucirent très nettement et Cass ne semblait pas pressée de partir.

– Est-ce que vous êtes une lady ?

Surprise, Mary leva la tête. La petite fille avait le regard vif.

– Qu'est-ce que tu veux dire ?

Cass fronça les sourcils.

– Rien, juste ça : est-ce que vous êtes une lady ?

– Euh… Eh bien, je suis obligée de travailler parce que je n'ai pas d'argent, avança prudemment Mary. Mais j'ai eu une éducation de lady : j'ai appris le français, l'histoire, la géographie, ce genre de choses.

– Votre père était un gentleman alors ?

– Non, pourquoi ? demanda Mary d'un ton moqueur.

– Pasque vous ressemblez à une lady, mais que vous êtes pas comme elles.

– C'est-à-dire ?

– Vous me parlez. Vous dites « merci ». Et Mrs Thorold s'occuperait jamais de mes mains.

Mary finit son massage et tapota les mains de Cass.

– J'imagine que pour Mrs Thorold tu es complètement invisible.

– Oui.

Mary attendit, mais Cass ne bougeait pas.

– Vous croyez que j' pourrais être une lady, moi aussi ? finit-elle par demander. Enfin, une comme vous, j' veux dire. Pas une vraie.

Mary réprima un sourire.

– Tu aimerais ressembler à une lady ?

Cass haussa les épaules.

– Pas franchement pour le français ou l'histoire, tout ça...

– Mais ça semble moins fatigant que bonne à tout faire ?

– Oui...

– Et ça l'est sans doute.

Mary regardait les yeux vifs, à moitié dissimulés derrière une touffe de cheveux sales. Ce fut comme un choc : elle aussi, elle avait dû ressembler à Cass, il y a quelques années.

– Il se fait tard, reprit-elle en refermant le pot d'onguent. Reviens me voir ce soir avant d'aller te coucher. Je t'en remettrai un peu.

Le petit déjeuner se déroula en silence à Cheyne Walk. Thorold avait disparu derrière son exemplaire du *Times* et Michael feuilletait les autres journaux à la recherche d'éventuels articles sur la compagnie. À l'Institution, le petit déjeuner était frugal et collectif : on mangeait du porridge devant de longues tables en bois en compagnie de filles pleines de vie. Chez les Thorold, avec cet incroyable assortiment de plats chauds sous cloches en argent et ce luxe du silence, Mary se demandait comment elle arriverait à supporter le retour à l'austérité bruyante de l'école, une fois sa mission terminée. Elle était occupée à étaler de la gelée de coing sur un toast, lorsque l'un des valets de pied apparut près d'elle, avec les premières lettres de la journée.

– Oh ! Merci, fit-elle, surprise.

C'était la première lettre qu'elle recevait depuis qu'elle vivait à Cheyne Walk. Elle reconnut aussitôt l'écriture élégante d'Anne. Un léger frisson lui parcourut l'échine. Elle rompit rapidement le sceau, tremblant légèrement en dépliant la lettre.

Ma chère Mary,

Je vous écris avec une plume de calligraphie, une vraie affaire dénichée avant-hier. Dans la cour, la récréation est presque finie, mais les filles, surexcitées, sont encore en train de jouer dans un joyeux brouhaha. À cause de cette épouvantable chaleur, depuis trois jours, nous avons réduit les heures de cours. Dans deux jours, nous emmènerons les filles à la campagne, mais à deux pas de Londres, pour quitter enfin cette puanteur et leur faire prendre le bon air. Nous ne voulons surtout pas prendre de risques inutiles pour leur santé. Vous devriez sans doute aborder le sujet avec vos employeurs : rester si près du fleuve doit être dangereux en ce moment. Prenez soin de vous, ma chère.

Bien à vous,
Anne.

C'était une lettre tout à fait quelconque, lourde et ennuyeuse, qui ne faisait pas honneur à la vivacité d'esprit d'Anne. Elle fournissait néanmoins à Mary plus d'informations qu'elle n'en avait reçu depuis son arrivée à Cheyne Walk. Le code dont elles avaient convenu était d'une extrême simplicité : il suffisait de ne retenir que les onzièmes mots du message central de la lettre pour le déchiffrer. Anne et Felicity en avaient longuement débattu, la première préférant un code plus complexe, la seconde mettant en avant la nécessité de pouvoir le décrypter rapidement. C'est Felicity qui avait gagné, en expliquant que Mary aurait sans doute peu de loisir et d'intimité pour déchiffrer des messages au moment où elle les recevrait, et que le code ne servait qu'à protéger l'information des simples observateurs potentiels. Tranquillement assise à la table du petit déjeuner, tout en grignotant son toast, Mary n'eut aucun mal à découvrir l'avertissement d'Anne caché dans ces fausses nouvelles : *affaire finie dans trois jours pas prendre risques sujet dangereux.*

Trois jours, cela voulait dire que l'enquête se déroulait comme prévu. Mais cela signifiait également qu'il ne restait à Mary quasiment plus de temps, vu celui qu'elle avait perdu pour découvrir le peu qu'elle savait. Elle soupira.

– Rien de grave, j'espère.

Elle leva la tête et vit que Michael la regardait d'un œil inquisiteur.

– Non… Mais cela me faisait penser à la conversation d'hier soir. Mon ancienne patronne, Miss Treleaven, m'écrit pour me dire qu'elle compte emmener ses élèves loin de Londres cet été. Elle s'inquiète beaucoup des effets de la canicule sur la santé de ses pensionnaires.

– Tiens ? fit-il en fronçant les sourcils. Je croyais que l'école se trouvait assez éloignée du fleuve ?

– Oui, c'est à Saint John's Wood. Mais Miss Treleaven se préoccupe toujours du bien-être de ses élèves : il n'y a pas plus attentionnée.

Mary se rendit compte un peu tard que sa phrase pouvait être mal interprétée. Elle se reprit aussitôt :

– Euh… comme Mr Thorold avec ceux qui sont à sa charge, bien sûr.

Michael jeta à peine un œil à son employeur.

– Bien entendu… Vous devez être très proche de votre ancienne directrice pour qu'elle vous entretienne de sujets aussi anodins.

– Oh, oui, très ! répondit-elle en restant sur ses gardes. Je lui dois tout. C'est elle qui m'a éduquée et qui m'a offert mon premier poste. Sans elle, ma vie aurait été bien différente.

La remarque suivante de Michael fut interrompue par le froissement du journal de Thorold, qui signalait la fin du repas. En se levant, Michael glissa à Mary :

– Vous m'intriguez, Mary. Il faudra absolument que vous me racontiez la fin de cette histoire un peu plus tard.

Elle se contenta de sourire. Il poursuivait très consciencieusement sa stratégie de séduction. Après le petit déjeuner, elle rédigea une courte réponse en suivant le même code :

Chère Miss Treleaven,

Merci pour votre gentille lettre. Emmener les filles dans une maison à la campagne me paraît être une excellente idée. Ah, louée soit la première grosse averse qui viendra rafraîchir Londres ! Mais, à en croire les journaux, il faudra encore attendre bien longtemps. Brighton, Eastbourne, Bournemouth et les stations balnéaires connaissent un succès fou, mais tous les Londoniens ne peuvent fuir ainsi la canicule en famille.

Mais ne vous en faites pas pour moi, la température reste supportable et je ne vois pas le temps passer à Chelsea tant les Thorold se montrent bons avec moi, surtout Angelica. Pour mon nouveau poste, je ne pouvais vraiment pas espérer mieux ! Le travail me convient parfaitement, même si je repense pour le moment encore avec nostalgie à mes années chez vous.

Bien à vous,
Mary Quinn.

Après s'être assurée que Thorold et Michael étaient bien partis, Mary quitta la maison à neuf heures et demie d'un bon pas, pour poster sa lettre dans une boîte au coin de la rue. À cette heure-ci, il faisait encore frais et la puanteur du fleuve restait à peu près supportable. Ce qui n'empêcha pas la jeune femme de se réjouir d'une petite brise venue du nord qui chassait les relents de pourriture et d'égouts. Au coin d'Oakley Street, un gamin la dépassa en la bousculant du coude.

– Aïe !

Mary s'apprêta aussitôt à attraper le garçon par le col de sa chemise : cette bousculade « accidentelle » était un vieux truc de pickpocket. Elle en avait usé et abusé dans sa jeunesse, lorsqu'elle faisait ses classes de voleuse, avant de passer à un niveau supérieur.

– Vraiment désolé, Miss.

Le garçon souleva sa casquette pour s'excuser. C'est là que Mary se rendit compte qu'il était bien habillé et étonnamment propre. Un garçon de bureau ?

– Ce n'est rien.

– J' crois que vous avez perdu ça, Miss.

Il se baissa rapidement pour ramasser une lettre cachetée.

Mary ouvrit la bouche pour dire qu'il faisait erreur, avant de lire ce qui était inscrit sur le papier : « Miss M– Q– ».

– Oh, merci.

– De rien, Miss. Bonne journée.

Et après l'avoir saluée de nouveau, il reprit son chemin.

Mary regarda autour d'elle, ce qui était assez ridicule dans la mesure où elle se trouvait au beau milieu d'une rue bondée, avant d'ouvrir l'enveloppe. « Venez me retrouver à mon bureau. JE. » Une adresse était inscrite juste en dessous. Elle se demanda un court instant si elle allait obéir à cet ordre laconique. Si encore elle avait eu un plan très précis... *Trois jours. Trois jours. Trois jours.* Les mots résonnaient dans sa tête comme un roulement de tambour.

En descendant de l'omnibus à Great George Street, la première plaque en cuivre que Mary aperçut fut celle d'Isambard Kingdom Brunel, le plus grand ingénieur de tout le pays. Mais contrairement aux bureaux de Brunel, ceux d'Easton Ingénieurs ne payaient pas de mine. Dans la pièce principale, une rangée d'employés penchés sur leurs bureaux ou leurs tables à dessin. Ni marbre ni acajou : juste un imposant comptoir d'accueil du haut duquel un petit homme à lunettes la dévisageait d'un œil soupçonneux. Il finit par desserrer les lèvres, juste assez pour émettre un « Oui ? » poussiéreux.

– J'ai rendez-vous avec Mr James Easton.

– Votre nom, mademoiselle ?

– Donnez-lui ceci, répondit-elle en lui glissant l'enveloppe froissée.

Il fronça légèrement le nez, hésitant d'abord, avant de saisir l'enveloppe du bout de deux doigts.

– Attendez-moi là.

Trente secondes plus tard, il réapparut dans la grande salle, à contrecœur visiblement.

– Si vous voulez bien me suivre, mademoiselle.

Mary le suivit jusqu'au fond de la pièce, sentant peser sur elle les regards curieux des employés. Ils passèrent une lourde porte en bois. Le bureau de James était aussi dépouillé que la pièce principale. Le jeune homme était assis à un bureau qui croulait sous un incroyable désordre de piles de papiers, de rouleaux de dessins techniques et de douzaines de petites notes dispersées un peu partout. Une tasse à café vide tenait comme par miracle sur le meuble, un muffin à moitié entamé posé en équilibre contre la soucoupe. James était en manches de chemise.

Il leva la tête quand elle entra dans la pièce, mais ne prit pas la peine de se lever.

– Crombie, je ne veux pas être dérangé, dit-il au vieil homme. Et surtout pas par George.

Le vieil employé grogna et referma lourdement la porte

derrière lui. Au bout d'un moment, James finit par poser son porte-plume.

– Vous pouvez relever votre voilette : je préfère voir le visage de ceux à qui je m'adresse.

Mary détacha son chapeau, qu'elle posa sur un coin du bureau.

– Vous êtes vraiment d'humeur délicieuse aujourd'hui.

James lança un regard mauvais au chapeau.

– Il est presque dix heures. Vous en avez mis, du temps !

– Je ne peux pas quitter la maison avant que Thorold et Gray ne soient sortis.

Elle commença à retirer ses gants.

Il poussa un grognement, avant de l'examiner avec une légère grimace.

– Vous avez une mine effroyable. Vous n'avez pas fermé l'œil de la nuit ?

– J'ai très bien dormi, je vous remercie.

– Hum, ça doit être cette robe, alors. Comment appelle-t-on cette… couleur ?

– Moutarde. C'était très à la mode, il y a trois ou quatre ans.

– On dirait que vous avez la jaunisse.

– Merci mille fois du compliment.

L'extrême politesse de Mary finit par franchir le barrage de mauvaise humeur de James.

– Qu'est-ce qui ne va pas, alors ? On peut savoir pourquoi vous êtes si polie ?

Elle lui lança un regard de biche.

– Mais je suis toujours polie, Mr Easton. C'est vous qui cherchez à vous affirmer par vos mauvaises manières.

– Fadaises. Pourquoi êtes-vous toujours debout ?

– Parce que vous ne m'avez pas proposé de m'asseoir.

L'air irrité au possible, il fit le tour du bureau pour présenter un fauteuil libre à Mary.

– Ma chère Miss Quinn, auriez-vous l'extrême obligeance de bien vouloir consentir à vous asseoir ?

Elle accepta gracieusement.

Il se laissa tomber dans son fauteuil et croisa les jambes.

– Trêve de plaisanteries, avez-vous appris quoi que ce soit de nouveau depuis notre dernière rencontre ?

Elle décrivit rapidement ce qui s'était passé la veille, au dîner.

– Puisque le plan Brighton est tombé à l'eau, peut-être que nous pourrions nous concentrer sur autre chose ?

– Tout à fait. Mon avocat recherche en ce moment toute affaire judiciaire dans laquelle Thorold aurait pu être impliqué ces vingt dernières années. Mais il n'a encore rien trouvé.

Mary se mordit la lèvre. Elle aurait dû lui révéler les anciens démêlés de Thorold avec la justice, les suspicions de fraude à l'assurance et de fraude fiscale qui n'avaient abouti à rien. Mais comment justifier qu'elle soit au courant sans risquer de compromettre l'Agency ?

– Je suis également allé consulter son testament aux Doctors' Commons[1].

– Parce qu'il n'y a pas d'amour sans argent, pour vous, ironisa Mary.

James ne se montra pas le moins du monde offensé.

– Tout ce qu'il y a de plus banal et de censé : sa femme,

1. Société londonienne d'avocats en droit civil, où les testaments pouvaient être déposés (NdT).

si elle est vivante, est la principale héritière. Sinon, un généreux usufruit à Miss Thorold et à ses héritiers à elle.

– La technique habituelle pour décourager les coureurs de fortune.

– Exactement.

– Pas d'anciens amis ou associés, d'œuvres de charité ?

– Rien d'extraordinaire. Il me semble avoir vu une vague société de missionnaires et une maison d'accueil pour les vieux marins asiatiques, les lascars, pour être plus précis.

Mary écarquilla les yeux.

– Il apporte son aide aux marins asiatiques, et pas aux anglais ?

– J'imagine que c'est parce qu'on s'occupe déjà suffisamment des marins anglais. Au pire, ils ont toujours leur famille ou des relations. Les asiatiques qui échouent ici ont bien plus besoin d'aide.

Mary acquiesça. Ayant grandi à Poplar où les lascars vivaient nombreux, elle en connaissait plusieurs familles. Même ceux qui s'installaient à Londres et épousaient des Anglaises restaient en général assez pauvres.

– Les lascars pourraient peut-être m'aider à remonter la piste des cargaisons clandestines, avança James.

Voilà une piste que Mary n'avait pas du tout envie d'explorer.

– Vous pensez vraiment que de vieux marins sous-payés se trouveraient impliqués dans ce genre de trafic ? se moqua-t-elle. Ça paraît très peu probable.

– Non, non, pas eux. Mais il y en a forcément des plus jeunes qui débarquent à peine en Grande-Bretagne et qui passent par ce refuge.

– Mais pourquoi Thorold confierait-il ses cargaisons volées à des marins étrangers ?

– S'ils se font prendre, il peut facilement prétendre qu'il n'était pas au courant. Les gens sont toujours prêts à accabler les étrangers de tous les maux de la terre. Et le cliché des Orientaux liés au trafic d'opium ne ferait que servir Thorold.

Ils discutèrent encore un moment de la question, jusqu'à ce que Mary accepte de se laisser convaincre.

– Ça ne coûte rien de jeter un œil. Je trouverai bien une autre piste.

James parut surpris.

– Vous ne venez pas avec moi ?

Mary sentit un nœud se former dans son estomac.

– Pourquoi ? Je ne vois pas en quoi je pourrais vous être utile.

– Mais moi, j'ai une idée. Venez, je vous raconterai cela en route.

CHAPITRE 14

ILS FIRENT un détour par le nord plutôt que de traverser directement le fleuve pour se rendre sur l'Isle of Dogs. Ils s'arrêtèrent dans une ruelle miteuse de Hollborn, où James sauta de voiture pour s'entretenir à voix basse avec une vieille borgne pouilleuse avant de remonter, les bras chargés d'un paquet de loques crasseuses.

Mary fronça le nez.

– Berk ! Au nom du ciel, qu'est-ce que c'est que ça ?

– Une robe.

– Oh que non ! Il est hors de question que j'enfile cette chose. Ça sent le linge qui n'a pas été lavé depuis au moins une semaine.

– Ça sent le peuple.

– Et en quoi cet accoutrement répugnant est-il censé faire avancer l'enquête ?

– L'un de nous va s'occuper de distraire le directeur pendant que l'autre en profitera pour se faufiler à l'intérieur.

Mary soupira.

– Je suppose que c'est vous qui entrerez par la grande porte et que c'est moi qui passerai par les cuisines ? Et pourquoi je ne pourrais pas jouer la lady pendant que vous feriez le valet pas lavé ?

– On ne vous prendra jamais pour une lady sans même une bonne pour escorte.

Elle lui adressa un regard noir, mais fut obligée de reconnaître que sa logique était implacable.

– Bien. Fermez les yeux, fit-elle en tirant les rideaux de la voiture.

– J'en ai déjà vu d'autres, vous savez.

– Peut-être, mais pas les miens.

Il sourit, mais ferma sagement les yeux.

– Vous en faites, des façons, pour une femme qui court les rues la nuit en pantalon.

Se changer dans l'espace exigu d'une voiture est bien plus difficile qu'on ne le pense. Et le faire à l'aveuglette en se débattant avec des strates de jupons aussi convenables qu'encombrants ne facilite pas la tâche. Après avoir lutté pendant plusieurs minutes, Mary réussit à triompher de son modèle moutarde, qu'elle lança à James.

– Tenez-moi ça.

– Eh bien ! Vous en avez mis, du temps.

– Mais qui vous a dit d'ouvrir les yeux ?

– Toujours pas prête ?

C'était une question idiote : Mary ne portait qu'un léger corset sur une fine chemise et de simples culottes de mousseline. Si elle était descendue de voiture dans cette tenue, elle aurait sans doute déclenché une émeute.

– Goujat ! gronda-t-elle en ramenant ses bras sur sa poitrine. Fermez les yeux !

Le bruissement de tissu froissé reprit de plus belle pendant un moment.

– Et voilà.

Quand James ouvrit les yeux, elle ajustait un vieux bonnet tout miteux.

– La couleur vous va bien.

– Je n'ai plus l'air d'avoir la jaunisse ?

Mary sourit, surmontant son inquiétude. Ils s'arrêtèrent au coin de la rue.

– Rendez-vous ici dans une demi-heure.

Le Refuge Impérial Baptiste pour Marins Asiatiques Nécessiteux d'East London se trouvait à Limehouse, près de l'hôpital East India. Il se composait de deux pauvres maisons crasseuses en brique rouge écrasées l'une contre l'autre. Il était indiqué par une grande plaque de cuivre terni sur la porte d'entrée, à côté d'une sonnette guère mieux entretenue. En observant cette triste façade, Mary fut soudain soulagée de ne pas être chargée de créer une diversion. La dernière chose qu'elle voulait, c'était qu'on la voie là.

Elle s'avança prudemment dans la ruelle derrière les maisons. Elle était jonchée des déchets habituels – restes de nourriture ou de vêtements, cendres – et imprégnée d'une forte odeur de pourriture. La porte de service du Refuge n'était ni plus ni moins engageante que celle des autres bâtiments de la rangée. La peinture cloquée s'écaillait par pans entiers et la fenêtre voisine avait été condamnée. Mais le seuil de la porte avait été balayé récemment et le seau à cendres soigneusement placé à côté. C'était un étrange mélange de propreté et de délabrement.

Mary tendit l'oreille. Quelque part au loin, à l'intérieur de la maison, elle distinguait des bruits : le tintement d'une sonnette, des pas, le grincement d'une porte qui s'ouvre. Mais rien de très proche. En tournant la poignée, elle ne fut pas étonnée de trouver la porte ouverte.

Comme elle s'y attendait, elle pénétra dans une arrière-cuisine obscure. Des murs de brique nue, un sol de pierre. Mary se concentra de nouveau et perçut un murmure éloigné de voix d'hommes. Des bruits de pas… Deux personnes ? Puis une porte qui se refermait sur les voix. Mais toujours rien à l'arrière du Refuge.

Si elle avait eu à cacher des marchandises de contrebande ou des papiers compromettants, où est-ce qu'elle les aurait dissimulés ? Tout en haut, sans doute. La cave était sûrement trop humide et pleine de rongeurs nuisibles. À moins que les papiers ne soient rangés dans le bureau du directeur… Elle s'en soucierait plus tard. Mary traversa en silence la cuisine proprement dite et déboucha dans le couloir principal. Elle regarda très attentivement autour d'elle. Le Refuge semblait entièrement plongé dans la pénombre et le silence. Il y faisait curieusement frais, par rapport à la chaleur qui régnait à l'extérieur. De petits cercles de moisissure fleurissaient dans les coins et des taches d'humidité couleur rouille colonisaient les papiers peints. Sous l'odeur douceâtre de moisissure, on discernait des senteurs exotiques et chaleureuses : un parfum d'étoffes, de cuisine et de médecine chinoises… Un condensé d'Extrême-Orient. Mary se retrouva aussitôt transportée à Poplar. Chez elle.

L'escalier n'avait pas été tapissé. Elle monta tout doucement, autant pour ne pas faire de bruit que pour essayer de contrôler les tremblements de son corps. Le palier du deuxième étage donnait sur trois portes. On avait percé le mur en haut des marches pour relier le palier à celui de la maison voisine, qui ressemblait sans doute à celle-ci comme deux gouttes d'eau.

Mais où étaient donc les vieux marins ? Est-ce qu'on ne les accueillait qu'à la nuit tombée ? Mary se mordit la lèvre. Si elle s'introduisait dans une chambre à coucher, elle risquait de déranger toute une chambrée de vieux messieurs qui n'avaient rien à voir avec l'affaire. Elle pouvait aussi découvrir des caisses de marchandises de contrebande. Ou bien tomber sur Thorold lui-même, occupé à recompter ses tas d'or…

Il fallait absolument qu'elle passe à l'action avant de devenir trop nerveuse. Elle choisit la chambre à coucher la plus proche. Elle colla son oreille à la fine porte en bois : pas un bruit. Elle tourna doucement la poignée, qui n'émit qu'un très léger grincement. Une petite fenêtre laissait passer un modeste filet de lumière grisâtre, juste assez pour révéler deux rangées de lits de camp, aussi bas qu'étroits, serrés les uns à côté des autres. Une couverture usée jusqu'à la corde était posée sur les matelas de paille pleins de creux et de bosses. Pas d'oreiller. Une caissette sans couvercle était placée au pied de chaque lit, pour le rangement des effets personnels. Le sol n'était qu'un simple assemblage de planches poli par l'usage, bien balayé. La pièce sentait les bougies de suif, le savon de lessive et la pourriture.

Mary ferma la porte en tremblant légèrement avant d'entrer dans la pièce suivante. Donnant sur le côté aveugle de la maison, celle-ci était privée de fenêtre.

Allumant une bougie, elle découvrit le même décor, sauf qu'il y avait là plus de lits, presque collés les uns contre les autres. Cette pièce semblait également moins propre que la première, dominée par une odeur de vieillards mêlée à celle de l'opium.

Après avoir constaté que la troisième chambre, la plus grande des trois, offrait toujours le même spectacle, Mary commença à se demander ce qu'elle faisait là. Qui était-elle pour s'immiscer ainsi dans l'intimité de ces vieux messieurs honorables, frappés par la misère ? Il n'y avait dans ce refuge réduit au strict minimum absolument pas de place pour ce qu'ils avaient pu imaginer, James et elle… Et s'il s'avérait qu'ils ne s'étaient pas trompés, il était impensable que les pensionnaires n'aient jamais posé de question. Elle avait repéré une vingtaine de lits dans cette partie de la maison. Si elle en comptait autant pour l'autre moitié, il devait y avoir entre trente-cinq et quarante-cinq pensionnaires au total. Ils ne pouvaient tout de même pas tous être de pauvres vieux grabataires. Soit les papiers et les objets volés ne se trouvaient pas ici, soit ils étaient cachés ailleurs dans la maison. Peut-être à la cave, après tout. Ou dans le bureau du directeur.

Elle venait juste de se décider à redescendre lorsqu'elle entendit des pas dans l'escalier. Des pas qui montaient, bien évidemment. Piégée !

– Qui êtes-vous ? Qu'est-ce que vous faites là-haut ?

C'était une voix d'homme âgé en colère. Mary laissa échapper un petit cri ridicule.

– Oh ! J' suis vraiment désolée, m'sieur… J' cherchais le m'sieur qui s'occupe de c't endroit.

Elle découvrit alors un Chinois plutôt mince, d'une bonne soixantaine d'années, mais à l'air assez vif. Elle le salua avec respect pour donner le change.

– C'est vous, m'sieur ?

– Comment êtes-vous entrée ?

À sa voix, elle comprit aussitôt qu'il ne la croyait pas.

– P-par la porte de la cuisine, m'sieur. C'est que... J' cherche une place.

– Le bureau du directeur se trouve au rez-de-chaussée, dit-il d'une voix sèche et méfiante.

Mary joua la carte du charme cockney :

– J' pensais pas à mal, m'sieur. J' cherche juste une place. C'est qu'y'a pas beaucoup d' boulot pour une fille honnête dans les parages.

Elle essaya de prendre un air un peu niais et plein d'espoir.

– C'est vous l' directeur, m'sieur... ?

– Chen, répondit l'homme en desserrant à peine les lèvres.

– Oh ! s'exclama-t-elle en faisant mine de se précipiter sur lui.

Mais, comme elle s'y attendait, il fit un geste de la main pour l'en empêcher.

– Oh, siou plaît, m'sieur. Donnez-moi un travail. J' vous jure que j' bosse dur, sauf que j'ai pas pu, à cause que ma sœur est si malade et que...

– Descendez, jeune femme.

Elle commença à descendre en tremblant, et, obéissant à un nouveau petit geste brusque de la main du directeur, le précéda dans les escaliers. Ils entrèrent dans une pièce près de l'entrée, qui donnait sur le couloir principal. Comme tout le reste du Refuge, la pièce était plutôt vide et vétuste, mais quelqu'un avait visiblement fait un effort de décoration. Les murs étaient couverts d'un papier peint sombre à motifs de fougères, qui se décollait progressivement à cause de l'humidité. Des rideaux de velours, tirés sur le côté pour laisser entrer des flots de lumière tranchaient avec les verts du papier peint et le tapis très fatigué. Mais la pièce maîtresse du lieu était un portrait criard d'un marchand obèse aux yeux cyniques et aux joues incroyablement roses. Le cadre massif à dorures arborait une plaque sur laquelle on pouvait lire : « Wm. Bufferton (1801-1852), Bon et loyal serviteur, homme de bonne volonté, selon le cœur de l'Éternel ». Avec une grimace de dégoût, Mary cessa de contempler le tableau pour retrouver le regard perçant du directeur.

Il lui indiqua une chaise en bois branlante. Elle s'assit. Pas lui.

– Alors comme ça, vous cherchez une place ?

– Ou-oui, m'sieur.

– De quoi ?

– T-tout et n'importe quoi, m'sieur, répondit-elle en cherchant à cacher ses mains dans les plis de sa jupe. Bonne à tout faire, couture, toutes les tâches ménagères.

Il se mit à examiner les mains de Mary.

– Vraiment ?

Pendant le long silence qui s'ensuivit, la jeune femme n'osa pas lever la tête. Elle essaya d'obtenir quelques indices en épiant Mr Chen par en dessous, mais celui-ci ne faisait pas un bruit, pas un geste. Tout semblait s'être arrêté autour d'elle. Elle compta jusqu'à vingt, puis jusqu'à quarante, soixante. Dans la pièce d'à côté, une horloge sonna la demie.

Lorsqu'il se remit enfin à parler, ce fut pour surprendre Mary d'une voix sèche :

– Je ne vous crois pas.

Elle ouvrit aussitôt la bouche pour protester, mais il hocha gentiment la tête et elle garda le silence.

– Vous n'êtes pas venue me demander du travail, reprit-il plus doucement. Vous avez les mains trop bien soignées : ce ne sont pas des mains de bonne. Vous êtes venue chercher autre chose.

Mary commençait à se sentir mal. Mais qu'est-ce qui lui arrivait ? Pourquoi est-ce qu'elle n'était pas fichue de trouver la bonne excuse pour se sortir de ce pétrin ? Est-ce qu'il allait au moins lui confirmer que les marchandises volées étaient bien cachées ici ? Et comment s'échapper pour en informer l'Agency ? James finirait sans doute par donner l'alarme s'il ne la voyait pas revenir. Prise dans le tourbillon de ses pensées, elle tomba des nues en entendant la nouvelle question du directeur. Une question bien simple, pourtant.

– D'où êtes-vous ?

Mais c'est en mandarin qu'il la posa.

Mary le fixa un instant, les joues en feu. Devant son air perplexe, le directeur sourit légèrement. Il changea pour le cantonais :

– Vous ne connaissez pas votre propre langue ?

Il haussa les épaules, puis reprit en anglais :

– Comment s'appelle votre père ?

Mary ne savait plus où se mettre. Et voilà : tout ce qu'elle craignait en venant ici aujourd'hui venait de se réaliser. Tout ce à quoi elle essayait de ne plus penser.

Il n'avait fallu à Mr Chen que quelques mots pour percer son secret.

CHAPITRE 15

– CE N'EST PAS la peine d'avoir peur, *Ah Mei*.

Mary fut surprise par cette marque de respect pleine de compassion. On ne l'avait plus appelée « petite sœur » depuis qu'elle était toute petite.

– Beaucoup de jeunes gens viennent ici pour tenter de retrouver leur famille.

Mary se mit à trembler de tous ses membres. Elle sentit brusquement ses paumes et ses aisselles devenir moites, transpiration qui n'avait rien à voir avec la chaleur.

– Pardonnez-moi de vous avoir menti, *Ah Gor*.

« Grand frère », une autre marque de respect qui lui était revenue instinctivement. Elle ignorait que cette part d'elle-même avait survécu.

– Pourquoi m'avez-vous menti ?

– Je... J'avais peur.

Ça, au moins, c'était vrai.

– Je sais que je n'aurais pas dû monter.

Vrai aussi. Malgré la honte qu'elle éprouvait à s'être laissé prendre, à avoir été reconnue, dire la vérité la soulageait.

– Vous cherchez quelque chose ? Des informations ?

Elle fit prudemment oui de la tête. Il étudia un instant son visage.

– Vous êtes métisse.

Mary ne pouvait plus contrôler le flot d'émotions qui la submergeait.

– Ma mère était irlandaise.

– Et votre père était un marin chinois.

Ce n'était pas une question. La panique envahit brusquement la jeune femme : partant de sa poitrine et gagnant le moindre de ses membres tremblants. Son cœur battait trop vite, trop fort. Il résonnait jusque dans ses oreilles, recouvrant tous les autres bruits. Elle s'efforçait depuis des années de ne pas penser à ses parents. Et surtout pas à ça… Ni à sa propre identité.

Mr Chen l'observait toujours, l'air impassible. Il attendait qu'elle lui réponde. Est-ce qu'il était encore temps de fuir ? Il était vieux, elle était rapide… Et lâche, si elle décidait de fuir maintenant. Encore une fois.

Elle releva la tête.

– Oui.

Honte. Soulagement. Un étrange sentiment de courage mêlé de déshonneur l'envahit. En un sens, partager son secret pour la première fois depuis la mort de ses parents, reconnaître sa véritable identité était pour Mary comme une libération. Même Anne et Felicity n'en savaient rien. Mais cette soudaine confession avait quelque chose de terrifiant. D'humiliant, même.

– Votre père est mort ?

Il suffit à Mary d'y penser pour éprouver une immense détresse.

– Il est mort en mer.

D'un geste bref, élégant, Mr Chen l'invita à poursuivre.

– Racontez-moi tout.

C'était une demande très simple, mais Mary ne trouvait plus ses mots. Elle s'était interdit pendant si longtemps de penser à son père… Et là, sous le regard perçant de Mr Chen, elle ne savait plus du tout par où commencer.

– C'était un bon père ? demanda-t-il doucement.

Elle fit oui de la tête.

– Quel âge aviez-vous quand il est mort ?

– Huit ans. Peut-être sept.

– Alors vous vous en souvenez.

Mary ferma les yeux et le visage de son père surgit de ses souvenirs. Un bel homme au sourire timide.

– Il était très gentil. Nous allions souvent nous promener au bord du fleuve et il me racontait son enfance à Canton. À Poplar, on l'appelait Prince, dit-elle en souriant, parce qu'il ressemblait un peu au prince Albert.

Mr Chen parut tiquer et se pencha légèrement vers elle.

– Est-ce que vous connaissez son vrai nom, son nom chinois ?

– Personne ne l'appelait ainsi. Notre nom de famille, c'est Lang, mais je ne me souviens pas de ses prénoms.

Mr Chen se mit à respirer plus vite.

– Prenez votre temps, dit-il fermement.

– Vous… Vous l'avez connu ? s'étonna Mary.

– Tout dépend de qui il s'agit.

– Mais il a disparu en mer ! Son navire a fait naufrage et un agent de la compagnie est venu nous donner un peu d'argent… Son salaire.

Les mains de Mary tremblaient et elle avait le visage en feu : il y avait quelque chose dans l'expression de Mr Chen…

– C'est impossible, vous ne pouvez rien savoir ! Comment…

Il la coupa sévèrement :

– Calmez-vous. Je ne peux rien vous dire sur un homme dont vous ne connaissez même pas le nom.

Plusieurs syllabes vinrent alors à l'esprit de Mary. Elle n'avait jamais appris ni le mandarin ni le cantonais, en dehors de quelques mots ou phrases décousues. Elle n'avait jamais eu la patience d'apprendre à dessiner les idéogrammes chinois. Elle s'en voulait tellement aujourd'hui, d'avoir laissé passer cette chance ! Elle représentait tout ce qui restait de son père, elle était la seule personne à se souvenir de lui et elle n'était même pas capable de se rappeler son nom ! Elle ferma les yeux pour mieux se concentrer. Parmi tous les sons complexes qui résonnaient dans sa tête, elle retrouva.

– Lang Jin Hai.

– Vous êtes bien sûre ? demanda lentement Mr Chen. Lang Jin Hai ?

– Oui.

Elle s'en était souvenue. Cela voulait dire « mer dorée ».

Les yeux de Mr Chen se mirent à briller d'un étrange éclat.

– Alors vous êtes Mary, sa fille unique.

Cette simple phrase la pétrifia. Que cet homme ait deviné qu'elle était à moitié chinoise était déjà assez stupéfiant, mais de là à savoir qui elle était !… Il y avait certainement un truc.

– C'est impossible.

– Quoi ? demanda-t-il le plus simplement du monde.

– Comment pouvez-vous… Mon père… Toutes ces années…

Impossible de prononcer une seule phrase cohérente. Le doute, l'espoir, la peur et le trouble l'empêchaient de penser correctement.

Elle parvint juste à répéter :

– C'est impossible.

Mr Chen sourit légèrement.

– Vous avez quitté Limehouse très jeune, et depuis, vous vous faites passer pour une Anglaise de souche.

Comment en savait-il autant sur elle ? Elle essaya de se relever tant bien que mal, mais ses genoux tremblaient et elle dut se rattraper à sa chaise.

Le vieil homme fit un pas en arrière et leva les mains comme pour se rendre.

– Je ne vous forcerai pas à rester, Miss Lang. Mais êtes-vous vraiment sûre de vouloir fuir avant d'avoir entendu mes explications ?

Mary sentit que si elle fermait les yeux, la pièce se mettrait à tourner. Elle se concentra alors sur Mr Chen. Il y avait étrangement dans son expression un petit quelque chose d'Anne Treleaven. Mais peut-être que cela tenait aussi à la situation : elle avait l'impression d'avoir à nouveau douze ans, d'être perdue et en colère, au seuil d'une nouvelle vie aussi fascinante qu'effrayante. Elle s'agrippa fermement à la chaise.

– Je vous écoute, dit-elle d'une voix cassée par l'émotion.

– Il est évident que vous avez quitté Poplar très jeune, parce que vous n'avez pas l'air de savoir à quel point notre communauté chinoise est petite. Seule une vingtaine de marins chinois se sont installés ici et ont épousé des femmes blanches.

Cela paraissait cohérent.

– Vous ne faites pas partie de notre communauté, vous ne parlez que l'anglais et vous avez été surprise, pour ne pas dire gênée, que je devine que vous étiez métisse.

Mary aurait voulu protester, mais tout ce qu'il avait dit était vrai. Et pourtant...

– Je n'ai pas honte d'avoir un père chinois, avança-t-elle prudemment. Mais la plupart des Anglais sont pleins de préjugés : ils considèrent les étrangers, surtout ceux à la peau foncée, comme inférieurs. Ils sont persuadés que nous ne sommes que des pauvres d'esprit aux mœurs douteuses.

– Oui, je sais. Nous sommes tous confrontés à cela ici.

– Mais je vis parmi eux aujourd'hui. Si je leur révélais ma véritable origine, ils ne me considéreraient plus du tout de la même manière : je ne trouverais plus de travail, à part les tâches les plus ingrates et les moins bien payées, je perdrais mes amis, on me mépriserait et on me traiterait comme une moins que rien. Je ne peux pas me le permettre !

– Eh oui. C'est le destin de la plupart des Asiatiques, et de tous ceux qui n'ont pas la peau claire, dans ce pays. Vous n'êtes pas comme les autres, parce que vos traits trahissent à peine votre origine. Par rapport à la plupart des jeunes Chinoises, c'est pour vous une bénédiction autant qu'une malédiction : vous pouvez vous payer le luxe de renier votre héritage, si vous le souhaitez.

– Mais je ne suis pas non plus l'une d'entre elles ! Pour les Chinois, je ne suis qu'à moitié chinoise, et pour les

Blancs, mon sang est souillé. Je n'ai plus de famille, personne qui me ressemble... Je ne suis à ma place nulle part !

Il l'observa un moment.

– Je comprends ce que vous voulez dire. J'espère seulement qu'un jour vous verrez tout cela différemment.

– Mais comment... ? demanda Mary abasourdie.

– Si j'ai bien compris, reprit-il en ignorant sa question, vous avez rompu tout lien avec Poplar et Limehouse pour trouver un emploi et vous faire passer pour une Blanche.

Elle hocha faiblement la tête.

– Et on vous prend vraiment pour une Anglaise ?

– Anglaise, non, même s'ils se contentent pour la plupart d'apprendre que ma mère était irlandaise. D'autres pensent que j'ai du sang espagnol ou français, ou d'autres ancêtres du continent. Et même si les Européens sont aussi souvent mal vus, ils restent toujours mieux considérés que... la vérité.

Le mot « vérité » demeura comme suspendu en l'air, lourd et pesant. Quand elle était petite, quelqu'un (sa mère ?) avait essayé de lui enseigner que « seule la vérité rend libre ». Mais elle ne voyait vraiment pas en quoi. Encore un peu de fard pour les naïfs... Ou les privilégiés.

Mr Chen s'éclaircit doucement la voix.

– Nous avons un peu perdu de vue ce qui vous amène. Je me souviens de votre père, parce que c'était un homme exceptionnellement beau et grand. Tout le monde aurait su le reconnaître, sans forcément le connaître.

Mary essaya de rester concentrée sur cette question : comment Mr Chen savait-il qui elle était ? Son explication paraissait tout à fait vraisemblable.

– Je n'ai rencontré votre père qu'à quelques reprises. Je vous ai même vue, une fois : vous ne devez pas vous souvenir de moi, vous n'aviez que trois ou quatre ans à l'époque. Mais je vous reconnais, Mary Lang.

Mary avait du mal à assimiler tout ce que lui racontait Mr Chen. Elle avait l'impression que son cerveau marchait au ralenti, comme s'il fonctionnait au minimum de ses capacités. Tout semblait si clair. Trop clair ?

Une pensée lui traversa rapidement l'esprit.

– Si c'est bien le cas, dit-elle avec une certaine violence, et si vous êtes si attaché à la communauté des lascars, alors pourquoi vous n'avez rien fait pour nous quand mon père est mort ? Pourquoi est-ce que vous avez laissé ma mère souffrir dans cette misère et se... se...

Mary tremblait de colère. Une ombre passa sur le visage de Mr Chen.

– Ce fut une tragédie.

– Bien sûr ! Mais vous auriez pu l'empêcher !

– Vous avez raison... avoua-t-il en baissant les yeux. Lorsqu'on a appris la mort de votre père, une dame d'une église voisine est allée rendre visite à votre mère. Elle cherchait une bonne à tout faire et lui a offert de vous acheter. Votre mère s'est mise hors d'elle. Elle a refusé tout net et a chassé cette dame. Celle-ci s'est montrée profondément choquée et a estimé que puisque votre mère ne voulait pas de son offre, qu'elle-même trouvait pourtant très généreuse, alors il ne faudrait pas lui porter secours.

Il semblait avoir réponse à tout. N'empêche que...

– Et vous ? demanda Mary avec obstination. Vous le saviez, mais vous n'avez rien fait pour nous aider ?

La honte se lisait sur le visage de Mr Chen.

– J'avais peur. L'église de cette dame nous aide à tenir ce refuge. J'avais peur qu'ils cessent leurs dons s'ils apprenaient que nous avions choisi de vous aider.

Il paraissait sincère. Au fur et à mesure que ses mots lui parvenaient, Mary se rendit compte qu'elle le croyait. Elle se rassit lentement. Elle avait serré la chaise si fort qu'elle en avait mal aux mains.

– Alors vous avez connu mon père…

Il se dirigea vers un grand classeur à tiroirs.

– Cela fait plusieurs années que je tiens un dossier des lascars disparus en mer. Le métier de marin est un métier dangereux, mais il y a eu de nombreuses disparitions, de marins étrangers en particulier, toutes entourées de rumeurs. Sur les docks, les langues se délient, vous savez. Ces « lascars disparus » partagent quelques points communs. Je pense que votre père en faisait partie. Mais c'était aussi un homme à part, poursuivit-il. Avant de prendre la mer, en 1848, votre père est venu me voir. Il sentait que ce serait sans doute son dernier voyage, mais il ne voulait pas inquiéter votre mère. Il m'a alors confié une boîte à cigares. Il m'a expliqué que s'il rentrait sain et sauf, il viendrait me la réclamer, mais que si ce n'était pas le cas, il faudrait que je vous la transmette, lorsque je jugerais le moment venu. J'avais trop peur de venir en aide à votre famille, et je n'ai pas pu tenir ma promesse avant que vous ne disparaissiez. Je ne me le pardonnerai jamais. Mais vous voilà aujourd'hui… Miss Lang, votre père vous aimait infiniment. Voici son héritage.

Un flot de questions assaillit Mary, mais elle ne pouvait

détacher ses yeux de la boîte à cigares que lui tendait Mr Chen. Elle la contemplait sans bouger, terrifiée à l'idée que ce puisse n'être qu'une plaisanterie, ou bien qu'au moment où elle tendrait avidement la main pour la toucher la boîte se volatiserait ou tomberait en poussière.

Le bruit étouffé de la sonnette d'entrée les interrompit.

– Je vous laisse découvrir votre héritage, dit gentiment Mr Chen.

Mary ne savait pas quoi répondre, et quand elle releva la tête, il avait déjà disparu.

La boîte à cigares était fermée par une ficelle. En la défaisant, Mary se rappela soudain que son père lui avait appris comment faire toute sorte de nœuds : nœuds plats, nœuds en huit, nœuds de chaise... Les mains tremblantes, elle souleva le couvercle, arrachant presque les charnières en carton. À l'intérieur de la boîte, elle trouva une enveloppe simplement adressée à « Mary », dans une écriture enfantine et soignée. Elle en tira une demi-feuille de papier ministre et un bout de papier froissé, qui semblait contenir un objet en forme de graine.

Ma chère Mary,

Avant, et par-dessus tout, sache que je t'aime. Je suis fier de toi et le serai toujours.

J'embarque pour un voyage dangereux, mais nécessaire. Dans cette boîte, je laisse des informations qui seront peut-être importantes pour toi plus tard. Tu peux faire confiance à Mr Chen pour t'aider.

Je dois partir. Prends soin de ta mère et de ton petit frère ou de ta petite sœur, et aide-les à se souvenir de moi.

Ton papa qui t'aime.

C'était si court. Mary relut la lettre une bonne douzaine de fois, espérant toujours y découvrir quelque chose de plus… plus sur lui, sur elle ou sur n'importe quoi. Elle ne se rendit compte qu'elle pleurait qu'en voyant une larme tomber sur le papier, brouillant la signature de son père. Ce qui la fit pleurer deux fois plus…

Tremblant toujours, elle déplia le petit bout de papier. À l'intérieur, elle découvrit un objet qu'elle avait oublié depuis longtemps : un petit pendentif de jade sculpté, pas plus gros que son pouce. On aurait dit un morceau de fruit, un peu comme une poire. La chaîne, qui n'avait pas été portée depuis des années, était ternie, mais elle reconnut ce bijou. Elle ressentit aussitôt un violent élan de possessivité : c'était un pendentif qui lui avait appartenu, il y avait très longtemps. Un fragment d'héritage chinois, qu'elle avait porté les jours de fête. Mais qu'est-ce qu'il faisait dans cette boîte ? Pourquoi son père l'avait-il si précieusement mis de côté, dans un endroit où elle aurait pu ne jamais le retrouver ?

Un léger coup à la porte la fit sursauter. Elle s'essuya rapidement le visage.

– Oui ?

C'était Mr Chen.

– Je suis désolé de vous interrompre, Miss Lang, mais je vais avoir besoin du bureau pour recevoir un client.

Pourriez-vous vous installer au salon ? Vous pourrez y rester aussi longtemps que vous le souhaitez.

Le mot « longtemps » suffit à rappeler d'un coup à Mary ce pourquoi elle était venue. Combien de temps avait-elle passé ici ?

– Il faut que je m'en aille !

– Miss Lang, vous n'êtes vraiment pas obligée.

Elle s'efforça de sourire.

– Si, malheureusement, j'ai à faire.

Elle examina la boîte à cigares. Elle contenait une autre enveloppe, adressée à sa mère, et un rouleau de documents tenu par une ficelle.

– Mr Chen, est-ce que je peux vous laisser cette boîte pour l'instant ? Je ne peux malheureusement pas l'emporter tout de suite.

– Elle vous a attendue pendant dix ans, elle peut bien attendre encore un peu.

Mary replaça la lettre dans la boîte, hésita, prit le pendentif qu'elle passa autour de son cou, le glissant sous son col.

– Merci, dit-elle d'une voix rauque. Je reviendrai bientôt.

Mr Chen s'inclina légèrement.

– Alors à bientôt, Miss Lang.

CHAPITRE 16

DE L'INTÉRIEUR de la voiture, James surveillait attentivement l'entrée du Refuge des lascars. Il avait prolongé jusqu'à l'absurde son entretien avec le directeur avant de retourner à la voiture. Et voilà plus d'une demi-heure qu'il attendait. Une demi-heure qui lui sembla une éternité.

Son regard tomba sur le portefeuille de Mary, soigneusement posé sur la banquette face à lui. Et s'il y jetait un œil ? Voilà qui serait au choix injuste, exagéré ou franchement inélégant… mais au diable ! Et puis Mary était vraiment mal placée pour lui faire la leçon. En plus des incontournables petites choses – timbres, jetons pour l'omnibus et mouchoir propre –, il trouva une lettre, datée de la veille.

James la parcourut rapidement. « Ma chère Mary, Je vous écris avec une plume de calligraphie, une vraie affaire dénichée avant-hier… » Cela n'avait ni queue ni tête : en quoi ce que cette vieille bonne femme faisait de son argent pouvait bien intéresser Mary ?

Il l'avait déjà remise à sa place quand quelque chose se mit à le titiller. Il ne savait pas quoi au juste. Il relut la lettre. Quelle drôle de femme que cette directrice d'institution qui commençait par se réjouir d'avoir fait une affaire des plus banales alors même qu'elle se disait concernée par la santé de ses élèves. Qui était-elle, au juste ? Il faudrait qu'il vérifie si cette Anne Quelquechose était bien professeure. Il observa la feuille à la lumière de la fenêtre, tout en ayant conscience d'être ridicule. L'encre invisible et les lettres codées, c'était bon pour les histoires d'aventures pour enfants, pas pour la vraie vie. Cela dit, Mary était une aventure à elle toute seule…

Un léger parfum de savon à la citronnelle flottait encore dans la voiture, une fragrance qui fit aussitôt resurgir chez James l'image de Mary en sous-vêtements, bras et épaules dénudés et lumineux, ressortant dans la pénombre. Il n'avait pas fait exprès d'ouvrir les yeux au mauvais moment ni de rester à la regarder, bouche bée, comme un écolier. Mais il était loin de le regretter.

L'irruption d'une grosse jument baie interrompit ses rêveries. Elle s'arrêta devant le Refuge et James reconnut aussitôt son cavalier, un beau gentleman blond. Il fronça les sourcils et se renfonça dans la voiture, continuant tout de même à surveiller les alentours. Il n'eut pas à attendre longtemps : un jeune garçon boucher aux cheveux paille fit rapidement son apparition, portant un panier qu'il balançait d'un bras à l'autre. Il s'arrêta dans la rue pour lire sa liste de courses en marmonnant ce qu'il y avait à acheter. James sourit à la vue de son jeune apprenti. Alfred Quigley était vraiment un acteur-né.

Lorsque le cavalier disparut dans le Refuge, James regarda sa montre. Voilà presque une heure que Mary était à l'intérieur. Avec l'arrivée impromptue de Michael Gray, il lui faudrait encore certainement un bon quart d'heure. Très bien : il s'abstiendrait de tout commentaire et se montrerait constructif. En se concentrant sur tout ce qu'il avait à faire ce jour-là, par exemple. Ou en cherchant des réponses à ses propres questions. Il étira ses jambes, les replia. Se rendit compte qu'il serrait les dents.

Lorsque Mary réapparut, par la grande porte cette fois, on aurait dit qu'elle sortait d'une transe. Elle qui était d'habitude si alerte semblait complètement ailleurs. Avant même que Barker n'ait eu le temps de déplier les marches pour elle, James la saisit par les bras et la précipita sans ménagement dans la voiture.

Elle atterrit sans broncher sur la banquette, avec un bruit sourd. Un nuage de poussière s'éleva de ses jupes.

– Vous devez en avoir assez d'attendre, dit-elle.

– Un peu.

Il lui parut étonnamment calme.

– Je suis désolée.

Elle s'était excusée modestement, d'un ton qui ne lui ressemblait pas du tout, sans même oser le regarder dans les yeux. Il attendait toujours, les mâchoires serrées.

– Alors ? finit-il par demander.

– Oh... Vous voulez savoir ce que j'ai découvert.

Elle avait les yeux rougis. La poussière, sans doute.

– Oui.

Elle regarda par la fenêtre un moment, comme pour réfléchir.

– Fermez les yeux. Je vais tout vous raconter pendant que je me change.

James se voila les yeux pour faire bonne mesure, écoutant avec impatience sa brève description du bâtiment et des chambres des marins.

– C'est tout ? Mais qu'est-ce qui vous a pris si longtemps ?

– Eh bien... C'est-à-dire que le directeur m'a surprise. J'ai dû faire semblant que je cherchais du travail. Vous aviez bien fait de prévoir ce déguisement.

Elle finit de boutonner sa robe et s'assura que son pendentif était bien caché dessous.

– J'imagine...

Elle s'arrêta net en découvrant la lettre d'Anne posée à côté d'elle, sur la banquette. Lentement, elle la ramassa, puis la regarda, perplexe.

– C'est... Comment avez-vous... ? Espèce... Espèce de moins que rien ! Vous avez fouillé dans mes affaires et vous avez lu ma lettre ! Comment avez-vous osé !

Ses yeux étincelaient de colère, tout son corps était tendu, prêt à bondir.

James sentit un soupçon de remords, qu'il s'empressa de noyer sous une vague d'indignation vertueuse :

– Vous êtes bien mal placée pour m'accuser de manœuvres sournoises ! Et votre petit rendez-vous secret, alors ? Et la vraie raison pour laquelle vous êtes restée si longtemps dans le Refuge ?

– Non mais, vous êtes complètement fou ! Quel rendez-vous secret ?

Elle était toute rouge et semblait sur la défensive. Coupable, même.

– Moi ! Fou ? rugit-il. Je vois parfaitement clair dans votre jeu. Vous pensez vraiment que je vais croire qu'il vous a fallu si longtemps pour demander du travail ?

– Je m'en suis tenue à ce qui était prévu ! C'est vous qui me l'avez demandé, je vous rappelle !

– Ce qui a bien arrangé vos affaires ! Et dire que c'est un

pur hasard si je l'ai vu arriver au Refuge… Que c'était habile de votre part de me suggérer l'endroit ! Dommage que vous n'ayez pas veillé à vous débarrasser de moi après m'avoir utilisé pour faire diversion. Je l'ai vu, Mary !

– Vous l'avez vu arriver ? Mais de quoi est-ce que vous me parlez ? demanda Mary complètement perdue.

– Pas la peine de nier. Je vous croyais plus intelligente que cela, Miss Quinn.

– Oh, mais je vais l'étrangler ! Pour la dernière fois, Môssieur Easton, je ne comprends rien à ce que vous me racontez. C'est vous qui avez suggéré que nous explorions la maison d'accueil. Vous qui avez prévu d'acheter ces loques puantes. J'ai suivi votre plan à la lettre. Et maintenant vous m'accusez d'avoir organisé un rendez-vous secret pour retrouver quelqu'un qui sort tout droit de votre imagination !

– Michael Gray ! Sorti de mon imagination ? Allez donc raconter cela à votre cher patron !

– Michael Gray ? s'exclama Mary hors d'elle. Au Refuge ! Quel ramassis d'inepties !

– Je suis sûr que je finirai par découvrir que, pour une raison obscure qui m'échappe encore, vous êtes tous complices, dans cette satanée famille !

– Vous êtes complètement obsédé par ce bonhomme, ma parole ! Non, en fait, vous êtes obnubilé par l'idée que je puisse être de mèche avec Gray.

Ah, qu'est-ce qu'il n'aurait pas donné pour avoir le droit de secouer cette bonne femme ! Être un gentleman comportait dans des moments comme celui-ci de sérieux inconvénients.

– Alors vous niez avoir vu Gray au Refuge des lascars ?

– Mais bien sûr que je le nie, espèce de bourrique ! cria-t-elle. Comment voulez-vous que je l'aie vu alors qu'il n'y était même pas ?

– Bourrique ?

James sentit son flegme se désintégrer.

– Espèce de petite...

– Arrêtez tout de suite cette voiture ! Je veux descendre !

– Oh, mais avec joie !

Il tapa énergiquement au plafond. Peu importe où ils étaient : il la jetterait lui-même volontiers dans la Tamise.

Dès que la voiture ralentit, Mary ouvrit brusquement la portière. James vit alors qu'ils se trouvaient justement au bord du fleuve, qui luisait comme une flaque de goudron dans la lumière de l'après-midi. L'odeur d'égout pestilentielle qui envahit la voiture les fit violemment suffoquer.

– Fermez cette porte, lâcha James dès qu'il put ouvrir la bouche.

Mary avait pris un teint verdâtre, mais s'apprêtait tout de même à descendre. Il la rattrapa par le coude.

– Restez.

Elle semblait trop mal pour discuter et referma rapidement la portière pendant que la voiture reprenait sa course vers l'ouest. James ne comprenait pas comment faisait Barker alors qu'il était dehors. Ils restèrent un long moment silencieux, luttant contre la nausée, un mouchoir collé sur le nez.

Après quelques minutes, Mary se risqua à enlever le sien.

– C'est moins pire.

– Bien.

Mais quand James ôta son mouchoir, il fut de nouveau assailli par l'épouvantable puanteur. Il se cacha de nouveau derrière, s'efforçant de respirer comme il pouvait.

Mary fronça les sourcils.

– Vous n'allez tout de même pas être malade ?

– Non…

Sa salive était très acide.

– Vous êtes blanc comme un linge.

– Ça va, fit-il agacé.

Elle s'était ressaisie et c'était lui qui jouait les frêles demoiselles : un comble ! Tout, sauf vomir devant elle…

Au bout d'un moment, elle lui offrit prudemment son mouchoir. Il l'accepta à contrecœur. Le délicieux parfum de citronnelle lui fit plus de bien qu'il ne voulait l'admettre.

– Comment vous faites ? demanda-t-il à travers le tissu.

– Comment je fais pour… ?

– Pour habiter à Cheyne Walk. Vous, et les Thorold.

– Eh bien, réfléchit Mary, Miss Thorold s'en fiche, Mr Thorold a déclaré qu'il restait fidèle au fleuve qui a fait sa fortune. Et Mrs Thorold n'a même pas l'air d'en souffrir.

– Vous savez que les journaux l'ont baptisée « la Grande Puanteur » ?

– La Tamise ne sent jamais la rose.

– Mais elle n'a jamais senti aussi mauvais, insista James. Même les passeurs ont arrêté de travailler.

La flotte habituelle de petits bateaux-taxis avait en effet disparu.

– C'est vrai ce qu'on raconte sur les causes de cette puanteur ?

– Déchets, excréments, cadavres d'animaux, végétation en décomposition, rejets des tanneries et des industries chimiques, et Dieu sait quoi encore.

James avait vu tout cela, et bien plus, de ses propres yeux alors qu'il supervisait le creusement des tunnels.

– Mais ça fait des années que le fleuve charrie toutes ces ordures. Des dizaines d'années, même, fit remarquer Mary.

– Oui, mais c'est de pire en pire. Plus de gens, c'est aussi forcément plus d'ordures. Et il n'y a pas que des chats crevés et autres cochonneries là-dedans. Maintenant, tous les W.-C. de Londres débouchent directement dans le fleuve.

Mary frissonna.

– Alors ce n'est pas la chaleur qui est à l'origine de cette puanteur : elle ne fait qu'exacerber l'odeur habituelle.

– Exactement. Mais il va vite falloir trouver une solution. Londres n'arrête pas de s'accroître.

– Mais comment nettoyer le fleuve ? Et comment se débarrasser de toutes ces ordures ?

– La solution la plus simple serait de les expédier ailleurs, en construisant un système de tuyaux souterrains qui les conduirait plus loin, et d'interdire aux usines de rejeter leur déchets dans le fleuve.

– Des tuyaux souterrains ? C'est là que votre frère et vous entrez en scène, je présume.

Il souleva prudemment le mouchoir.

– Ou Brunel. Ou les douzaines d'autres ingénieurs qui voudront s'occuper de ce chantier.

Elle le regarda un moment sans rien dire.

– Vous n'êtes pas un peu jeune pour un ingénieur ?

Mais pourquoi est-ce que tout le monde lui faisait cette réflexion ? Soit on le trouvait trop jeune pour faire ce travail, soit on le trouvait trop mûr pour son âge.

– J'ai commencé comme apprenti à quinze ans. J'en ai dix-neuf.

Et à propos d'âge... Il lui lança un petit regard critique dans la pénombre.

– Et vous, vous n'êtes pas un peu jeune pour une demoiselle de compagnie ?

– J'ai vingt ans, répondit-elle avant de s'empresser de changer de sujet. Où sommes-nous ? Je dois pouvoir descendre, maintenant.

Il l'arrêta d'un geste. Leur dispute paraissait bien puérile après cette interruption, mais il avait besoin de savoir.

– Mary, je vous jure qu'il était là.

– Gray ? Quand ça ?

– Quand vous étiez à l'intérieur, il est arrivé à cheval. Il est entré par la porte principale. Et vous n'êtes sortie qu'un quart d'heure après.

Elle fronça les sourcils.

– Il est venu à cheval ? Avec la jument baie qui était attachée dehors ?

– Oui !

– Mais pourquoi vous ne me l'avez pas dit plus tôt ?

– On ne va pas recommencer à se disputer ! répondit James en souriant.

Mary lui adressa l'un de ses rares vrais sourires, un de ceux qui illuminaient son visage.

– On n'en est même pas venu aux mains !

– Ce que mon nez ne regrette pas.

– Je vois que votre bleu a presque disparu.

– Oui. Et votre main ?

– Ça va beaucoup mieux, merci.

La voiture s'arrêta. Barker ouvrit la portière en silence et déplia les marches.

– Lawrence Street, Miss Quinn.

Mary hésita un instant avant de glisser à James :

– Je vous tiendrai au courant.

– Moi aussi.

Après le dîner, tous les soirs, les dames se retiraient au salon pendant que Thorold et Gray sirotaient un porto en mangeant du stilton dans la salle à manger. Mrs Thorold avait tendance à s'assoupir dans son fauteuil pendant qu'Angelica jouait du pianoforte. Mais ce soir-là, la jeune femme ne tenait pas en place. Elle feuilletait rapidement des partitions avant de les jeter dans un coin et d'aller se morfondre dans un fauteuil près de la fenêtre. Elle avait passé toute la journée dans cet état.

– Je vais chercher ma corbeille à ouvrage, annonça Mary. Vous avez besoin de quoi que ce soit ?

Angelica ne tourna même pas la tête.

Mary referma doucement la porte du salon derrière elle. Il n'y avait pas un bruit sur le palier. À cette heure-ci, les domestiques dînaient dans leurs quartiers. En bas, on avait laissé les portes de la salle à manger ouvertes. Ce n'était pas l'usage, mais vu la lourdeur de l'air, c'était loin d'être une mauvaise idée. Elles laissaient aussi passer dans le vestibule la lumière jaunâtre du gaz et un échange tendu à voix basse.

– Avec tout le respect que je vous dois, monsieur, vous devriez songer à revoir votre idée de Brighton.

– Je vous ai déjà dit que c'était impossible.

Mary s'arrêta, une main sur la rambarde du palier. Cela s'annonçait encore mieux qu'elle ne l'aurait espéré.

– Je comprends que ces dames souhaitent rester à Londres, mais étant donnée la situation…

– Vous avez entendu comme moi, Gray. Mrs Thorold s'est montrée on ne peut plus claire sur ce point. Il ne s'agit pas d'un caprice, c'est une contrainte médicale.

– Mais il y a urgence médicale à l'éloigner de la ville, monsieur. Elle pourrait toujours consulter d'autres médecins à Brighton.

Un silence.

– Ne vous mêlez pas de ce qui vous dépasse.

– Mais, monsieur, je…

– Assez !

Mary fut surprise par la colère soudaine de Thorold.

– Je vous ai fait part de ma décision, reprit-il, elle est irrévocable.

– Je suis allé à George Villas aujourd'hui, dit Gray en durcissant également le ton.

Nouveau silence.

– Pardon ?

– George Villas, Limehouse. Là où se trouve le Refuge Impérial Baptiste pour Marins Asiatiques Nécessiteux d'East London, monsieur.

– Mais qu'est-ce que vous êtes allé faire là-bas, bon sang ? Ce n'est pas dans vos attributions.

– Je cherchais à éclaircir certaines irrégularités dans le

dernier trimestre de comptabilité, poursuivit Michael avec une certaine insistance.

Il s'arrêta pour plus d'effet, mais Thorold restait muet.

– Je me demandais, monsieur, pourquoi la compagnie payait le…

Il se tut en entendant les pas d'un domestique qui passait dans le couloir.

– Comme je vous le disais, déclara Thorold, cela n'est pas de votre ressort, Gray. Si vous voulez garder votre place, je vous conseille de vous mêler de vos affaires.

Pas de réponse.

– Est-ce que c'est bien clair ?

– Très clair, monsieur.

Mary tendit encore l'oreille, mais la conversation était visiblement terminée. Elle devait déjà s'estimer heureuse. Elle se dépêcha de monter dans sa chambre et ferma la porte à clef derrière elle. Elle cherchait à tâtons sa bougie, lorsqu'une voix éraillée la fit soudain sursauter.

– Si vous voulez, j'ai une chandelle dans ma poche, Miss.

Mary étouffa un cri. Quand elle put de nouveau parler, ce fut d'une voix sévère :

– Cassandra Day ! Qu'est-ce que tu fais dans ma chambre ?

Elle trouva une boîte de Lucifer. En craquant une allumette, elle aperçut Cass accroupie par terre, près du lavabo, les genoux repliés sous le menton. À en juger par la manière dont la petite clignait des yeux, elle avait dû rester dans l'obscurité un bon moment. Mary prit son temps pour allumer une seconde bougie.

– Bon. Qu'est-ce qui se passe ? demanda-t-elle brusquement.

– Vous fâchez pas, Miss Quinn : c'est important.

– Qu'est-ce qui est important ?

Cass se releva maladroitement, et se mit à tripoter son tablier.

– C'est quelque chose que j'ai entendu ce matin. J' savais pas comment vous le dire autrement.

– On ne va pas se demander où tu es, en cuisine ?

– J'ai fini les casseroles, Miss. Cook m'a donné congé pour que j' puisse repriser mes tabliers.

Vu l'état de celui qu'elle portait, c'était loin d'être du luxe.

– Bien. Assieds-toi. Je vais m'occuper de tes mains pendant que tu me raconteras ça.

Même dans la pénombre, Mary vit Cass rosir de plaisir. Elle s'assit délicatement dans le fauteuil en rotin, veillant bien à ce que sa jupe n'entre pas en contact avec les draps tout propres du lit, à côté d'elle.

– Alors, demanda Mary en ouvrant le petit pot de baume, qu'est-ce qui t'inquiète tant ?

Cass rentra la tête dans les épaules et inspira un grand coup.

– Ce matin, tôt, j'étais en train de briquer un plateau à l'office.

Mary fronça les sourcils.

– C'est au valet de pied de le faire.

Sortir de la cuisine, sans parler du fait de toucher à l'argenterie de famille, aussi lourde et laide qu'elle était chère, constituait pour une bonne comme Cass une grosse entorse aux règles de la domesticité. Si quelqu'un l'avait surprise, elle aurait été renvoyée sur-le-champ.

– J' sais bien, Miss. Mais c'est que Cook en pince pour William. Elle m'a dit de m'en occuper pendant qu'elle lui préparait un bon petit déjeuner.

– Soit. Tu étais en train de faire l'argenterie. Quelle heure était-il ?

– La pendule a sonné sept heures un peu après que j'ai commencé, et juste avant que j' termine, Mr Gray est descendu prendre son petit déjeuner. La porte qui donne sur la pièce était ouverte, et comme j' voulais pas qu'y me voie et qu'y me demande ce que j' faisais là, j' me suis cachée derrière.

Cass cligna légèrement des yeux lorsque Mary lui passa du baume sur une cuticule à vif. Mais elle ne broncha pas plus que cela et reprit aussitôt :

– Les journaux étaient déjà sur la table, mais il les a même pas regardés. Il faisait les cent pas. Moi, ça m'était bien égal : j' voulais juste finir d'astiquer ce plateau et retourner dans l'arrière-cuisine. C'est que quand Mr Gray a dit à voix haute : « Mais à quoi vous jouez ? » que j'ai commencé à tendre l'oreille. C'est à Miss Thorold qu'il avait parlé et elle lui a répondu de se tenir tranquille.

– Est-ce que Mr Thorold était dans la pièce ? demanda Mary en ouvrant de grands yeux.

– Non, Miss. Il était pas encore huit heures, et il descend que vers huit heures et quart d'habitude.

– Continue.

– J'étais très surprise, pasque j'avais encore jamais vu Miss Thorold avant le déjeuner. J'ai d'abord pensé que j' m'étais trompée, mais à travers la fente de la porte, vous savez, là où y' a les charnières, j' pouvais voir un petit bout de la pièce, et j' l'ai vue. Elle était encore en robe de chambre et elle avait les cheveux défaits. Qu'est-ce qu'elle est jolie, vous trouvez pas ?

– Si.

– Enfin bon, Miss Thorold et Mr Gray ont commencé à discuter. Il l'appelait « Ange » et elle « Michael ». C'était pas le genre de conversation familiale de d'habitude : on aurait plutôt dit qu'ils parlaient affaires. Mais j'ai pas réussi à entendre ce qu'ils disaient, avoua Cass avec regret. Ils étaient à l'autre bout de la pièce, et puis ils chuchotaient tout près l'un de l'autre. Il a fini par dire : « Je m'en occupe le plus vite possible. » Elle a répondu : « Le plus tôt sera le mieux. » Et puis ils ont recommencé à marmonner.

Mary finit son massage et referma le pot. Même si elle se réjouissait de voir confirmer ses soupçons sur la relation entre Michael et Angelica, elle ne comprenait pas pourquoi Cass avait choisi de lui en parler. Mais elle n'eut pas à attendre longtemps.

– Et là, Miss Thorold a demandé : « Et Miss Quinn ? » Mr Gray n'avait pas trop l'air de savoir quoi dire, mais il a fini par répondre : « Ce n'est pas vraiment une menace, vous le savez bien. » Ils sont restés silencieux pendant une minute ou deux, et puis il a ajouté : « À ce moment-là, il faut aussi se poser la question de George et James Easton. » Miss Thorold a reniflé et elle a conclu : « Nous nous en chargerons plus tard. »

Mary jeta par réflexe un œil à la porte. Mais il n'y avait bien entendu ni bruit ni mouvement dans le couloir.

– Et après ?

Cass secoua tristement la tête.

– Rien, Miss. Après, y' a eu du bruit dans le vestibule et Miss Thorold a quitté la pièce. J'ai entendu ses pantoufles, mais j' sais pas où elle est allée. Et quelques minutes plus tard, Mr Thorold est entré, et vous aussi.

Mary digéra l'information, jusqu'à ce qu'une autre pensée lui traverse l'esprit.

– Tu étais encore là quand je suis descendue ? Tu veux dire que tu es restée piégée derrière la porte de l'office pendant tout le petit déjeuner ?

– Oh, c'est pas moi qui vais me plaindre, répondit Cass, l'air espiègle. Ça m'a bien reposée, vous savez.

En bas, l'horloge sonna dix heures. Les coups parvinrent comme étouffés à travers la porte fermée.

– À propos de repos, tu devrais aller te coucher.

Cass se leva sagement.

– Oui, Miss Quinn.

– Merci d'être venue me raconter tout ça.

Cass hocha énergiquement la tête.

– Fallait vraiment que j' le fasse, Miss.

Elles se quittèrent sur ces mots.

Dans son lit, cette nuit-là, Mary repassa en revue tous les événements de la journée. Elle ne pouvait s'empêcher de se demander ce qui pouvait bien se trouver dans cette boîte à cigares. Sans doute un document relatif au parcours que devait effectuer son père, peut-être même une carte ? Ce qui expliquerait sûrement pourquoi il avait craint pour sa vie, et ce qui l'avait mis en danger. Peut-être qu'elle en apprendrait un peu plus sur son père et, par là, sur elle-même… Que ferait-elle de ces découvertes ?

Comment concilier la vérité sur son père en continuant à vivre comme elle le faisait ? Elle n'en avait pas la moindre idée. Mais bientôt, elle serait fixée. Elle obtiendrait enfin quelques-unes des réponses dont elle avait tant besoin.

Mary s'endormit les doigts serrés autour de son pendentif de jade. Elle avait hâte de pouvoir examiner les papiers de son père et en voulait presque à cette affaire Thorold qui l'en empêchait. Mais il fallait qu'elle remplisse sa mission. Et, comme Mr Chen l'avait dit lui-même, elle avait bien attendu pendant plus de dix ans. Alors deux jours, se dit-elle, deux jours de plus…

CHAPITRE 17

Samedi 15 mai

MALGRÉ SA JOURNÉE riche en péripéties, Mary dormit à poings fermés. Avant le petit déjeuner, elle eut tout le temps d'envoyer à James un bref message résumant la conversation qu'elle avait surprise entre Michael et Mr Thorold, et dans lequel elle proposait qu'ils se retrouvent après le déjeuner. En revenant de la boîte aux lettres, elle trouva Michael seul dans l'entrée, prêt à sortir, mais l'air inquiet. Il pâlit en la voyant et lâcha aussitôt sa canne qui tomba avec fracas.

– Bonjour, Mr Gray. Quel temps magnifique, n'est-ce pas ?

Le temps était tout sauf magnifique : il faisait gris et humide et l'air était déjà chargé de l'odeur insoutenable du fleuve.

– Oui, magnifique ! répondit Michael sans réfléchir en se baissant pour ramasser sa canne.

Ha ! Mary prit son temps pour enlever ses gants et se défaire de son chapeau, tout en l'observant dans le miroir.

– Qu'est-ce que vous allez faire de beau aujourd'hui, Mr Gray ? demanda-t-elle en forçant la voix. Vous avez prévu quelque chose de spécial ?

Il fronça les sourcils et s'approcha d'elle comme pour la faire taire.

– Non… Rien d'exceptionnel, je vous assure.

– Vraiment rien ?

– Non, répondit-il d'une voix rauque.

Elle sourit avec coquetterie.

– Ce que vous pouvez être modeste, Mr Gray.

Visiblement au bord du désespoir, il jeta un œil en haut des escaliers.

– J'ai peur de ne pas vous comprendre, Miss Quinn.

Sur un coup de tête, elle se retourna brusquement et traversa en quelques pas l'entrée pour se planter juste devant le pauvre secrétaire. Elle avait abandonné le ton de la séduction.

– Je parle de vos entrevues secrètes avec Miss Thorold.

Gray était complètement abasourdi.

– C'est… C'est l'accusation la plus ridicule que j'aie jamais entendue…

– Il y a deux jours, dans le parc ? Et hier matin, dans la salle du déjeuner ?

Ces quelques mots lâchés d'une voix posée suffirent à anéantir l'assurance de Gray. Il ne disait rien. Silence. Sa pomme d'Adam montait et descendait à toute allure. Mary observait attentivement la main qui serrait la canne, si fort que les phalanges avaient blanchi.

– Vous espériez vraiment vous servir de moi comme couverture ?

Il écarquillait les yeux, désemparé.

– Pas très original, comme stratagème : séduire la pauvre demoiselle de compagnie esseulée. Elle vous mangera dans la main sans se rendre compte de rien. Je me trompe, Mr Gray ?

Il était cramoisi.

– Miss Quinn…

– Pas la peine de gaspiller votre salive !

Il ferma aussitôt la bouche.

– Et, bien entendu, ces rendez-vous ne sont pas tout à fait étrangers à votre visite d'hier au Refuge des lascars.

Gray était de plus en plus déconcerté. Il ne cherchait même pas à confirmer ou infirmer ce qu'elle disait, mais la regardait hagard, les yeux exorbités.

Mary attendait. Elle avait besoin de réponses, de pistes, quelles qu'elles soient. Qu'est-ce qu'il manigançait ? Le silence n'en finissait plus, ponctué seulement par le tic-tac régulier de l'horloge ancestrale.

– J'imagine que vous allez tout rapporter à Mr Thorold, finit par murmurer Gray.

Elle le fixa droit dans les yeux pendant un moment. Elle avait toujours été la reine de l'esbroufe. Mais il lui manquait encore trop d'informations pour agir de manière décisive. Elle n'aurait peut-être pas dû montrer son jeu…

– Allez, en route, dit une voix basse et tendue dans la cage d'escalier.

C'était dit sur un ton si différent de la voix habituelle de Thorold, enjouée et pleine d'assurance, que Mary ne le reconnut qu'en le voyant. Elle s'inclina gracieusement.

– Bonjour, monsieur.

– Bonjour, Miss… euh… hum, répondit-il en la regardant à peine.

Il ouvrit brusquement la porte.

– Maintenant, Gray.

Gray le suivit, jetant un dernier regard terrifié à Mary.

Bien. Laissons-le mariner, se dit-elle. Avec son plus beau sourire, elle leur souhaita à tous deux une bonne journée avant d'aller prendre son petit déjeuner.

James avait été encore plus efficace qu'elle ne l'avait espéré. Mary venait de finir ses œufs à la coque et ses petits pains et sirotait tout juste une tasse de chocolat quand un valet de pied l'approcha, un petit carré blanc posé sur un plateau.

– Par messager, Miss Quinn.

Le mot, et c'était bien le meilleur terme pour le décrire, portait l'écriture énergique de James et correspondait parfaitement au style du personnage : « D'accord. » Stupéfaite, Mary tourna la feuille à la recherche du moindre trait de plume supplémentaire.

– J'imagine que le messager n'attend pas de réponse, dit-elle sèchement.

Le visage du valet (John ou William ? Difficile à dire une fois leur tête poudrée) demeura parfaitement impassible.

– Non, Miss Quinn.

Elle fourra le mot dans sa poche, juste au moment où Angelica faisait son entrée. En apercevant Mary, celle-ci s'arrêta net.

– Oh…

Même s'il était à peine neuf heures, elle était déjà tout habillée, vêtue d'une robe jolie mais très simple, les cheveux soigneusement tirés en arrière et relevés en chignon. Cela changeait tellement de ses habitudes et de ses toilettes élaborées qu'elle rougit et ressentit le besoin de se justifier.

– Je… J'allais juste prendre un café avant de sortir me promener, dit-elle piteusement.

– Vous avez raison. Ce n'est pas un mauvais temps pour se promener.

Angelica se montra soulagée par la neutralité de cette réponse.

– Vraiment ? Meilleur qu'hier, j'espère.

Elle alla se servir au buffet : œufs, bacon, rognons, tomates, un petit pain et un muffin. Quand elle s'assit, le plus loin possible de Mary, elle sembla d'un coup réaliser tout ce qu'elle avait entassé dans son assiette.

Mary s'empêcha de sourire.

– Souhaitez-vous une tasse de café ?

– Oh, non, ce n'est pas la peine, répondit Angelica, visiblement embarrassée.

Mais Mary s'était déjà levée, et quand elle lui servit sa tasse, elle remarqua qu'Angelica se mordait la lèvre.

– Qu'est-ce que vous avez prévu aujourd'hui ?

La jeune femme se mit à rougir et laissa tomber sa fourchette sur le tapis. Elle semblait au bord des larmes.

– Qu'est-ce que vous voulez dire ?

Sa question, commencée par un hoquet, se termina presque en sanglot.

C'était vraiment fascinant de la voir si ébranlée. Mais qu'est-ce qui avait bien pu se passer ? Mary avait l'impression de se comporter comme une brute. Elle avait prévu de cuisiner Angelica sur ses allées et venues, mais préféra lui demander :

– Est-ce que je peux vous aider à rédiger des invitations, ou à quoi que ce soit d'autre ?

Angelica lui lança un regard qui ressemblait presque à de la reconnaissance.

– Non, je vous remercie.

– Alors si vous voulez bien m'excuser…

– Oui, bien sûr. Je n'aurai pas besoin de vos services aujourd'hui.

Mary se leva. Pour sortir de la pièce, elle devait passer à côté d'Angelica, et lorsqu'elle arriva à sa hauteur, la jeune femme lui tendit une main hésitante.

– Mais… Enfin, j'espère… Miss Quinn…

– Oui ?

– J'espère vraiment que nous parviendrons à… mieux nous entendre.

Mary regarda cette main tendue d'Angelica, ces mêmes doigts qui l'avaient cruellement blessée. Sans doute encore un stratagème pour chercher à l'embobiner, tout comme l'entreprise de séduction de Michael. Mais alors qu'Angelica commençait timidement à retirer sa main, Mary la prit et la lui serra.

– Je l'espère, moi aussi.

Une demi-heure plus tard, la porte d'entrée s'ouvrit puis se referma en claquant : Angelica était toujours aussi nerveuse. Il ne fallut qu'un instant à Mary pour mettre son chapeau et enfiler ses gants. Elle se révéla même presque trop rapide : quand elle ouvrit la porte, Angelica n'avait pas fait cent mètres dans la rue et jetait derrière elle des regards coupables.

Angelica emprunta le même chemin que deux jours plus tôt, jusqu'à l'angle de Sloane Square. Michael l'y attendait déjà. Ils échangèrent quelques mots avant qu'il ne l'aide à monter dans un fiacre qui se joignit à la lente procession de voitures. Mary prit une voiture pour les suivre.

À sa grande surprise, Angelica et Michael remontèrent en direction du nord cette fois-ci. Suivant les vastes rues et squares de Belgravia, le fiacre les conduisit à travers Green Park et jusqu'au trafic chaotique et bariolé de Soho. Il se fraya ensuite un chemin le long de Tottenham Court Road et traversa Bloomsbury sans encombre jusqu'au marécageux Pentonville. En arrivant à Holloway et son réseau serré de briques rouges, Mary commençait à se demander si elle aurait assez d'argent dans son porte-monnaie pour régler ce vaste circuit à travers les sinistres banlieues nord de Londres. Et si Michael et Angelica l'avaient repérée et qu'ils faisaient exprès de la balader dans toute la ville ? Elle fut vraiment étonnée de voir leur fiacre s'arrêter devant une église anglicane trapue, à deux pas de la Seven Sisters Road.

Michael descendit de voiture, l'air préoccupé. Mary vit ensuite sortir Angelica, qui paraissait encore plus mal à l'aise : malgré sa voilette, ses épaules raidies et ses bras croisés suffisaient à trahir ce qu'elle pensait du quartier. Michael régla le cocher. Il discuta un instant avec Angelica : il parut perdre patience, mais elle mit fin à la discussion en acquiesçant brièvement de la tête. Michael jeta alors un rapide coup d'œil autour de lui – Mary était toujours dans sa voiture –, avant d'offrir son bras à Angelica pour la conduire à l'intérieur de l'église.

Au bout de quelques minutes, Mary estima qu'elle pouvait les suivre en toute sécurité. La rue était pleine de camelots, de vendeuses de cresson, de chiffonniers et d'autres marchands ambulants. Environ cent mètres plus bas, un joueur d'orgue de Barbarie s'était installé, pour le plus grand plaisir d'une bande de gamins qui se penchaient dangereusement par une fenêtre du premier étage d'une maison.

Il faisait sombre dans l'église. Après qu'elle eut relevé sa voilette, il fallut un moment à Mary pour se faire à la pénombre. L'église était plus grande qu'elle ne le semblait de l'extérieur. Pas de Michael ni d'Angelica à l'horizon, mais en franchissant une autre porte pour entrer dans le sanctuaire, Mary aperçut, tout au fond, un homme d'une cinquantaine d'années en soutane qui feuilletait un livre de prières.

Elle se retourna en entendant un léger bruissement à côté d'elle, mais dut baisser la tête... Bien qu'un peu en dessous de la taille moyenne, la jeune femme avait l'impression d'être gigantesque par rapport à la vieille veuve à sa droite. Celle-ci était vêtue de noir des pieds à la tête, et la pénombre de l'église conférait à son visage un teint cireux et verdâtre.

– Vous désirez vous asseoir, ma chère ? lui demanda-t-elle d'une petite voix éraillée.

Bien sûr : c'était la chaisière.

– Merci, mais je suis juste venue allumer un cierge et me recueillir.

La vieille, visiblement déçue, tourna rapidement les talons.

– Oh… Attendez !

Mary attrapa quelques pièces dans son portefeuille.

– Tenez… Prenez.

Quelle sotte elle faisait. Travailler comme chaisière était l'un des rares privilèges réservés aux veuves, une forme de mendicité socialement acceptée.

La main de la veuve se referma avidement sur celle de Mary et elle souffla plutôt qu'elle ne dit :

– Dieu vous garde, ma chère.

Elle ne semblait pas disposée à la lâcher.

– Ce n'est rien, répondit gentiment Mary en libérant doucement sa main.

– Vous n'êtes pas venue pour le service, alors ?

De quel service parlait-elle ?

– Pas vraiment…

– Ah, c'est bien ce que je me disais. Quand on voit un couple comme ça arriver en douce, on peut être sûr que ce n'est pas la peine d'attendre la famille.

Elle s'arrêta pour jauger son interlocutrice.

– De toute façon, foncée comme vous l'êtes, vous n'avez pas franchement un air de famille. Vous êtes écossaise ?

Mary voulut s'assurer de ce qu'elle venait d'entendre :

– Vous voulez parler du couple qui vient d'entrer ?

– Pardi ! Un bien joli petit couple d'ailleurs. Pas un brin écossaise, vous êtes sûre ? demanda-t-elle en plissant les yeux. Y paraît qu'y' a tout un tas d'Italiens qui s'est installé vers Soho. C'est ma nièce qui m' l'a dit. Mais vous avez bien l'accent anglais.

– Ma mère était irlandaise, répondit automatiquement Mary.

Bon. Voilà qui éliminait l'hypothèse de Michael et Angelica impliqués dans le trafic de Thorold.

– Irlandaise ! s'exclama la veuve comme si elle criait victoire. Comment on dit… « Black Irish », c'est ça ? Oui, vous avez bien ce petit air… bagarreur. Hein ? Le petit couple ? Ah, ils ne vont pas tarder. Le prêtre est presque prêt.

La veuve parut brusquement prise de panique.

– Mais vous m' laisserez faire témoin, dites ? Vous allez bien me laisser ça, hein ?

– Mais bien sûr. Vous savez, je préfère rester tranquille dans le fond.

La veuve lui jeta un regard attendri.

– Vous êtes une bonne petite, chuchota-t-elle rapidement.

À l'autre bout du sanctuaire, le prêtre se racla la gorge. Sa voix résonna dans toute la nef :

– Vous êtes prêts, jeunes gens ?

– Oui.

Mary tourna la tête en entendant la voix de Michael. Il se tenait avec Angelica devant le prêtre, aussi raide que solennel. La voilette d'Angelica lui masquait toujours entièrement le visage, mais il exprimait sans doute la même gravité.

Mary se cacha dans l'ombre d'un pilier. Si elle se tenait immobile, il y avait peu de risques que le prêtre la remarque : il plissait les yeux comme le font les myopes.

– Vous avez des témoins ?

Michael jeta un regard impatient derrière lui. Mary retint son souffle. Mais le regard de Michael la survola, pour s'arrêter sur la chaisière qui venait lentement les rejoindre.

– En voilà une : Mrs… euh…

– Bridges, dit la chaisière avec une pointe d'espoir. La vieille Martha Bridges, pour vous servir.

– Bien. Mais où est le bedeau ? s'enquit Michael.

– Mr Potts ? C'est son jour de repos, répondit le prêtre. Il me semble bien l'avoir mentionné lors de notre dernière conversation. Il prend sa journée un samedi sur deux.

Michael se rembrunit.

– Ça m'était sorti de la tête. Et le fossoyeur ?

– Oh, ce pauvre vieux Marshall est alité aujourd'hui, répondit Mrs Bridges. Il s'est méchamment cassé le dos en creusant une tombe hier soir. Il a été obligé de rester chez lui.

– Vous n'avez pas d'autre témoin ? demanda Michael en haussant le ton. Pas d'autre chaisière ou de femme de ménage ?

– C'est une petite paroisse, monsieur, répliqua vivement Mrs Bridges.

– Si je comprends bien, demanda lentement le prêtre, vous n'avez pas amené de témoins ?

– Non. Enfin, si, répondit Michael en se passant nerveusement la main dans les cheveux. Il n'y a qu'à demander à quelqu'un dans la rue… N'importe quel passant fera l'affaire. Enfin, j'espère…

– Michael, pour l'amour du ciel ! lâcha Angelica en se cramponnant à lui.

Le prêtre lui jeta un bref regard lourd de reproche.

– Nous sommes au beau milieu de… Je ne sais où, reprit-elle. On ne peut tout de même pas courir les rues et demander à n'importe qui…

– Nous n'avons pas le choix, ma chérie, répondit Michael

qui commençait à s'énerver. J'ai fait une erreur. Je suis désolé. Mais nous n'allons pas tout annuler… On ne peut tout de même pas renoncer maintenant. N'est-ce pas, Angelica ?

C'était plus une supplique qu'une question.

– Quelle farce, soupira la jeune femme.

Il y eut un silence pesant. Michael et Angelica se dévisageaient, comme figés. Mrs Bridges semblait accablée par la perte de son pourboire. Le prêtre, lui, se contentait de les regarder d'un air fâché. Derrière son pilier, Mary pesa rapidement le pour et le contre. C'était sans doute ce que James aurait souhaité pour son frère, mais cela dépendait d'informations qu'ils ne possédaient pas encore. Fallait-il qu'elle intervienne ? Si Michael et Angelica souhaitaient se marier, ils finiraient bien par y arriver. C'était vraiment le moment d'agir…

Mary sortit de derrière son pilier.

– Et rebonjour, Miss Thorold, Mr Gray.

CHAPITRE 18

ON SE SERAIT effectivement cru dans une farce. Quatre visages éberlués se tournèrent vers Mary. Quatre voix s'élevèrent comme dans une pièce de théâtre amateur, se chevauchant et se coupant la parole.

Angelica (provocatrice) : Vous n'oserez pas !

Le prêtre (perplexe) : Vous connaissez ces jeunes gens ?

Michael (livide) : Mary, pour l'amour du ciel…

Mrs Bridges (affolée) : Mais vous m'aviez dit…

– Pardonnez-moi d'interrompre le service, dit Mary au prêtre. Puis-je m'entretenir un instant avec Miss Thorold et Mr Gray ?

Comme le prêtre se contentait de faire oui de la tête, elle crut bon d'ajouter :

– Seuls ?

Le prêtre cligna des yeux comme s'il venait de prendre un coup.

– B… Bien sûr. Souhaitez-vous vous isoler dans la sacristie ?

– Non merci, ce ne sera pas nécessaire. Ici, ce sera parfait.

À peine le prêtre et Mrs Bridges se furent-ils éloignés de quelques mètres qu'Angelica laissa exploser sa colère :

– La voilà, la plus hypocrite et la plus détestable des moins que rien !

Michael tressaillit. Le visage paralysé par la surprise, il dévisageait bouche bée sa promise.

Angelica rejeta sa voilette en arrière, pour mieux passer à l'attaque. Ses yeux n'étaient plus que des fentes et elle avait le visage défiguré par la haine.

– Vous ne nous en empêcherez pas ! Je ne vous laisserai jamais tout gâcher !

Ébranlé, Michael saisit fermement Angelica par le bras.

– Mary, je sais que tout cela doit vous paraître terrible. C'est hautement irrégulier, mais je vous en prie... Dites-moi ce que je peux faire pour vous prouver que je ne songe qu'au bonheur d'Angelica ?

– Espèce de sale menteuse ! aboya celle-ci, prête à bondir, tout juste retenue par la main de Michael. Le prêtre ne ferait jamais passer votre parole avant la mienne, même si nous n'avions pas de dispense spéciale !

– Une dispense spéciale et complètement fausse, vous voulez dire ? demanda Mary. Vous n'avez que dix-huit ans : vous ne pouvez pas vous marier sans le consentement de vos parents avant d'en avoir vingt et un.

Angelica avait les yeux qui lui sortaient de la tête, ce qui la fit aussitôt ressembler à son père.

– Vous mourez d'envie de saboter ma vie, c'est ça, hein ? Vous êtes jalouse ! Vous voulez Michael, mais vous ne l'aurez pas !

Mary regarda Michael, qui faisait tout pour dissimuler son embarras. Ce dont il était totalement incapable.

– Ah non, pas du tout. Je vous le laisse bien volontiers, répondit-elle.

Angelica commença à se décomposer et se mit à pleurer.

On sentait, sous les bribes de mots qu'elle lâchait, une colère sourde et un profond désespoir. Michael essaya de la consoler, ce qui ne fit que redoubler ses pleurs.

Mary soupira et consulta l'horloge de l'église. Au bout de trois minutes, elle dit de sa voix la plus cassante :

– Ça suffit, maintenant. Assez braillé, Miss Thorold.

Stupéfaite, Angelica lui lança un regard noir, mais elle pleurait déjà moins.

Michael semblait souffrir le martyre.

– Miss Quinn… Mary, je vous en supplie, croyez-moi : j'aime Angelica et je n'aspire qu'à son bonheur. Je ne suis pas un horrible chasseur de dot. Je… Je suis tombé amoureux d'elle bien avant de savoir quoi que ce soit sur sa famille ou son statut social…

Leur histoire ressemblait à un roman à l'eau de rose : un vrai cliché. Ils s'étaient rencontrés dans le Surrey, pendant qu'Angelica était en pension, et s'étaient lancés dans une longue correspondance secrète à son retour à Londres. Michael avait tout fait pour décrocher un poste chez Thorold et se rapprocher d'elle. Mais comme on insistait de plus en plus lourdement pour qu'Angelica épouse George Easton, ils avaient finalement décidé de sauter le pas.

Le récit de Michael était aussi long que chargé d'émotion, mais quand l'horloge sonna midi, Mary l'interrompit brusquement.

– Je crois en votre sincérité, Michael.

Il avait l'air si reconnaissant que c'en était pathétique. Elle se tourna ensuite vers Angelica.

– Et je ne suis pas idiote : je sais bien que si je dis tout à vos parents, cela ne fera que renforcer votre détermination.

Mary espérait vraiment qu'elle n'était pas en train de commettre une grosse erreur.

– Si vous souhaitez vous marier aujourd'hui, je veux bien vous servir de second témoin.

Deux paires d'yeux s'arrondirent comme des soucoupes. Deux visages restèrent interdits. Michael fut le premier à se ressaisir : il se jeta sur Mary pour lui serrer les mains.

– Que Dieu vous bénisse !

La cérémonie fut aussi brève que la loi le permettait. Dès que le registre fut signé, le prêtre ramassa son livre de prières, prit sèchement congé et fila dans la sacristie. Mrs Bridges reçut son pourboire avec une petite révérence et resta à traîner dans les parages, s'échinant à épousseter çà et là une poussière imaginaire, jusqu'à ce que le regard noir d'Angelica la fasse fuir à son tour.

Les jeunes mariés se tournèrent vers Mary, roses et un peu étourdis de fierté.

– Mary, je vous remercie de tout mon cœur pour votre incroyable gentillesse, fit Michael d'une voix qui trahisait son émotion. Je vous suis infiniment reconnaissant d'avoir bien voulu risquer votre place pour nous aider.

– C'est un poste qui va bientôt disparaître, maintenant que Miss Thorold est mariée, répondit-elle en souriant.

Angelica afficha un petit sourire contraint.

– Nous pourrions vous aider à trouver une nouvelle place.

Michael la poussa du coude et, honteuse, elle ajouta :

– Miss Quinn, je vous prie de m'excuser pour ma méchanceté, tout à l'heure… Et en général.

Gênée, elle indiqua discrètement la main bandée de Mary.

– J'espère que vous me pardonnerez.

Mary n'en attendait pas tant.

– Ça a dû vous faire un drôle de choc, de me voir sortir de nulle part.

Ils explosèrent de rire, soulagés. Puis la conversation prit, pendant quelques instants, un tour plus léger. Lorsque l'horloge sonna la demie de midi, Mary se montra de nouveau très pragmatique :

– Qu'est-ce que vous allez faire maintenant ?

– Nous avons l'intention de garder le mariage secret pour l'instant, répondit lentement Angelica. Si Maman se montre trop insistante avec George Easton, nous serons obligés de le lui annoncer. Mais puisque vous nous avez aidés, vous n'allez pas nous dénoncer, n'est-ce pas ?

Mary donna sa parole.

– Et puis il y a mon poste aussi, ajouta Michael. Il faut que j'en change. Pas seulement à cause du mariage, précisa-t-il rapidement, en jetant un regard à Angelica. Voilà plusieurs semaines que les affaires de la Thorold & Cie m'inquiètent, et j'allais de toute façon me mettre à chercher du travail ailleurs. Mais, dit-il en serrant fièrement la main d'Angelica, voilà qui m'a décidé.

Tiens, tiens ! Ça devenait intéressant…

– Inquiet pour les affaires de Mr Thorold ? Mais pourquoi donc ?

Michael paraissait mal à l'aise.

– Bah, vous savez… Les affaires, ça va, ça vient…

Oh, mais il n'allait pas s'en sortir si facilement !

– Mais la compagnie de Mr Thorold est bien établie. Même si le commerce devait ralentir, elle serait certainement l'une des dernières à en être affectées. Il le disait lui-même à table, l'autre soir, n'est-ce pas ? demanda Mary en se tournant vers Angelica.

– Oh, oui. Il l'a même toujours dit, renchérit énergiquement celle-ci.

– Bien sûr, ma chérie, dit Michael de plus en plus mal à l'aise. Mais nous avons déjà discuté de ces autres... choses...

– Quelles choses ? demanda Mary en prenant son air le plus innocent.

Les tout jeunes mariés rougirent, mais Mary ne quittait pas Michael des yeux.

– Il y a quelques semaines, avoua-t-il enfin à contrecœur, j'ai remarqué des anomalies dans les comptes de la société. J'ai d'abord cru qu'il s'agissait d'erreurs d'écriture, mais quand je les ai montrées à Thorold, il m'a dit de ne pas m'en faire, qu'il s'en chargerait. Ce n'était pas dans ses habitudes, bien sûr. En tant que secrétaire, c'est moi qui aurais dû m'en charger. Je ne m'en suis plus préoccupé, jusqu'à ce que, il y a quinze jours environ, je tombe par hasard sur les comptes du trimestre : les erreurs n'avaient toujours pas été corrigées.

Il se tut un instant et Mary s'efforça de paraître détendue.

– Bien entendu, je les ai de nouveau signalées à Thorold. Il est toujours très occupé et il oublie parfois certaines choses. Mais il m'a répondu, assez brutalement, que tout était en ordre et que je n'avais qu'à aller me...

Michael glissa un regard en coin à Angelica.

– ... Aller m'occuper de mes affaires. Je suis désolé de

vous embêter avec tout cela, conclut-il rapidement après une courte pause. Tous ces détails de fonctionnement de la société ne doivent pas vous passionner.

– Mais si, mais si. C'est que je me fais du souci pour vous et pour Angelica, dit gentiment Mary, alors qu'elle aurait voulu pouvoir secouer Michael Gray pour lui tirer les vers du nez.

– Bref… En un mot comme en cent, il y a quelque chose qui cloche. Plusieurs personnes ont touché d'étranges sommes d'argent. Des versements on ne peut plus suspects.

– Papa a toujours été très généreux, dit Angelica pour le défendre. Il donne de l'argent à tout un tas de gens.

– C'est vrai, ma chérie… fit Michael en grimaçant.

– C'est un refuge de vieux marins qui a reçu l'un des plus gros versements, insista Angelica. C'est bien la preuve de sa générosité !

– Oui… Mais c'est l'absence de transparence des comptes qui m'inquiète, ma chérie.

– Mais Mr Thorold a l'air de dire que tout va pour le mieux, n'est-ce pas ? demanda Mary comme si de rien n'était.

Michael ne tenait plus en place.

– Que tout va pour le mieux… pour lui.

– C'est une accusation très grave, dit Mary.

– Je sais, soupira Michael. Et comme ma position m'empêche de le critiquer, le mieux à faire est encore de m'en aller.

Mary avait envie de l'étrangler.

– Je comprends, dit-elle en faisant un effort surhumain

pour se contenir. Mais il faudrait rapporter l'affaire aux autorités. Puisque vous avez la preuve de ces… anomalies.

– Dans un monde idéal, bien sûr, dit Michael en se forçant à sourire. Mais il faut que je me préoccupe avant tout de ma femme… précisa-t-il, ravi de pouvoir utiliser ce possessif. Et de notre future famille. Qui donc engagerait un secrétaire qui va fouiner dans les affaires de son patron pour le dénoncer ? Dans mon travail, la loyauté est la qualité la plus prisée.

– Peut-être que vous pourriez passer par quelqu'un d'autre pour dévoiler ces informations ? Ou sous couvert d'anonymat ?

– Oui, c'est une idée… Mais la famille de ma pauvre Ange se retrouverait alors dans un sacré pétrin.

– Je comprends tout à fait votre point de vue, Miss Quinn, dit une Angelica inquiète. Mais c'est une situation extrêmement délicate. J'ai l'impression de trahir mon père rien qu'en écoutant les inquiétudes de Michael. Et puis il y a ma mère… Elle qui a la santé si fragile…

Vraiment ? Mary fut tentée de lui poser la question. Angelica ne s'était-elle donc jamais étonnée des incohérences du comportement de sa mère ? À moins qu'elle ne se contente de lui rendre la pareille : ne se soucier que de soi et laisser les autres faire ce qu'ils voulaient. Mais ce n'était ni l'heure ni l'endroit pour ce genre de conversation.

– Cela paraît pourtant si mal de ne rien dire, insista Mary.

– Vous avez raison, admit Michael, toujours aussi mal à

l'aise. J'ai… Ceci est strictement confidentiel. Je peux vous faire confiance ?

Mary fit oui de la tête, en essayant de masquer son impatience.

– J'ai fait des copies des comptes, et de certains documents significatifs. Ces copies n'ont certes rien d'officiel : ce ne sont pas des actes notariés…

– Oui ? l'encouragea Mary. Elles ne sont pas officielles, mais suffisamment détaillées ?

Michael acquiesça.

– Et je les conserve dans un endroit sûr.

– Pas au bureau, j'espère ? demanda Mary le plus naïvement possible.

– Dans l'entrepôt ? demanda Michael apparemment surpris. Jamais de la vie !

– Non, je parlais de la maison.

– Oh, dit-il sur un ton malicieux. Disons qu'elles sont bien cachées. N'est-ce pas, ma chérie ? demanda-t-il tendrement à Angelica.

– Oui. Je m'y suis d'abord opposée, ajouta celle-ci. Mais plus j'ai réfléchi à la question, plus je me suis dit que c'était important. Un jour, Michael arrivera sans doute à faire entendre raison à Papa et à tout arranger.

Bien cachées ? Un secret qu'ils partageaient ? Mary devina aussitôt où ces copies pouvaient se trouver.

– Vous avez vraiment tous les documents dont vous avez besoin pour persuader Mr Thorold du sérieux de vos intentions ?

– Assez pour que les autorités s'y intéressent…

– Un jour, compléta fermement Angelica.

CHAPITRE 19

MRS THOROLD n'avait pas quitté sa chambre et Mr Thorold était parti pour le bureau depuis longtemps : seuls les domestiques remarquèrent le retour de Mary à Cheyne Walk. Et ils penseraient sans doute qu'elle était sortie avec Angelica et qu'elle rentrait chercher quelque chose. Ce qui était vrai, en un sens.

Elle alla droit au salon et y ouvrit le coffre où Angelica rangeait ses partitions, à côté du pianoforte. Quelques-unes étaient imprimées et reliées, mais beaucoup avaient été méticuleusement recopiées par Angelica elle-même, sur des pages qu'elle avait assemblées avec des pinces ou des aiguilles. Sa passion pour la musique était fascinante. La plupart des recueils de morceaux des jeunes ladies se résumaient à quelques vers joliment mis en musique. La préférence d'Angelica allait quant à elle au répertoire exigeant de compositeurs modernes, Mendelssohn, Chopin, et plus particulièrement Schumann. En fouillant à l'intérieur, Mary se demanda ce que ce serait que d'être à la place d'Angelica : jolie, trop gâtée et vouée à un mariage arrangé. Est-ce qu'elle avait jamais rêvé d'autre chose ? Devenir musicienne, peut-être, comme Clara Schumann ? Mary était persuadée que les bouderies d'Angelica, et ses crises de nerfs, ne faisaient que trahir une tristesse plus profonde.

Presque tout au fond du coffre, elle découvrit un concerto pour pianoforte de Schumann. Il avait été spécialement relié dans un beau cuir bordeaux et dédicacé « À A. T., pour son dix-huitième anniversaire, de la part de M. G. ». La musique préférée d'Angelica offerte par son admirateur préféré. Mary sentit un petit frisson la parcourir : elle touchait au but. Effectivement, elle trouva à la fin une douzaine de feuilles volantes, couvertes d'une écriture très soignée. Elle les examina attentivement. Des feuilles de comptes, des traces de versements, des notes sur l'assurance des navires et, extrêmement précieuses, des lettres entre Thorold et un employé de la compagnie d'assurances Lloyd's. Gray avait raison : il y avait là suffisamment d'informations compromettantes.

L'horloge du salon sonna une heure et demie : Mary se rappela qu'elle devait rejoindre James à son bureau. Elle n'aurait pas le temps de faire des copies, et s'emparer de tous les documents ne ferait qu'inquiéter Michael et Angelica s'ils venaient à s'en apercevoir. Elle opta pour un compromis et ne sélectionna que quelques pièces : difficile de deviner tout de suite qu'il manquait quatre feuilles. Elle les dissimula dans son portefeuille, sans pouvoir s'empêcher de penser au rouleau de documents que son père lui avait laissé. Dans deux jours, toute cette affaire serait finie et elle pourrait retourner au Refuge pour en savoir plus. Mais en attendant, il valait mieux ne plus y penser.

Lorsque Mary tourna le coin de Great George Street, James l'attendait à l'entrée du bâtiment. Sans même la saluer, il la saisit par le bras et l'entraîna sans ménagement jusqu'à son bureau, dont il referma soigneusement la porte derrière lui.

– Quelle mouche vous a piqué ? demanda Mary amusée.

– Je ne veux pas que mon frère vous reconnaisse.

– Je ne suis qu'une domestique : je suis sûre qu'il ne me reconnaîtrait même pas si j'étais juste en face de lui et que je lui disais comment je m'appelle.

James fit un grand sourire.

– Il n'est pas près de vous oublier… Après ce que vous avez raconté sur la guerre de Crimée dimanche dernier, il considère que vous risquez d'exercer une très mauvaise influence sur Miss Thorold et que vous ne devriez pas être autorisée à l'approcher à moins de cent mètres.

– Oh…

Et ce n'étaient pas les événements de la journée qui allaient améliorer l'opinion de George à son égard.

– « Oh… » C'est tout ce que vous avez à dire ?

– Et vous, qu'est-ce que vous pensez ?

Le sourire de James s'effaça aussitôt. Il la regarda un long moment, avec une expression impossible à déchiffrer.

– Je pense que vous rimez avec ennuis, répondit-il lentement. Mais je vous trouve très intéressante.

Mary se sentit rougir sous son regard inquisiteur. Comme elle ne savait pas quoi répondre, elle s'assit et ôta ses gants.

James se racla la gorge.

– Alors, votre enquête avance ?

– J'ai découvert des copies de documents témoignant d'irrégularités fiscales dans la compagnie de Thorold.

Mary lui présenta les documents qu'elle avait « empruntés ».

– Ce n'est qu'un échantillon. Mais cela devrait suffire à prouver qu'il y a fraude... Ou du moins à justifier des recherches plus approfondies.

Il se pencha pour étudier une page.

– Soyez plus précise.

– Ceci est une note interne de la Lloyd's de Londres, qui recense les différentes déclarations de sinistre de Thorold sur les cinq dernières années. Si on les analyse séparément, chaque demande d'indemnisation paraît normale, modeste, même. Mais elles se produisent un peu plus souvent que la moyenne et s'étendent sur une période assez longue.

– Donc, soit Thorold n'a vraiment pas de chance, soit il fait des déclarations frauduleuses.

– Exactement, dit Mary en lui montrant une deuxième feuille. La Lloyd's semble avoir lancé une enquête en interne. Elle n'ose pas accuser Thorold de quoi que ce soit sans preuves, bien sûr, mais elle se méfie et mène des recherches. Et c'est là que ça devient intéressant : l'enquête a été confiée à un certain Joseph Mays. Deux semaines après, Thorold a commencé à signer des chèques à un J. R. Mays. Là, là et là.

– Ce qui représente beaucoup d'argent, si on regarde la fréquence des chèques, fit James impressionné.

– Combien peut gagner Joseph Mays à la Lloyd's ? Deux cents par an ?

– Beaucoup moins que ça, à mon avis. Ce qui veut dire que Thorold double quasiment son salaire.

– Mais cela n'empêche pas Thorold de rester gagnant : payer Mays reste moins cher que de voir rejeter ses demandes de remboursement.

– Vous croyez vraiment que les navires de Thorold coulent aussi souvent ? Comment serait-ce possible ?

– Peut-être qu'il ment, pour empocher le double.

– C'est la solution la plus évidente… dit James en fronçant les sourcils.

– Mais…

Il prit le temps de bien formuler sa question :

– Et s'il les coulait vraiment ? Pas volontairement, bien entendu, mais en les surchargeant, par cupidité, négligence ou même mauvais calcul ?

Ces quelques mots suffirent à faire surgir chez Mary un vieux souvenir longtemps enfoui. *Un homme en costume sur le seuil de la maison, à Poplar. Un homme qui expliquait à sa mère que son mari était mort parce que le bateau avait chaviré au cours d'une tempête. Sa mère qui refusait d'entendre ce que l'homme lui disait.* Aucun des deux adultes ne s'était rendu compte que Mary comprenait absolument tout ce qu'ils disaient.

Elle eut comme une bouffée de chaleur et elle sentit les larmes lui monter aux yeux. Mais elle ne pleurerait pas. Pas ici, pas devant James.

– Mary ? Ça va ? demanda-t-il avec une gentillesse inattendue qui ne fit que la fragiliser davantage.

– Ce… Ce n'est rien. Il fait chaud tout à coup, non ?

– C'est vrai.

Il posa une main sur la sienne.

– Vous êtes sûre que ce n'est que la chaleur ?

Elle toussota et retira sa main.

– Bien sûr. Vous disiez ?

James se mit à l'observer attentivement, mais devant son air hostile, se contenta de hausser les épaules.

– Bien. Je disais donc que Thorold surchargeait peut-être ses navires, ce qui les faisait chavirer.

Il s'arrêta une nouvelle fois pour l'observer.

– Mary ? Vous êtes sûre que ça va ?

– Euh… oui.

« Concentre-toi », se dit-elle, avant de poursuivre :

– Si les navires sont en surcharge, cela signifie que leur ligne de flottaison est si basse que la moindre tempête peut les couler. Les marins les ont baptisés les « bateaux cercueils ».

Mary avait eu du mal à cacher son amertume.

– Thorold m'a expliqué un jour qu'il préférait engager des équipages étrangers, parce qu'ils sont meilleur marché. L'autre avantage, c'est que si les navires coulent, il y a moins de gens pour venir lui poser des questions en Angleterre.

Son regard se durcit.

– D'où les sommes versées au Refuge des lascars.

– Une manière de se donner bonne conscience ?

– Ça y ressemble en tout cas.

Le silence de plomb qui s'ensuivit fut brisé par un gargouillis : c'était l'estomac de Mary. Elle essaya sans succès de le couvrir en toussant.

James jeta un œil à sa pendule.

– Il se fait tard : je vous invite à déjeuner ? Nous pourrons examiner le reste après.

– Oh, non, je ne pourrais pas. Et puis je n'ai pas vraiment…

Elle fut aussitôt trahie par un énergique grondement de protestation de son estomac.

James eut un sourire moqueur.

– Ah oui, j'oubliais : les vraies dames ne mangent jamais, sauf par nécessité mondaine. Pas plus qu'elles ne boivent, ne dorment ou ne souffrent d'aucune de ces autres grossières et vulgaires nécessités organiques, bien sûr.

Mary ne put s'empêcher de sourire à son tour.

– Allez, venez. Moi non plus je n'ai pas déjeuné. Vous ne voulez pas m'accompagner ?

– C'est-à-dire qu'il me serait difficile d'aller casser la croûte et boire une pinte dans un pub, lui rappela-t-elle.

– Vraiment pas pratique. Comment font ces dames, alors ?

– Nous rentrons à la maison, répondit-elle.

– Et si vous êtes loin de chez vous ?

– Nous tombons d'inanition, bien entendu. Vous n'étiez pas au courant ?

CHAPITRE 20

ILS S'IMPROVISÈRENT un déjeuner au bureau de James, avec quelques sandwiches et de la bière qu'ils avaient fait monter d'un pub voisin. Ils ne parlèrent pas beaucoup, mais c'était un silence amical. Ensuite, James fit discrètement sortir Mary du bureau (ils pouvaient entendre les accents miévrissimes d'une ballade que George répétait sur son accordéon) et l'accompagna jusque dans la rue, où ils hélèrent une voiture.

Elle ne put s'empêcher de sourire lorsqu'il l'aida à monter dans le fiacre.

– C'est bien la première fois que vous m'offrez votre aide pour monter.

– C'est bien la première fois que vous me laissez faire, murmura-t-il en s'installant à côté d'elle.

Le ciel était d'un gris jaune, suffisamment clair pour faire cligner des yeux, sans qu'on puisse pour autant distinguer le soleil. Sous cette lumière éblouissante et peu flatteuse, Londres n'apparaissait vraiment pas sous son meilleur jour : tout semblait défraîchi. Même les nouveaux bâtiments, comme le palais de Westminster, dont la tour de l'horloge était encore en construction, paraissaient tristes et déjà vieillis par le temps. Alors que la voiture s'apprêtait à négocier un lent virage à gauche pour remonter Parliament Street, Mary se redressa soudain.

– Qu'est-ce qu'il y a ?

Elle s'enfonça dans son siège, comme pour échapper à des regards.

– Regardez.

James ne distinguait rien de particulier dans le flot habituel de gens sales, de chevaux fatigués, de chiens aboyant et de nuages de poussière, tassés dans quelques centaines de mètres carrés.

– Et qu'est-ce que je suis censé regarder ? demanda-il en se penchant vers Mary.

– La voiture qui arrive sur nous, à l'autre bout de la rue. C'est celle des Thorold.

– Et alors ?

– Alors, fit Mary avec une certaine impatience, Thorold ne prend jamais la voiture. Avant, il prenait le ferry avec Gray. Maintenant, ils partent à cheval.

– Thorold doit vraiment avoir un faible pour ce fleuve nauséabond !

– Ce doit être Mrs Thorold à l'intérieur.

– Je croyais qu'elle était invalide ?

– Justement.

La voiture des Thorold les croisa bruyamment, en direction du sud.

– Bon sang de bonsoir ! Vite, il faut les suivre !

– Mais c'est sur Mr Thorold que nous enquêtons, si je ne m'abuse.

– Je vous en prie, James ! Le cocher ne m'obéira pas, à moi.

L'air résigné, il donna au cocher de mystérieuses

instructions. Le fiacre entreprit aussitôt un lent demi-tour, déclenchant la colère d'une marchande de fleurs qu'ils faillirent renverser au passage. Elle n'avait toujours pas fini son chapelet d'injures quand ils rejoignirent la longue file de circulation qui s'écoulait lentement vers Millbank. Ils ne se trouvaient qu'à cinq ou six voitures de celle des Thorold.

– Pourriez-vous me rappeler pourquoi nous pourchassons une mère de famille hypocondriaque à travers la ville ?

– Ça ne vous paraît pas étrange que Mrs Thorold se fasse conduire au-delà de Westminster Bridge ? Elle n'a strictement rien à y faire.

– À moins que ce ne soit juste une voiture qui ressemble à la sienne.

– J'ai reconnu Brown, le cocher.

– Je ne vois toujours pas où vous voulez en venir.

– Mrs Thorold sort presque tous les après-midi, pour s'aérer ou consulter l'un de ses nombreux médecins. Si vous vouliez prendre un bon bol d'air, vous iriez à Lambeth ?

– Non, mais elle se rend peut-être justement chez l'un de ses médecins.

– C'est bien trop loin de Harley Street.

– C'est sans doute l'un de ces partisans de l'homéopathie et de l'huile de serpent. Ils sont très en vogue en ce moment et ils s'installent dans toute sorte d'endroits bizarres.

– Brown pense qu'il y a anguille sous roche. Il m'a dit qu'elle se rendait presque tous les jours dans une maison de Pimlico.

– Et vous l'avez cru ?

– Pourquoi m'aurait-il menti ?

– Sans doute par pur plaisir de médire, ou parce qu'il pensait que c'était le genre de commérages que vous auriez envie d'entendre. Et d'abord, quand est-ce que vous l'avez interrogé ?

– C'est lui qui a absolument tenu à m'en faire part un jour, près de l'escalier de la cuisine.

James éprouva une pointe d'irritation.

– Il devait être prêt à dire n'importe quoi pour attirer votre attention.

– Oh, je vous en prie. Il mourait d'envie de le dire à quelqu'un, et c'est sur moi que c'est tombé.

– Humpf. Et qu'est-ce qu'il vous a raconté d'autre ?

– Il a sous-entendu que Mrs Thorold avait une liaison.

Mary rougit rien qu'en repensant à ses autres sous-entendus : qu'elle était la maîtresse de James. Et elle s'en voulut aussitôt de ne pas avoir pu s'empêcher de rougir.

– Quel ramassis d'âneries !

– Hm ? Oh !

Mary se força à revenir au sujet qui les intéressait :

– Peut-être, mais ça n'explique pas ce qu'elle vient faire à Pimlico plusieurs fois par semaine. Ce n'est pas un endroit pour une lady. Ce n'est pas comme si elle avait eu des courses à y faire ou des amies à voir.

– Et des œuvres de charité ?

– *Mrs Thorold ?*

– Pourquoi pas ? Même si c'est peu probable...

– Bon. Imaginons qu'elle se soit engagée dans une quelconque œuvre de charité ou qu'elle aille consulter je ne sais quel homéopathe. Ça ne coûte rien de s'en assurer, au cas où elle serait liée d'une manière ou d'une autre aux affaires de Thorold.

– Cela me paraît encore moins probable que les œuvres de charité.

– Je sais, reconnut Mary. Mais je ne me sentirai pas tranquille tant que je ne l'aurai pas vu de mes propres yeux.

Au carrefour de Vauxhall Bridge, le chariot d'un brasseur se renversa. Voitures, fiacres, chariots et tombereaux venant de toutes les directions durent s'arrêter comme ils pouvaient, alors qu'une foule en guenilles d'hommes, de femmes, de gamins des rues et de filles portant des bébés se précipitait pour profiter un peu de la bière renversée. Un terrassier particulièrement costaud colla directement sa bouche à la fuite d'un tonneau, encouragé par ses camarades. Le conducteur du chariot n'essaya même pas de dégager le passage. Il était trop occupé à défendre ses tonneaux de bière encore intacts à coups de fouet et d'un flot de menaces pittoresques pour repousser ceux qui cherchaient à s'en approcher.

– C'est le pompon, murmura Mary.

– J'imagine que ce n'est même pas la peine que je vous propose de renoncer à poursuivre Mrs Thorold ? marmonna James.

– Effectivement. Et puis, de toute façon, nous ne pouvons plus faire demi-tour.

James se pencha à l'extérieur et poussa un grognement. Il avait suffi d'une minute pour que toute la circulation soit bouchée sur des centaines de mètres à la ronde.

– Si vous voulez, nous pouvons descendre : nous aurons aussi vite fait de la suivre à pied, reprit Mary.

Il jeta un œil à sa robe : encore une espèce de sac à patates marronnasse.

– Nous serions couverts de poussière. Vous auriez du mal à le justifier en rentrant.

Il valait mieux rester dans la voiture. Au bout d'un moment, un cocher résolut à contrecœur d'organiser un petit groupe d'hommes pour nettoyer les dégâts. Mais, malgré ces efforts, il fallut près de trois quarts d'heure pour libérer la voie. Le conducteur du chariot renversé n'aida pas le moins du monde. Hors de lui, il passa son temps à rouspéter et à se lamenter sur son essieu brisé. Un étroit chemin fut finalement dégagé au milieu des tonneaux éclatés et des flaques de bière, mais il fallut encore plusieurs minutes avant que la circulation ne reprenne.

Dès que ce fut possible, la voiture des Thorold se faufila tant bien que mal à travers un tout petit passage sur l'un des côtés de la rue, manquant d'écraser un bébé pouilleux et le panier de cresson auquel on l'avait attaché. La mère, furieuse, provoqua un nouvel embouteillage en volant au secours de son enfant. Pendant quelques minutes, Mary pensa vraiment que Mrs Thorold leur avait échappé. Mais lorsqu'ils quittèrent le carrefour à leur tour, elle vit la voiture disparaître au coin d'une petite rue. Leur cocher prit un virage serré à droite et poussa les chevaux au trot.

La voiture des Thorold tourna à gauche dans Denbigh Place, une rue étroite de maisons d'ouvrier. La voie était étrangement déserte : pas le moindre enfant jouant dehors, pas un vendeur allant de porte en porte. Dans cette ville bruyante toujours en mouvement, ce calme soudain faisait froid dans le dos. On aurait dit que la rue entière avait été évacuée.

La voiture des Thorold s'arrêta au milieu de la rue et une portière s'ouvrit d'un coup, avant même que Brown n'ait eu le temps de descendre de son siège. Il déplia maladroitement les marches aussi vite qu'il le put, mais, d'un geste brusque, la dame qui descendait repoussa la main qu'il lui tendait pour l'aider. C'était une silhouette corpulente familière, revêtue de la tenue complète de la matrone : une imposante crinoline, de nombreux jupons, un fichu. Elle descendit avec une assurance naturelle que Mary ne lui connaissait pas. Du trottoir à la porte de la maison où elle se rendait il n'y avait que quelques pas à faire, mais cela suffisait pour constater qu'elle se tenait bien droite et qu'elle marchait d'un bon pas. Elle ouvrit la porte en utilisant sa propre clef et disparut à l'intérieur.

James et Mary se regardèrent, ahuris.

– Vous avez... ?

– Est-ce que... ?

En se tournant de nouveau vers la maison, ils eurent tout juste le temps de voir Brown, qui s'était remis en route, se glisser dans la rue de derrière. Apparemment, cette femme en avait pour un moment.

– Quelles sont les chances qu'une autre dame utilise la voiture des Thorold ? demanda James.

– Et qui lui ressemble ? C'est quasi impossible, répondit Mary.

– Quelle charmante petite famille, commenta James. Papa triche et maman ment... Je me demande à quoi nous devons nous attendre, George et moi, avec la douce Angelica…

Mary garda le silence. James était loin d'être au bout de ses surprises… Mais elle avait promis de ne rien dire. Et, à vrai dire, elle n'en avait pas la moindre envie. S'il apprenait ce qui s'était passé ce matin, il n'aurait plus aucune raison de poursuivre l'enquête avec elle, alors qu'il lui était très utile. Et puis elle avait commencé à apprécier sa compagnie, en dépit de son arrogance.

Il la dévisageait attentivement.

– Vous savez quelque chose ?

– Ça peut attendre.

Mary sauta de la voiture et attendit impatiemment que James règle le cocher.

– Bien, reprit-il pendant que le fiacre s'éloignait. Et comment fait-on pour découvrir ce que Mrs Thorold vient faire ici ?

– On interroge les voisins.

– Ah ? On sonne à la porte et on demande : « Excusez-nous de vous déranger, est-ce que vous savez qui est cette femme et ce qu'elle vient faire ici ? »

Mary leva les yeux au ciel.

– On sonne, on explique que je fais un malaise à cause de la chaleur et on demande s'ils auraient la gentillesse de nous laisser entrer un instant.

Elle lui prit le bras et, s'appuyant sur lui, joua celle qui se trouvait mal.

– Et moi, je reste planté là comme un idiot ?

– Vous, vous êtes mon frère et vous vous faites beaucoup de souci pour moi.

– J'ai une meilleure idée, suggéra James. C'est moi qui me charge d'interroger les voisins pendant que vous explorez la rue de derrière. Peut-être que vous aurez une meilleure vue de ce qui se passe à l'intérieur.

– Mais les dames ne se confieront pas aussi facilement à vous qu'à moi.

James sourit jusqu'aux oreilles.

– Je ne vais pas passer par la grande porte. Je vais me subjuguer une petite femme de chambre qui va tout me raconter.

– Vous avez l'air bien sûr de votre charme.

Il essaya sans succès de prendre un air modeste.

– Ça a bien marché sur Angelica… Et je n'ai même pas eu besoin d'essayer.

Il ne fallut pas longtemps à Mary pour explorer la rue de derrière. L'arrière de la maison était propre et aveugle : toutes les fenêtres étaient soigneusement protégées des regards indiscrets. Pas le moindre indice à se mettre sous la dent. Elle traîna dans la ruelle pendant une dizaine de minutes, avant de retourner attendre James au coin de Denbigh Place.

Il commençait à se faire désirer. Cela faisait une demi-heure, à vue de nez, qu'il avait disparu. Mary se dit que c'était sans doute, inconsciemment ou non, une manière de lui faire payer la fois où il avait dû l'attendre devant le Refuge des lascars. Il n'y avait dans la rue pour tout être humain qu'un gamin d'une dizaine d'années qui jouait au ballon.

Quand James se décida enfin à revenir, elle déclara :

– Vous avez l'air bien content de vous.

– La bonne, Janet, est une jeune femme adorable. Elle m'a offert le thé et m'a confié les moindres détails de sa vie, du lever au coucher. Il se trouve que je lui rappelle le héros du roman qu'elle lit en ce moment, sauf qu'elle me trouve plus beau.

– Ah ! Dommage que la modestie ne fasse jamais partie de l'éventail des qualités des héros…

Il lui prit le bras.

– Vous êtes jalouse parce que moi, au moins, j'ai pris le thé. Avec des scones à la crème et à la confiture absolument succulents.

– Oh, j'imagine que ce n'est qu'un aperçu de la puissance de votre charme irrésistible ?

– Disons que je ne vois pas l'intérêt de l'exercer à tour de bras ni sur n'importe qui, répondit-il avec un grand sourire. Surtout pas sur des jeunes femmes que je rencontre dans des placards et qui me fracassent le nez à coups de poing, des demoiselles qui me…

Mary explosa de rire.

– C'est bon, je me rends. Alors, qu'avez-vous appris ?

James reprit un ton plus sérieux.

– Mrs Thorold loue la maison sous le nom de Thorpe. Elle y vient l'après-midi. Il semblerait qu'elle ait un cher ami, Mr Samuels, qui lui rende visite deux ou trois fois par semaine.

– Est-ce que quelqu'un d'autre est déjà entré à l'intérieur de la maison ? Est-ce que « Mrs Thorpe » a une bonne ?

– Non. C'est même une espèce de mystère local : comment font-ils donc pour entretenir cette maison ?

– Pas de livraisons spéciales ? Est-ce que vous avez trouvé le moindre lien avec les cargaisons de Thorold ?

James secoua la tête.

– Non, rien du tout. Ces deux-là se font très discrets. Janet ne sait même pas d'où vient Mr Samuels, et pourtant, elle est plus curieuse qu'une chatte.

– Ça a tout l'air d'un adultère, conclut Mary.

– C'est aussi ce que pense Janet. Et c'est apparemment le sujet de conversation préféré de toutes les bonnes du quartier.

Ils marchèrent un peu, jusqu'à l'angle d'un petit square. Le garçon au ballon l'envoya brusquement dans leur direction.

– Pardon, m'sieur !

James attrapa la balle crasseuse par réflexe.

– Si vous voulez bien m'excuser.

Il fit signe à Mary de continuer à avancer et entraîna le garçon un peu plus loin à l'écart. On aurait d'abord dit qu'il grondait l'enfant, mais lorsque celui-ci commença à parler, James sembla l'écouter très attentivement. Mary observa la scène d'un œil distrait, jusqu'à ce que l'attitude de James exprime un brusque changement. Il se raidit, la regarda, puis se mit à questionner le garçon. L'échange dura quelques minutes à peine, et dès que la conversation fut finie, James glissa quelque chose à l'enfant (de l'argent ?) et vint la rejoindre.

– Qui était-ce ? demanda Mary.

– C'est assez drôle que vous me posiez la question.

Il la tenait fermement par le bras et il marchait à grands pas, la forçant presque à courir pour le suivre.

– Qu'est-ce qui se passe ?

James s'arrêta net.

– Quand est-ce que vous aviez l'intention de me l'annoncer ?

Mary éprouva à nouveau cette angoisse : la sensation d'être prise en faute.

– De vous annoncer quoi ? demanda-t-elle prudemment.

Il lui serra le bras encore plus fort.

– Ce matin, vous avez servi de témoin au mariage d'Angelica Thorold et de Michael Gray. Pourquoi ne m'avez-vous rien dit ?

– Je… Je l'ai promis.

– Vous l'avez promis ! fit-il avec mépris.

– Michael et Angelica. Je leur ai donné ma parole que je ne dirais rien à personne.

– Vous n'auriez jamais dû donner votre parole. Vous aviez déjà accepté de travailler avec moi, et notre accord aurait dû vous empêcher de faire ce genre de promesse.

Furieux, il la dévisagea encore un instant avant de lui lâcher le bras, si brusquement que Mary en perdit l'équilibre.

– Vous m'avez trahi.

– Bien sûr, se défendit-elle. Et vous, vous avez tellement confiance en moi que vous me faites suivre ! Ce n'est pas la peine de monter sur vos grands chevaux avec moi alors que c'est vous qui me faites espionner !

– Je n'ai absolument plus à me justifier auprès de vous, marmonna-t-il, mais sachez que c'est Gray que suivait ce garçon. Pas vous.

Mary devint blanche comme un linge. Sa colère s'envola pour laisser place à une vague de nausée froide.

– Ce garçon n'a fait que me rapporter ce qu'il a vu dans l'église ce matin : vous avez servi de témoin.

James l'observa de nouveau un long moment.

– Quel âge avez-vous, déjà ?

– Je... J'ai dit que j'avais vingt ans.

– Vous avez « dit »... ? demanda-t-il, soupçonneux.

Mary ne se sentait pas de mentir encore une fois. Pas maintenant. Pas à lui.

– J'ai dix-sept ans, avoua-t-elle d'une petite voix.

– Alors ce mariage n'est même pas valable.

– Non, chuchota-t-elle.

– Et ça vous amuse de jouer ce genre de tour ? Vous vouliez vous payer la tête de qui, au juste ? Celle d'Angelica, de Michael Gray, ou de George et moi ? À moins que vous n'ayez voulu vous moquer de nous tous réunis, pour une raison que j'ignore.

Mary avait perdu sa langue. James fit une grimace, comme s'il venait d'avaler quelque chose de pourri.

– J'espère que personne d'autre ne le découvrira.

Mary s'était mise à trembler.

– Personne !

Il la regarda encore, avant de secouer la tête et de lui tourner le dos. Mary le regarda s'éloigner. Quand elle comprit qu'il ne s'arrêterait pas, elle se lança derrière lui.

– Attendez... Où allez-vous ?

Il lui fit face et dit sur un ton très formel :

– Je suis navré de vous avoir imposé cette prétendue association. Vous pouvez vous considérer débarrassée de moi.

Elle resta plantée là, comme si elle venait de recevoir un coup sur la tête.

– Pardon ?

– Adieu, Miss Quinn. Et bon vent.

Il tourna les talons et s'éloigna à grands pas.

CHAPITRE 21

Dimanche 16 mai

ENCORE UNE JOURNÉE qui s'annonçait aussi longue qu'atroce. Le soleil dorait le bord des rideaux. Mary ouvrit un œil. Pourquoi se sentait-elle si… Avant même qu'elle n'ait fini de formuler sa question, les événements de la veille lui revinrent brusquement. Ce n'était ni un flot ni une vague de souvenirs, mais plutôt comme un coup de trique. James. Leur dispute. Leur séparation. C'était sans doute mieux ainsi, mais elle n'avait pas encore réussi à s'en convaincre. Elle aurait dû avoir honte. Certes, il était arrogant et s'emportait facilement, mais elle s'était montrée bien pire : stupide et malhonnête.

En rentrant, la veille, elle avait invoqué une migraine, le grand classique des dames, afin d'échapper au dîner et à la soirée en famille. Cass avait pris sur elle de lui apporter en cachette un repas : une tasse de thé tiède, trois tranches de pain beurrées si épaisses qu'elles auraient pu faire office de cale-porte, tout comme la part de cake au madère légèrement rassis. Cet effort pour la réconforter avait fait sourire Mary et avait un instant réussi à l'arracher à ses idées noires. Elle n'avait pas eu de mal à convaincre Cass d'en manger une grosse partie. Mais ce matin, elle se sentait vide à cause de ce repas manqué.

À quoi bon se lever aujourd'hui ? Le fait même de se poser cette question suffit à lui prouver qu'elle filait un mauvais coton. Comment avait-elle pu oublier qu'il lui fallait toujours remplir sa mission ? Sa première mission. Sa mission si fortement compromise. Après laquelle elle pourrait enfin retourner au Refuge des lascars… Et elle restait là, à jouer les malades, tout ça à cause d'un homme qui la méprisait !

Cette pensée lui fit l'effet d'un coup de fouet : elle s'assit dans son lit juste au moment où l'horloge du palier sonnait neuf heures. Neuf heures ! Mais où était Cass ? Pas de thé, pas d'eau pour le bain, et elle avait déjà deux heures de retard sur l'heure à laquelle elle se levait normalement ! Tiens, la voilà qui commençait à prendre des habitudes de lady, incapable de sortir de sa chambre sans l'aide de sa bonne. Elle fit rapidement sa toilette avec l'eau de sa cuvette, s'habilla à toute vitesse et descendit dans la salle du déjeuner. Personne. Elle s'apprêtait à s'asseoir pour déguster un bon café accompagné d'œufs, de bacon, de tomates et de tartines grillées, quand elle entendit, à l'arrière de la maison, un bruit étouffé de casse et de grands éclats de voix.

Mary poussa un soupir et se rendit dans le couloir. Elle n'eut pas de mal à deviner d'où venait le bruit : on entendait Cook crier du haut de l'escalier des domestiques. Elle hurlait si fort que Mary grimaça. Elle hésita : elle n'avait bien sûr pas son mot à dire dans ces affaires. Mais elle reconnut des bruits de coups : on frappait quelqu'un. Elle n'hésita plus une seule seconde.

Le boucan venait du garde-manger. En arrivant en bas

de l'escalier, Mary aperçut des morceaux de verre éparpillés sur les dalles de pierre. Par terre, entre les éclats, Cass Day s'était recroquevillée et se protégeait comme elle pouvait la tête de ses bras.

– Bonjour, Cook, dit froidement Mary.

Cook, une femme trapue d'une petite quarantaine d'années, lui jeta un regard noir. Elle haletait.

– Qu'èce-que vous v'nez faire ici ?

Au sol, la petite bonne ne bougeait plus.

– Miss Thorold s'inquiète de tout ce vacarme, improvisa Mary. Elle m'a envoyée vous prêter main-forte.

La cuisinière s'essuya le front sur son tablier.

– C'est c'te morveuse-là, feignante, et voleuse en plus de ça ! dit-elle en crachant par terre. J' l'ai surprise à piquer ces lampes.

Les restes d'une paire de lampes à huile gisaient en vrac dans un coin.

– Je vois.

Mary regarda les lampes, puis Cass, immobile, avant de fixer Cook de nouveau.

– Elle est virée, pour sûr. Mais elle partira pas sans une bonne correction, c'te sale fouine pleurnicharde.

Cook, qui avait relevé ses manches au-dessus de ses avant-bras, ne décolérait plus.

Mary et elle se jaugèrent pendant une bonne minute. Cook avait, bien entendu, le pouvoir de chasser Cass, et même de la battre. Dans ce silence électrique, le corps en boule de la petite fut pris de violents tremblements.

– Vous avez assez à faire. Je vais veiller à ce qu'elle quitte les lieux.

Mary regarda la fille au sol.

– Debout, Cass, commanda-t-elle d'une voix neutre, presque froide.

– Ah oui ? Et qui c'est qui va me nettoyer tout ça ? demanda Cook, menaçante.

– C'est à William de nettoyer les lampes et de tailler les mèches, répondit Mary en faisant passer la petite derrière elle. Je vais l'informer des dégâts.

Pour la première fois, Cook sembla hésiter. Il y eut un nouveau silence tendu. Puis, sur la défensive, elle se mit à tordre son tablier.

– Et que j' la r'voie plus, grogna-t-elle.

En poussant gentiment Cass devant elle, Mary sentit qu'elle avait les mains moites de soulagement.

– Va chercher tes affaires.

Elles n'échangèrent pas un mot en traversant la cuisine pour aller jusqu'à la « chambre » de Cass, tout au fond de l'arrière-cuisine. C'était une espèce de cagibi très étroit, très bas de plafond, sans aération, avec un simple grabat de paille crasseux jeté au sol. Les murs en pierre suintaient de moisissure, des crottes de souris craquaient sous les pieds et une âcre odeur d'urine saturait l'atmosphère. Mais Cass semblait s'y être habituée : elle se courba pour y récupérer une chemise de nuit en loques rangée sous le sac de farine qui lui servait de drap. Elle en fit une boule compacte, qu'elle fourra dans un bonnet de nuit également usé jusqu'à la corde. D'un fil à linge accroché entre deux poutres, elle détacha un jupon rapiécé et une paire d'épais bas noirs. Elle fouilla ensuite dans une fissure entre le mur et le sol, d'où elle finit par extirper, après quelques tâtonnements, un petit carnet. Les souris en avaient attaqué la couverture, mais il suffisait d'observer la manière dont Cass le glissait dans les plis de sa jupe pour comprendre qu'il s'agissait de ce qu'elle avait de plus important.

– Je suis prête, marmonna-t-elle.

Là où ses cheveux avaient été arrachés, Cass avait sur le crâne une petite plaie qui saignait. Mary la dévisagea un instant.

– Suis-moi.

La petite la suivit docilement dans l'escalier des domestiques, ses maigres possessions sous le bras. Lorsque Mary tourna dans le couloir pour monter au deuxième étage, Cass hésita un court instant. Une fois dans sa chambre, Mary ferma bien la porte derrière elles.

– Alors, dit-elle, il me semble que tu as quelque chose à me raconter.

Cass leva la tête, mais la laissa retomber avant que Mary n'ait eu le temps de déchiffrer son expression.

– Je... J' comprends pas, Miss.

Mary se pencha vers elle et lui souleva le menton. Elle ne fut pas surprise par le mouvement de recul de Cass, qui s'attendait à un nouveau coup. Elle fut en revanche étonnée de voir des larmes ruisseler sur ses joues.

– Tu n'as pas essayé de voler ces lampes. Je le sais aussi bien que toi.

Une expression de surprise métamorphosa le visage de Cass, mais elle ne dit rien.

– Tu ne m'as pas raconté ta version des faits.

Cass s'essuya le visage avec sa manche. Quand elle se décida à parler, ce fut d'une voix à peine audible :

– À quoi ça sert, Miss ?

– À rien en ce qui concerne Cook, reconnut Mary qui lui tendit un mouchoir propre. Mais c'est important de dire la vérité. Tu veux vraiment que je te considère comme une vulgaire voleuse ? Et franchement pas douée en plus ?

Cass sourit à travers ses larmes.

– Non.

– Eh bien alors, raconte-moi ce qui s'est passé.

– Cook m'a demandé de nettoyer les lampes, commença lentement Cass. Pasque William a trop bu hier soir et qu'il était très en retard ce matin. J'allais remonter les deux dernières dans la salle à manger, quand j' suis tombée et que j' les ai cassées, dit-elle en tordant nerveusement le mouchoir. C'est tout.

– Et pour couvrir William, elle t'a accusée de voler les lampes, c'est ça ?

Cass fit oui de la tête.

– Bon, comme c'est Cook qui est responsable des aides qu'elle embauche, je ne peux pas te permettre de récupérer ta place. Mais même si j'avais pu, je ne pense pas que je l'aurais fait.

– Pourquoi ? demanda Cass, visiblement blessée.

– Parce que je veux t'aider, expliqua gentiment Mary. Mais pas en te renvoyant dans un endroit où tu es en danger.

Cass serra les dents.

– N'importe où, c'est toujours mieux que nulle part. Et puis maintenant, j' me retrouve sans lettre de recommandation. J'arriverai jamais à avoir une place sans lettre de recommandation.

Ses yeux s'emplirent de nouveau de larmes, qu'elle essuya encore d'un revers de sa manche.

– Utilise mon mouchoir, Cass, je t'en prie.

Il devait y avoir quelque chose avec ce mouchoir ; Cass le trouvait sans doute trop raffiné pour être taché. Elle ravala ses larmes.

– J' suis désolée, Miss Quinn, marmonna-t-elle.

– Pourquoi ? Ce n'est pas ta faute. Écoute-moi, Cass : est-ce que tu veux vraiment rester bonne à tout faire ?

Haussement d'épaules.

– J' sais rien faire d'autre, Miss.

– Mais tu te souviens de la fois où nous avons parlé de ce que c'était qu'être une lady ? Pas une vraie lady, mais une lady comme moi ?

– Voui…

– Tu veux toujours essayer de devenir une lady, toi aussi ?

Cass rougit.

– Mais c'était qu'un rêve, Miss.

Mary prit les petites mains dans les siennes.

– Et si je te disais que ce rêve pouvait se réaliser ? Si je te disais que tu peux aller à l'école avec d'autres filles de ton âge ?

Cass fronça les sourcils, plus parce qu'elle n'arrivait pas à y croire que par refus véritable.

– Attention, il faut aussi travailler pour apprendre, prévint Mary. Et ce ne sera pas toujours une partie de plaisir. Mais tu aurais au moins la chance d'apprendre.

Cass secoua la tête, comme pour remettre ses idées en place.

– Miss, vous êtes pas… J' suis qu'une petite bonne. C'est

très gentil, Miss Quinn… Mais j' peux pas. J' suis même pas sûre de tout bien comprendre.

– Je sais que cela doit te paraître un peu soudain. Tout ce que je voulais dire, c'est que je connais quelqu'un qui peut t'aider. Elle dirige un pensionnat et elle cherche à…

Mary se tut. Cass paraissait brusquement nerveuse. Elle tenta même subrepticement de se rapprocher de la porte.

– Qu'est-ce qui ne va pas ?

Cass secouait toujours la tête.

– C'est très gentil, Miss, mais je dois y aller…

– Laisse-moi te donner une lettre. C'est comme une lettre de recommandation, mais pour une école, pas pour un emploi. Tu n'auras qu'à la montrer là-bas…

Cass cligna des yeux avant de faire rapidement oui de la tête. Ce n'était pas exactement l'effusion de joie que Mary escomptait, mais elle s'assit aussitôt et plaça son écritoire sur ses genoux. Il lui fallut un peu de temps pour trouver plume, encre et papier. « Chère Miss Treleaven, écrivit-elle, Cassandra Day, porteuse de cette lettre… »

Il y eut un bruit de porte et Mary leva la tête. Le temps qu'elle se lève, Cass avait déjà descendu la moitié de l'escalier à toute vitesse, son petit balluchon de linge bien serré contre elle. Mary pensa d'abord se lancer à sa poursuite. Mais à quoi bon ? Même si elle réussissait à la rattraper et qu'elle la livrait elle-même à Anne Treleaven, l'Institution n'était pas une prison. On ne forçait jamais les élèves récalcitrantes à rester. Elle écouta les pas de la petite qui s'éloignait et, lasse, se frotta le visage. Ses doigts étaient légèrement gras, d'avoir tenu ceux de Cass, sans doute. Elle se lava les mains et redescendit dans la salle du déjeuner.

Décidément, la matinée tournait au drame domestique. Une demi-heure plus tard, en passant devant la porte de la chambre d'Angelica, Mary entendit comme des sanglots étouffés. Elle hésita. Angelica n'avait jamais particulièrement apprécié que Mary se montre attentionnée avec elle, et elle voyait mal pourquoi il en serait autrement aujourd'hui... Mais après l'escapade d'hier, Mary se sentait comme responsable de la jeune femme.

Elle s'arma d'un plateau de thé et frappa à la porte de la chambre. Elle dut insister, mais au bout de quelques minutes, elle entendit un faible « Entrez ». La chambre était plongée dans l'obscurité et l'air était lourd de sommeil et de vieux parfum.

– Je vous ai apporté du thé, annonça Mary à la bosse sous les draps.

Angelica se remit à pleurer dans son oreiller.

Mary commença sérieusement à s'inquiéter. Après tout, on n'était qu'au lendemain du jour qui aurait dû être le plus beau jour de la vie d'Angelica.

– Miss Thorold ? Vous ne vous sentez pas bien ?

Long silence.

– N... non.

– Vous vous êtes disputée avec Michael ?

– N... non. La journée d'hier a été parfaite... Michael a été parfait... Tout est parf... parfait.

Elle fondit de nouveau en larmes. Mary ne savait pas trop quoi dire.

– Euh… Donc… hier, tout était parfait, et aujourd'hui, rien ne va plus, c'est ça ?

Angelica lâcha une espèce de miaulement qui ressemblait à un oui.

– Mais vous ne savez pas pourquoi ?

Angelica secoua la tête sans s'arrêter de pleurnicher. Après quelques minutes, épuisée, elle fut prise de hoquets.

– D… des fois… ç-ça m-me prend… c-comme ça, bégaya-t-elle.

Mary se rappela le lendemain de la fête, Angelica aurait dû exulter, mais elle lui avait paru profondément malheureuse.

– Allez, levez-vous. Vous aurez moins de mal à respirer.

Elle lui versa un verre d'eau.

Angelica se redressa maladroitement et se moucha.

– Vous devez me mépriser. Par rapport à vous, j'ai une vie de rêve, et c'est moi qui me lamente sans raison.

– Mais non, je ne vous méprise pas.

Mary avait répondu sans réfléchir, mais elle le pensait vraiment. Certes, Miss Thorold était une effroyable chipie égoïste. Mais sa richesse et ses privilèges ne l'empêchaient pas de se retrouver aussi vulnérable que Cass Day dans les moments importants.

Angelica soupira et fixa ses mains. Elle portait à l'annulaire gauche un anneau d'or si fin qu'on aurait dit une ombre. Son visage s'assombrit aussitôt.

– Vous regrettez de l'avoir épousé ? lui demanda Mary. Vous paraissiez pourtant bien sûre de vous hier.

Angelica était au bord des larmes, mais elle réussit à se contenir.

– Je pensais, avoua-t-elle après un long silence, que l'épouser suffirait à faire mon bonheur. J'en ai eu, du bonheur, pendant quelques heures. Et puis nous sommes rentrés discrètement à la maison et nous avons dîné comme d'habitude… Comme si rien n'avait changé. Tout est comme avant, soupira-t-elle avec un geste vague. Je suis toujours là. Il est toujours le secrétaire de mon père. Je pensais que je ne me sentirais plus pareille.

– Tout va changer quand vos parents apprendront que vous êtes mariés. Peut-être que vous devriez le leur annoncer, avec Michael.

Angelica avala un peu de thé.

– Je n'ai pensé qu'à ça cette nuit. Mais c'est plus compliqué. J'espérais que ce mariage changerait tout, mais cela n'a fait que compliquer les choses. Je me sens prisonnière… Pas du mariage, mais de tout le reste. Je… Je ne sais pas bien comment l'expliquer.

Mary l'observa pendant une minute.

– Je sais que vous ne me portez pas dans votre cœur, mais est-ce que vous permettez que je vous donne mon avis ?

– Ce n'est pas que je ne vous aime pas… Mais j'avais décidé de ne pas vous aimer. Je ne suis pas sûre que cela vous touche, mais je vous trouve intéressante, dit Angelica avec un demi-sourire.

Intéressante. Douloureux rappel de ce que James pensait d'elle… Avant qu'il ne se mette à la mépriser. Mary se força à ne plus y penser et se concentra de nouveau sur la situation de Miss Thorold.

– Je pense, avança-t-elle prudemment, qu'il y a des

femmes qui ne conçoivent pas une vie sans mariage et sans enfants. Mais je pense aussi que d'autres attendent davantage de l'existence. Ce qui explique pour moi votre tristesse.

– J'ai été élevée exclusivement dans l'optique du mariage, dit Angelica.

– Vous êtes une pianiste extrêmement douée. Est-ce que vous avez déjà songé à jouer pour un public qui dépasse le simple cercle de votre famille et de vos amis ?

– Mes professeurs de musique me l'ont toujours dit… Mais je n'ai jamais imaginé… Ou plutôt, je n'ai jamais osé imaginer que… Et me voilà mariée. C'est trop tard.

– Vous croyez ?

De nombreuses actrices ou chanteuses d'opéra continuaient à se produire après leur mariage.

– Qu'est-ce qui vous empêcherait d'être à la fois une musicienne et une épouse ? poursuivit Mary.

– Cela ne se fait pas ! s'écria Angelica visiblement scandalisée. Et le pauvre Michael…

– … a l'air d'un homme très sensé qui ne veut que votre bonheur. Il serait certainement très fier d'avoir une épouse si douée.

Angelica secoua la tête. On pouvait lire dans ses yeux bleus et ronds une certaine agitation.

– Cela ne se fait pas. C'est… Ce n'est pas…

– Je ne suis pas en train de vous dire ce que vous devez faire, reprit rapidement Mary. Je ne fais que suggérer que votre mélancolie vient peut-être de ce que vous n'avez jamais eu l'occasion de choisir pour vous-même.

Mary n'aurait pas su définir l'expression d'Angelica.

– Il n'y a que vous qui connaissiez la réponse. Mais je ne voulais pas vous quitter sans vous l'avoir dit.

Mary pensait ce qu'elle disait. Au cours de cette dernière demi-heure, elle avait changé : elle avait quitté son rôle de simple demoiselle de compagnie dévouée pour celui d'une proche attentive et attentionnée. Dans la détresse d'Angelica, comme dans celle de Cass, Mary voyait le reflet de sa propre histoire.

– Je vous laisse y réfléchir. Avez-vous besoin de quoi que ce soit ?

Angelica était déjà perdue dans ses pensées.

– Mm ? Oh… non. Mais, Mary ?

Celle-ci s'arrêta sur le seuil de la porte.

– Oui ?

– Merci. Encore.

CHAPITRE 22

PUISQUE PERSONNE ne désirait la compagnie de Mary ce matin-là, elle annonça rapidement son intention de se promener et attrapa un omnibus qui allait à Saint John's Wood. Dire qu'elle avait tout saboté dans cette affaire et qu'elle se voyait obligée de précipiter son retour au sein de l'Agency… Mais une fois à Acacia Road, la plaque de cuivre qui annonçait INSTITUTION POUR JEUNES FILLES DE MISS SCRIMSHAW lui parut presque trop réconfortante. Elle ouvrit le portail de fer forgé et se glissa à l'intérieur, se préparant à affronter le pire. Elle avait grand besoin de conseils, et tant pis s'ils n'allaient pas sans sévères critiques.

Le bureau d'Anne se trouvait au rez-de-chaussée. Il était étonnamment modeste, par sa taille comme sa décoration : pas de bureaux massifs en acajou, pas de vieilles peintures à l'huile ni de carafes en cristal. La pièce était aussi stricte et soignée que sa propriétaire, adoucie simplement par la profusion de plantes en pot. La porte était entrouverte. Dès qu'elle entendit Mary frapper doucement à la porte, Anne leva la tête. Elle sourcilla à peine en voyant apparaître la jeune femme, mais ce léger frémissement représentait déjà chez elle une façon presque exubérante de faire étalage de ses émotions.

– Tiens ! Bonjour, Mary.

Terrifiée, celle-ci sentit une nouvelle fois les larmes lui monter aux yeux. D'abord au Refuge des lascars, puis devant James, et maintenant…

– Je suis vraiment désolée… de surgir comme ça, à l'improviste… Je ne savais pas quoi faire d'autre… J'ai fait n'importe quoi… Et je sais que demain tout sera fini…

Anne ferma la porte et la serra très fort dans ses bras. À la voir si fine, on n'aurait jamais imaginé qu'elle était si forte.

– Ce n'est rien. Attends un peu avant de parler.

Mary ne savait pas au juste pourquoi elle pleurait. Parce qu'elle avait échoué lamentablement dans sa première mission ? Parce qu'elle avait déçu Anne ? Trahi James ? Échoué à aider Cass ? Ou à cause d'Angelica, qui pleurait si facilement ? La jeune femme se laissa aller et pleura un bon moment. Lorsqu'elle commença à se ressaisir et à avoir le hoquet, Anne lui tendit un mouchoir et un verre d'eau-de-vie.

– Tiens, bois.

Mary s'assit et but. Elle s'essuya le visage et se moucha, avant d'esquisser un timide sourire.

– Je suis désolée.

– Ce n'est pas la peine de t'excuser parce que tu pleures. Et si tu m'expliquais ce qui t'amène ?

Mary lui raconta tout, le plus brièvement et le plus clairement possible, sans rien omettre, à part, bien sûr, son entrevue personnelle avec Mr Chen. Même si elle aurait aimé pouvoir parler de son père à Anne, tout cela était encore trop récent. Trop douloureux. Et une partie d'elle-même se demandait si ce ne serait pas risqué... Inconsciemment, elle toucha le pendentif de jade dissimulé sous sa robe.

Est-ce qu'Anne et Felicity la mépriseraient si elles venaient à apprendre la vérité ? Est-ce qu'elles vaudraient mieux que tous ces Anglais qui se flattaient d'être ouverts et modernes tout en la détestant et en la craignant au plus profond d'eux-mêmes ? Elle avait déjà eu droit à toute une liste d'épithètes dans son enfance. Et si les mots de la haine étaient laids, ils n'étaient qu'une petite partie du problème : Mary ne supporterait pas de les entendre de la bouche d'Anne ou de Felicity.

Mais si le bon sens lui disait que ces dernières n'utiliseraient jamais ce genre d'insultes, elle continuait à ne pas vouloir leur confier la vérité. Si elle leur avouait tout, même si elles ne se mettaient pas à la mépriser, elles cesseraient de la considérer simplement comme Mary Quinn. Elle deviendrait « la métisse », « la Chinoise », « l'autre ». « Ni chair ni poisson », comme disait le proverbe, elle ne serait plus qu'une chose. Elle deviendrait un être à part qui n'a de place nulle part.

Après le récit de Mary, Anne garda le silence. Mary essaya de ne pas montrer de signes d'impatience. Quels que soient les reproches que Miss Treleaven lui ferait, elle les accepterait. Elle lui prouverait qu'elle était capable d'apprendre de ses erreurs.

Anne interrompit le flot de ses pensées de sa voix calme :

– Pourquoi es-tu venue me trouver aujourd'hui ?

Mary ne s'attendait pas à cette question. Hésitant un instant, elle se ressaisit :

– J'ai besoin de votre avis.

– À quel sujet ?

Il n'existait ni réponse brève ni façon de présenter les choses sous un jour flatteur.

– Je ne sais pas quoi faire. Je n'ai pas surpris de conversation relative à la cargaison en provenance d'Inde. J'ai fait toute une série d'erreurs, dont des fautes très graves. J'ai commis des imprudences. Je n'ai pas tenu ma parole.

Elle s'arrêta là.

– Tout cela est vrai. Tu as également dépassé les bornes de ta mission. Tes tentatives de fouille des entrepôts ont fortement compromis le travail de l'agent principal. En t'introduisant par effraction et en manquant te faire prendre, tu as rendu sa tâche bien plus difficile qu'elle ne l'était à l'origine.

Mary rougit jusqu'aux oreilles. Elle n'y avait même pas songé.

Anne laissa passer un peu de temps avant de lui demander calmement :

– Souhaites-tu être relevée de tes obligations ?

Mary tourna au rouge écarlate.

– Ce serait sans doute la solution la plus sage, répondit-elle lentement.

– Mais ?

– Je n'ai pas réussi à être à la hauteur de vos attentes. Je me suis montrée têtue, arrogante et j'ai mis mes collègues en danger. Je n'aurais pas pu plus mal commencer…

– Mais ? répéta Anne visiblement intriguée.

– Mais j'aimerais poursuivre ma mission.

Elle inspira un grand coup et lui lança un regard suppliant.

– J'ai besoin de justifier la confiance que vous m'avez témoignée pendant toutes ces années.

Anne fronça légèrement les sourcils.

– Ce n'est ni pour moi ni pour l'Agency qu'il faut le faire, Mary.

– Non, poursuivit celle-ci en secouant énergiquement la tête. C'est plus que cela, Miss Treleaven. Je veux faire mon travail. Je veux faire face à mes responsabilités. Je veux aller jusqu'au bout de cette mission, quelle qu'en soit la conclusion. Je veux pouvoir saisir la chance de réparer mes erreurs.

Anne resta impassible. Mary retint son souffle. La petite pendule carrée posée sur le bureau sonna douze légers coups au bruit argentin. Elle ne pourrait pas rester beaucoup plus longtemps si elle voulait pouvoir reprendre un omnibus pour Chelsea.

Anne jeta également un œil à la pendule.

– Tu peux reprendre ta mission, Mary.

D'un geste, elle coupa court à ses remerciements.

– Je pense avoir discerné quatre trames dans ton récit. Je vais les reprendre par ordre d'importance. Les copies de documents que tu as évoquées pourraient se révéler utiles, mais nous avons d'autres pistes. Si Michael et Angelica sont les seuls à savoir où elles se trouvent, il y a peu de risques qu'elles disparaissent et Scotland Yard pourra contraindre Gray à les lui livrer, si besoin est. Si tu n'as pas découvert d'autres documents à l'heure qu'il est, il y a peu de chances que tu en déniches de nouveaux.

Anne fixa Mary d'un œil sévère et celle-ci fit oui de la tête, rougissant de plus belle.

– Pour ce qui est des activités de Mrs Thorold, guette la moindre anomalie. Je vais m'arranger pour la faire placer sous surveillance, mais essaie de garder un œil sur elle aujourd'hui. Concernant James Easton : est-ce que tu as l'intention de reprendre contact avec lui ?

Quand Mary essaya de répondre, elle ne réussit pas à articuler un seul son. Elle finit par bredouiller un « Non ». Devant l'expression perplexe d'Anne, elle crut bon d'expliquer :

– Son frère faisait la cour à Angelica. Maintenant qu'elle est mariée, les Easton sont sortis du tableau.

Anne était sur le point de poser une question, quand elle se ravisa. Elle se contenta prudemment de dire :

– Ta loyauté à l'Agency doit toujours primer dans ce cas. Essaie de t'en souvenir, si jamais tu es amenée à le revoir.

Mary fit oui de la tête, étrangement mal à l'aise. C'est tout ce qu'Anne avait à dire sur le sujet ? Elle aurait bien posé une question... Mais comment la formuler ?

– Et enfin, le cas de Cassandra Day. Tu n'as pas à t'en vouloir, Mary. Elle est tout à fait libre de refuser qu'on l'aide.

– Mais je ne comprends pas ce qui a pu l'effrayer à ce point. Elle avait confiance en moi, enfin, dans une certaine mesure, jusqu'à ce que je mentionne le fait d'aller à l'école.

– Il y a des filles pour qui cette idée est insupportable, soupira Anne. Elles détestent ce qu'elles considèrent comme un emprisonnement.

– Parce qu'il vaut mieux servir d'esclave à une cuisinière ?

Mary n'arrivait pas à masquer le dépit dans sa voix.

– Il faut croire que c'est ce qu'elle pense. Mais revenons-en à l'affaire Thorold, reprit Anne après une petite pause. Notre agent a bouclé son enquête la nuit dernière et a récupéré des documents intéressants aux entrepôts. Une cargaison doit être déchargée demain. Nous n'attendons plus que le signal de Scotland Yard pour mettre les preuves en lieu sûr.

– Et je dois surveiller le reste de la maisonnée pendant ce temps-là ?

– Oui. Il se peut que le mariage secret soit révélé dans la confusion que vont générer les arrestations. Tu pourras alors quitter ton poste sans même éveiller les soupçons.

Mary acquiesça et se leva.

– Miss Treleaven…

Anne secoua la tête.

– Non, Mary. Ni remerciements ni excuses.

Mary fouilla son cerveau à la recherche de quelque chose qui ne relève ni des uns ni des autres.

– Me souhaiterez-vous bonne chance pour mon dernier jour ? demanda-t-elle avec un léger tremblement dans la voix.

L'un des rares sourires d'Anne adoucit son visage.

– Si tu gardes la tête froide, tu n'en auras pas besoin.

CHAPITRE 23

LE DIMANCHE tranquille que James avait prévu tomba rapidement à l'eau. Il avait passé une bonne partie de la nuit du samedi au bureau, à essayer de rattraper le retard qu'il avait accumulé en courant tout Londres avec cette espèce de… Il aurait pourtant dû le savoir : une personne rencontrée dans un placard ne pouvait qu'être synonyme d'ennuis. Et cela comptait double, non, triple, s'il s'agissait en plus d'un garçon manqué qui se faisait passer pour une lady, ce que son comportement venait démentir à chaque instant. Cette satanée coquine était vraiment la reine des manipulatrices. George et lui pouvaient se réjouir d'être enfin débarrassés de Thorold et consorts. Même si George ne partagerait certainement pas cet avis.

Alors que James commençait tout juste à se détendre avec un livre, la gouvernante lui apporta une lettre d'Alfred Quigley. Le gamin n'y était pour rien : il ne pouvait pas deviner que « l'affaire » s'était conclue de manière désastreuse. Mais ce message n'était qu'un nouveau rappel désagréable du temps et de l'énergie que James avait gaspillés ces deux dernières semaines. Il fourra le mot dans sa poche et se mit à réfléchir à la situation de Quigley.

Il faudrait qu'il lui trouve une autre occupation. C'était vraiment du gâchis d'employer un garçon si intelligent à des tâches si ingrates. Mais à son âge, on ne lui confierait pas d'autre emploi, et il devait aider sa mère, qui était veuve. Est-ce qu'Easton Ingénieurs ne pouvait pas l'engager, en tant qu'apprenti, assistant ou quelque chose de ce genre ? À moins de le faire entrer dans une école digne de ce nom… S'il voulait vraiment pouvoir faire usage de ses talents, il fallait qu'il soit mieux instruit. En tout cas, ce garçon représentait désormais pour James une nouvelle responsabilité, et cela à cause de ces maudits Thorold.

Ce monologue intérieur ne faisait rien pour le reposer, et c'est presque avec soulagement qu'il entendit la porte de la bibliothèque s'ouvrir.

– Qu'y a-t-il, Mrs Lemmon ?

– Pardonnez-moi, monsieur. Un policier demande à vous voir, vous ou Mr George.

– Il vous a dit ce qu'il voulait ?

– Il n'a pas voulu me le dire, monsieur. Il a juste déclaré que c'était urgent.

Un dimanche, par-dessus le marché.

– Bon, bon, fit James en se levant. Où l'avez-vous fait attendre ?

L'agent Thomas Huggins suivait distraitement du doigt le cadre sculpté d'un tableau dans la salle du déjeuner. Quand James entra dans la pièce, le jeune policier se retourna brusquement, les yeux grands ouverts, inquiets, comme si on l'avait pris en faute.

– Mr James Easton ?

– C'est moi.

James s'assit et l'invita à faire de même. Huggins resta debout, tenant gauchement son couvre-chef à la main.

– Vraiment désolé de vous déranger un dimanche, monsieur. Et pas pour une bonne nouvelle, je m'en excuse.

– Qui me concerne ?

– On dirait bien, monsieur.

James, impassible, demeura silencieux.

– Un corps a été découvert sur l'un de vos chantiers, monsieur.

Un corps. James eut comme une vision. Il voyait déjà la petite silhouette recroquevillée, encadrée par une étroite crinoline et une masse de cheveux noirs.

– Comment ? Où ça ? demanda-t-il un peu fort d'une voix dure.

Huggins s'épongea le front.

– Juste à côté du fleuve, monsieur.

Heureusement, James était déjà assis.

– En quoi puis-je vous aider ? finit-il par demander.

– On dirait un accident, monsieur, expliqua Huggins qui se sentait davantage dans son élément et prenait de l'assurance. Il a dû perdre l'équilibre et tomber dans une galerie, mais nous…

À travers la vague de nausée qui l'avait submergé, James se raccrocha tout de même au mot le plus important :

– « Il » ? Il s'agit d'un homme ?

Huggins fit oui de la tête.

– Les chantiers attirent toujours mendiants et gamins des rues, vous savez… Ils pensent qu'ils sont truffés de trésors.

Pas une femme, donc. Pas… James souffla un bon coup.

– Et on m'a chargé de vous demander de bien vouloir m'accompagner.

– Bien sûr, répondit James en se levant. Mais je ne sais pas si je pourrai vous aider à identifier la victime. Un vagabond, vous dites ?

Le premier choc passé, il s'en voulait d'avoir tiré une conclusion si hâtive. Si on devait découvrir le corps de Mary, ce ne serait certainement pas sur l'un de ses chantiers. Il décida de la bannir désormais de ses pensées.

– Oui, monsieur. Je sais que ce n'est pas le sujet de conversation idéal pour un dimanche, mais un corps est un corps, même s'il s'agit probablement de celui d'un voyou. Il devait tourner autour des machines, ou quelque chose dans ce genre.

Ils montèrent dans un fiacre qui les attendait et qui les conduisit jusqu'au chantier du futur tunnel de chemin de fer. La puanteur était relativement supportable cet après-midi-là, ce dont James ne pouvait que se réjouir. Si cette fraîcheur se maintenait, les ouvriers pourraient bien avancer demain.

En descendant de voiture, il remarqua un petit attroupement. Le chantier était gardé par un policier qui avait l'air complètement dépassé. Il se présenta comme le brigadier Davis. La faune qui l'entourait était composée de chiffonniers, de charognards et de gamins des rues prêts à dépouiller le cadavre à la première occasion.

James aperçut un petit tas à plusieurs mètres de l'entrée d'une galerie.

– Vous avez une idée de comment il s'est retrouvé là ?

– L'a dû tomber, j' présume.

James lança un regard sévère au brigadier, mais celui-ci n'avait manifestement pas cherché à se moquer de lui.

– Vous avez appelé un médecin, au moins ?

Davis se renfrogna.

– Pour quoi faire ? Même le Christ arriv'rait pas à ressusciter celui-là.

Les spectateurs se mirent à ricaner.

– Chassez-les d'ici ! rugit James.

Il ôta rapidement sa veste et descendit tant bien que mal dans la fosse qui ouvrait sur la galerie : il faillit déraper, et se retrouva à quatre pattes à marcher comme un crabe. Arrivé au fond, il se redressa et se mit à avancer en pataugeant. L'odeur froide et humide du fleuve y était plus prenante : il avait l'impression qu'une espèce de fluide s'infiltrait dans ses poumons.

Le cadavre avait de petits pieds, et, ce qui était surprenant pour un mendiant, portait des chaussures. Il avait le visage enfoncé dans la boue, les bras étendus. En approchant du cadavre, James pressa le pas et le retourna brusquement. Petit, léger, ce n'était pas le corps d'un homme. Mais celui d'un garçon. Pourquoi cela suffisait-il à rendre tout cela bien pire ?

James chercha à tâtons la gorge boueuse, comme pour prendre le pouls du mort, mais réalisa presque aussitôt à quel point c'était inutile. Le corps était froid. James s'accroupit à côté du cadavre. Jetant un œil vers l'entrée du tunnel, il aperçut Huggins et Davis qui essayaient de contenir la foule. Ils faisaient preuve d'aussi peu d'autorité l'un que l'autre.

À l'aide de son mouchoir, James entreprit d'ôter la boue du visage. On ne pourrait sans doute jamais identifier ce garçon, mais il fallait tout de même essayer. James commença à se sentir mal quand il découvrit quelques taches de rousseur. Les yeux vitreux semblaient se concentrer sur un point juste derrière sa tête. Les cils étaient collés par la boue.

Le mouchoir était entièrement maculé, mais James n'en aurait plus besoin. Il serra les lèvres en regardant le garçon étendu devant lui. Le visage couvert de boue était crispé, les lèvres étaient bleues. C'était bien un « il ».

Mais ni un mendiant ni un gamin des rues.

Et pas n'importe quel enfant.

Alfred Quigley.

James sentit son estomac se soulever et eut tout juste le temps de se détourner pour vomir son déjeuner du dimanche dans la boue. Mais ses haut-le-cœur ne cessèrent pas pour autant : il fut pris de convulsions.

Il n'aurait pas pu dire combien de temps s'était écoulé avant que l'agent Huggins ne lui touche l'épaule. Son visage plein de taches de rousseur avait viré au rouge de honte.

– Je suis vraiment désolé, monsieur. Si j'avais su que ça vous ferait autant d'effet…

James accepta le mouchoir que lui tendait Huggins. Des larmes se mêlèrent aux gouttes de sueur sur son visage. Maintenant que le bourdonnement dans ses oreilles s'estompait, il entendit que la foule dehors se moquait de lui, mais à bonne distance, bien sûr.

– Merci, dit-il dès qu'il put se remettre à parler.

Huggins rougit et détourna la tête.

– Prenez tout votre temps, monsieur.

– Je peux identifier ce garçon, déclara James en se redressant. Il travaillait pour moi.

La bouche de l'agent dessina un O de surprise. James se hâta de poursuivre :

– Vous pensez vraiment qu'il s'agit d'un accident ?

Huggins regarda autour de lui, l'air impuissant.

– Je ne comprends pas pourquoi on chercherait à se débarrasser d'un garçon, monsieur. Une fille, encore… Surtout si on l'avait… Enfin, vous voyez ce que je veux dire. Mais un garçon ? Et tout habillé ? Je ne vois pas d'autre explication, monsieur.

Comme James fronçait les sourcils, il se dépêcha d'ajouter :

– Je vais vérifier tout ça au poste, bien entendu, mais j'ai peur qu'on ne puisse pas mettre grand monde sur le coup en ce moment. C'est… C'est mon premier décès suspect, monsieur, avoua-t-il en rougissant de plus belle.

James hocha lentement la tête.

– Ce garçon s'appelle Quigley. Il vivait seul avec sa mère, une veuve. Je peux vous donner leur adresse.

– Le plus tôt sera le mieux, monsieur, fit l'agent, soulagé.

Il se tourna vers son brigadier, à qui il fit un geste.

– Vous allez emporter l'enfant tout de suite ?

– Le plus tôt sera le mieux, répéta Huggins. Il ne faut pas laisser traîner ça : ils lui arracheraient jusqu'aux dents dès qu'on aurait le dos tourné.

Et voilà, Alfred Quigley n'était déjà plus qu'un « ça ». James se pencha pour lui fermer les yeux.

Huggins ne semblait pas y voir d'objection.

– Bonne idée, monsieur. Ce sera moins pénible pour la mère.

– Moins pénible. C'est ça.

Tellement moins pénible d'avoir perdu et son mari et son fils. Les mains sales, James extirpa son portefeuille, dont il vida le contenu dans la main d'un Huggins stupéfait.

– Pour la mère, marmonna-t-il. Pour l'enterrement.

Le prix du sang.

James suivit des yeux le cortège tragi-comique : le sévère brigadier portant le corps de l'enfant sur son épaule, suivi du timide, mais si humain, agent Huggins. Des mouches grouillaient déjà autour de la flaque de vomi. James jeta un dernier regard à l'endroit où Alfred Quigley avait été étouffé. Puis il se retourna pour suivre Huggins hors de la galerie.

Assassin. Assassin. Assassin. James n'aurait pas su dire combien de temps il était resté au bord du chantier à regarder le fleuve en ressassant cette litanie. C'était lui le responsable de la mort d'Alfred Quigley. Même pas la peine d'en discuter. Et plutôt que d'avoir le courage d'annoncer lui-même la nouvelle à Mrs Quigley, il avait donné son adresse à Huggins pour qu'il s'en charge à sa place. Il n'avait pas vraiment de raison de rester là, mais il ne savait pas quoi faire d'autre. Il ne méritait pas de rentrer se mettre à l'abri comme si de rien n'était dans sa maison douillette.

Il regarda de loin les quelques personnes qui se trouvaient

sur la rive poisseuse du fleuve. Des charognards déçus, pour la plupart. À part... Il reconnut une silhouette familière qui filait le long de la rive. Bon sang, mais qu'est-ce qu'elle venait donc faire sur son chantier ? Il sentit brusquement la colère monter en lui, et avant même de se rappeler qu'il s'était juré de ne plus jamais penser à elle, il était déjà en train de courir à travers le terrain boueux pour la rejoindre.

– Qu'est-ce que vous fichez ici, nom d'un chien ? aboya-t-il dès qu'elle fut à portée de voix.

Mary se tourna, chercha autour d'elle avant de regarder vers le bas. Elle parut surprise de le trouver là.

– Et bonjour à vous aussi.

Il lutta pour remonter jusqu'à la berge, puis s'essuya les mains sur son pantalon ruiné.

– Vous devriez être chez vous, bien à l'abri ! lança-t-il avec un regard noir. Une demoiselle de compagnie ne passe pas son temps à se promener toute seule !

– Écoutez-moi, dit-elle doucement.

Elle s'approcha, en grimaçant légèrement à cause de la boue fétide dont il était recouvert.

– Il y a du nouveau.

James n'avait aucune envie de discuter des nouveaux développements de l'affaire Thorold. Tout ce qu'il aurait voulu, c'était lui crier dessus jusqu'à ce qu'elle pleure, avant de la mettre à l'abri, si c'était encore possible. Il ouvrit la bouche, mais elle ne lui laissa pas le temps de parler :

– Thorold a été arrêté. La police a fouillé l'un de ses navires près des entrepôts.

Elle ne savait pas du tout pourquoi l'opération, initialement prévue pour le lundi, avait été avancée au dimanche.

James s'arrêta net, soudain intéressé.

– Continuez.

– Deux inspecteurs de Scotland Yard sont arrivés à la maison pendant le déjeuner. Ils l'ont emmené. Les entrepôts ont été fouillés et les dossiers saisis. C'est arrivé si brusquement que Thorold ne s'y attendait pas le moins du monde. Il pensait qu'ils venaient l'interroger au sujet des effractions dans les entrepôts !

– De quoi l'accuse-t-on ?

– Trafic d'objets volés.

Elle lui résuma ensuite à voix basse l'affaire des objets d'art indiens. Il l'écouta attentivement, l'air préoccupé.

– Où est Gray ? demanda James.

– Chez les Thorold. Les inspecteurs lui ont demandé de se présenter à Scotland Yard demain.

– Et Mrs Thorold ?

– Je suivais justement sa voiture. Elle est allée consulter un avocat, pour assurer la défense de son époux et fixer sa caution, je présume. Je me suis arrêtée parce que vous m'avez appelée, mais, de toute façon, elle était en route pour la maison.

Il la contemplait en silence. Elle semblait ravie, voire comblée, par toute cette aventure.

– Vous êtes sûre qu'elle ne vous a pas vue ?

– J'ai fait attention.

– Je l'espère pour vous.

– Qu'est-ce que vous voulez dire ? demanda-t-elle, visiblement intriguée.

L'image du visage sans vie d'Alfred Quigley, couvert de boue, les lèvres toutes bleues, resurgit aussitôt dans l'esprit de James. Il devait à tout prix empêcher que Mary ne subisse le même sort.

– Je ne peux pas vous expliquer, répondit-il nerveusement. Mais écoutez-moi bien, Mary : nous n'avons plus rien à voir avec cette histoire. Les malversations de Thorold vont être soigneusement épluchées. Vous n'avez plus à vous en mêler. Trouvez-vous un nouveau poste, et arrêtez d'y penser.

– Mais…

– S'il existe la moindre piste permettant de remonter à la femme de chambre disparue à qui Thorold a fait un enfant, ce dont je doute fort, la police finira par la découvrir. Vous feriez mieux de rester en dehors de ce bourbier.

– C'est ce que vous voulez ?

Bizarrement, elle ne se mit pas en colère. Elle avait les yeux d'un vert éclatant ce jour-là, et ils brillaient d'excitation.

Il s'efforça de garder un ton neutre. Calme.

– Oui.

– Bien. Alors ? Quel est votre plan ?

Il secoua la tête.

– Vous n'écoutez pas ce que je vous dis. Il n'y a pas de plan. Vous devez vous éloigner des Thorold, de toute cette satanée famille, au plus vite, avant que Thorold ne soit relâché sous caution. Tout de suite, maintenant.

Il vit s'évaporer l'impatience de Mary, qui comprenait enfin ce qu'il voulait dire.

Elle ferma les yeux un long moment, ce dont il profita

pour étudier son visage. S'attarder sur ses traits. En mémoriser les contours. Instant trop court...

– Si je vous ai bien compris, vous me demandez d'abandonner ? De... De m'enfuir et de m'occuper de mes affaires, comme une bonne petite fille ?

– Ce n'est pas ce que j'ai voulu dire.

Dès qu'elle avait les yeux ouverts, il se mettait sur la défensive.

– Espèce de petit coq arrogant ! Vous croyez bon de me dire quoi faire, de prendre toutes les décisions, alors que nous avions convenu de travailler comme associés. D'égal à égal ! Nous nous sommes même serré la main pour sceller notre accord !

– Je sais. Je vous jure que si je le pouvais, je vous expliquerais tout...

– Sauf que vous ne le pouvez pas, ou que vous ne voulez pas, ou que vous n'avez pas une bonne raison pour le faire. Et vous voudriez que je me contente de votre parole !

– Mais enfin, vous ne comprenez pas que je ne me le permettrais pas si ce n'était pas aussi important !

– J'écoute, annonça-t-elle en le fixant droit dans les yeux.

Il avait à peine ouvert la bouche quand elle ajouta :

– Et ne me dites pas que c'est pour mon bien que vous ne le pouvez pas.

Il referma la bouche. Cette fois, il ne savait vraiment pas quoi répondre. « Thorold est prêt à tout. Il a assassiné un enfant innocent et, maintenant, j'ai peur pour votre vie » ? Cela paraissait tellement tiré par les cheveux, et elle était si casse-cou... Enflammée par son sens de la justice, aveuglée par son intrépidité, elle ne l'écouterait pas. Elle risquait même de vouloir venger Alfred Quigley. Et se jetterait ainsi tout droit dans la gueule du loup. Il grommela. C'était sans espoir.

– Je vous aurais bien invité à prendre votre temps, insista Mary, mais vous venez de me préciser que c'était urgent…

James se sentait prisonnier de son regard. Épinglé à un carton, comme un insecte dans une collection de spécimens. Les secondes, une minute, puis deux, s'égrenèrent.

– Toujours rien ? Alors peut-être que vous pourrez répondre à cette question : pour qui vous prenez-vous pour décider de ce qui est bon pour moi ?

C'était simple, enfin, presque… Un associé à l'origine. Un co-conspirateur, pour sûr. Un « ami », sans doute. Mais toutes ces étiquettes lui paraissaient d'un coup tellement en dessous de ce qu'il ressentait pour elle. Et ce constat l'effraya autant que tout ce qu'il avait pu vivre ce jour-là.

– James…

Son cœur battait bien trop vite. Il le sentait cogner jusque dans sa gorge.

– C'est trop dangereux. Un point, c'est tout. Vous devez faire ce que je vous dis, insista James en forçant la voix.

Elle rougit de colère.

– Parce que je ne suis qu'une faible femme ?

– Non. Parce que vous n'êtes qu'une débutante, et une inconsciente, par-dessus le marché, et que vous ne pouvez plus rien pour personne.

Il avait essayé de paraître le plus calme et le plus pragmatique possible. Mais il lut dans ses yeux qu'il l'avait blessée. Il détestait jouer les brutes.

– Mary ? Je vous en prie. Ne faites pas cette tête.

Elle ne fit pas un geste, ne dit pas un mot.

– Tout va s'arranger pour vous, Mary. Vous trouverez bien une autre place. Vous pouvez encore demander une lettre de recommandation à votre ancienne école, non ? Vous n'êtes restée chez les Thorold que…

– Ne me touchez pas, dit-elle en le repoussant violemment.

Il ne s'était même pas rendu compte qu'il lui tendait les bras.

– Très bien. Mais dites-moi…

– Il faut que je m'en aille.

– Laissez-moi au moins vous raccompagner.

Elle se raidit, soutenant son regard. Il vit que la détresse avait fait place à la colère.

– Comme vous l'avez si justement fait remarquer, Mr Easton, nous voilà tous deux sortis de ce bourbier. Nous n'avons donc plus la moindre raison de poursuivre cette conversation et vous n'avez plus à vous soucier de moi.

D'un geste, elle lui fit signe de se taire.

– Merci de votre aide. Je vous souhaite bien du succès dans vos projets.

– Alors… dit-il en étudiant très attentivement son visage. C'est un adieu, c'est ça ?

Elle releva le menton.

– Vous n'êtes pas ravi ? Moi, si.

CHAPITRE 24

EN CETTE JOURNÉE pourtant déjà bien riche en mélodrames, Mary eut droit dès son retour à Cheyne Walk à une nouvelle grande scène dans le salon : Mrs Thorold, tragique et faible, s'appuyant contre le dossier d'un fauteuil, Angelica, le visage pâle, marqué par les larmes, serrant la main de Michael, Michael, l'air coupable, mais résolu. Quand elle entra dans la pièce, ils restèrent complètement figés. Seuls leurs regards s'animèrent.

– Miss Quinn… Que diriez-vous si je vous annonçais que ma fille s'est mariée ?

– Je dirais que je suis au courant.

– Et si je vous disais avec qui elle s'est mariée ?

– Je le sais aussi.

Mrs Thorold se tourna vers elle. Elle avait le visage rouge de colère, ce qui faisait plus que jamais ressortir ses traces de petite vérole.

– Dois-je en conclure que vous avez joué un rôle dans ce petit complot pathétique.

– Oui, m'dame.

Michael allait protester, mais Mrs Thorold le fit taire d'un seul geste.

– Puis-je savoir qui d'autre a participé à cette tromperie dans cette maison ?

– Personne d'autre, madame.

Il s'ensuivit un lourd silence plein de suspicion.

– Je vois. Vous, dit-elle à Mary avec un calme olympien, vous êtes renvoyée, cela va de soi.

Pendant le bref silence qui suivit, elle toisa son nouveau beau-fils.

– Et vous, vous serez bientôt arrêté.

Angelica poussa un petit cri, mais Michael demeura impassible.

Le regard de Mrs Thorold s'arrêta ensuite sur la silhouette tremblotante de sa fille.

– Quant à vous, ma fille… Mon seul enfant… Pas un penny. Rien, dit-elle en souriant. Vous partirez avec ce que vous avez sur le dos.

Angelica resta bouche bée. De pâle, elle devint livide : même ses lèvres blêmirent.

Mrs Thorold contemplait l'effet de ses déclarations avec un plaisir manifeste.

– William vous raccompagnera tous les deux à la porte. Tirez la sonnette, Miss Quinn.

– Maman ? souffla Angelica. Je vous en prie…

– Vous auriez mieux fait de filer en douce, répondit Mrs Thorold en la transperçant du regard, savourant ce moment. Vous auriez au moins pu emporter quelques bijoux.

Michael la dévisageait, horrifié.

– Bon sang… Jeter son seul enfant à la rue, c'est une chose, mais de là à s'en réjouir ! Vous êtes folle ?

– Je vous ai demandé de tirer la sonnette, Miss Quinn !

Mary croisa les bras.

– Non.
– Comment osez-vous ? Vous êtes à mon service, Miss Quinn !
– Vous m'avez renvoyée il n'y a pas deux minutes.
Pendant ce temps, Michael avait enlacé Angelica, comme pour la protéger.
– Vous pouvez compter sur moi, ma chérie : je veillerai sur vous.
Il lança un regard assassin à sa belle-mère.
– Ce ne sera pas la peine de faire appeler, madame, Mrs Gray et moi-même n'avons pas besoin d'être raccompagnés.
Angelica semblait sur le point de défaillir.
Mrs Thorold agrippa le dos du lourd fauteuil, si fort que ses phalanges blanchirent.
– Sortez ! cracha-t-elle. Quittez immédiatement ma maison, misérable ingrate !
Mary s'interposa entre la mère et la fille.
– Mrs Thorold, vous n'avez pas intérêt à ce que Mrs Gray sorte sur-le-champ. Laissez-lui une heure.
– Et pourquoi cela ? demanda Mrs Thorold en foudroyant du regard sa fille effondrée. J'ai perdu mon fils et héritier il y a des années, mon mari est un abruti et voilà que cette catin est incapable de conclure un mariage convenable. Qu'est-ce qu'il me reste à perdre ?
– Vous éviterez au moins les commérages des voisins s'ils la voient sortir dans cet état.
Mrs Thorold considéra Mary avec un regain d'intérêt.
– Tous ces tourments m'ont achevée, déclara-t-elle en portant une main tremblante à son front. Je vais me

reposer dans mon boudoir, où je ne veux être dérangée sous aucun prétexte. Quand j'en sortirai, je veux que vous ayez tous disparu de ma vue.

Dès qu'elle fut sortie de la pièce, en boitant, Mary alla droit à la desserte à liqueurs. Elle versa deux bonnes mesures d'eau-de-vie, qu'elle tendit aux Gray.

– Tenez, buvez.

Alors que Michael avalait son verre d'un trait, s'en versait un autre et renouvelait l'opération, Angelica sirotait le sien comme un automate. Ce long silence ne fut interrompu que par le carillon de l'horloge.

Il se passa bien dix minutes avant que quelqu'un ne se décide à parler.

– Ce matin, j'ai prié pour devenir indépendante, dit enfin Angelica, d'un ton sec et monocorde. On dirait que ma prière a été exaucée.

Mary chercha à déceler des signes d'hystérie, mais Angelica paraissait parfaitement calme.

Michael lui prit la main.

– Vous pouvez compter sur moi, ma chérie.

– Vraiment ? demanda Angelica en se tournant vers lui.

– Mais bien sûr ! Je suis votre mari à présent !

Angelica fixa alors Mary.

– Vraiment ?

– J'étais votre témoin, rappela Mary étonnée.

– Je sais. Vous avez signé le registre, dit Angelica avant de descendre d'un trait le reste de son verre. Mais vous ne faites vraiment pas vingt ans, Mary.

– Vous trouvez ? demanda celle-ci, les joues en feu.

– Vous ne seriez pas plus jeune ? Bien plus jeune, même ?

Désemparé, Michael ne quittait plus les jeunes femmes des yeux.

– C'est absurde !

Angelica était de loin la plus calme des trois.

– Si je devais deviner votre âge, Mary, je dirais seize ans. Dix-sept ans tout au plus.

Mary baissa la tête.

– Je sais que je n'aurais pas dû vous mentir. Je voulais juste vous aider.

Michael bégaya quelques mots, que la voix froide d'Angelica vint couper :

– C'est vrai, vous n'auriez pas dû. Mais cela me soulage plutôt finalement. Cela permettra une annulation.

Mary et Michael se tournèrent vers elle d'un même mouvement.

– Ange ? Chérie ? Pardon ?

– Tout va bien, Angelica ?

Angelica eut un geste de la main qui la fit ressembler à sa mère.

– Tout va très bien, dit-elle en inspirant profondément. Après notre conversation de ce matin, Mary, j'ai passé un bon moment à réfléchir à ce que je voulais vraiment. Ça n'a pas été facile. J'ai toujours su ce que je voulais en matière de robes et de bijoux, quelle demande en mariage je trouverais la plus romantique au monde... Mais je n'avais jamais envisagé la vie au-delà de cet horizon. Vous me jugerez sans doute sotte et superficielle, Mary.

– Mais, ma chérie, dit Michael, ce sont là des préoccupations tout à fait normales, pour une jeune fille.

Angelica sourit tristement.

– Si vous le dites... Mais ce matin, je me suis enfin remise à réfléchir. Et maintenant, je sais ce que je veux.

Mary se rendit brusquement compte de l'aspect délicat de la situation.

– Je devrais sans doute vous laisser. Vous avez besoin d'en discuter tous les deux.

Mais quand elle fit mine de se lever, Michael la rattrapa aussitôt.

– J'aime autant que vous restiez. Après tout, c'est votre faute, dit-il avant de se tourner vers la femme qu'il risquait de perdre. Angelica, qu'est-ce que c'est que ces histoires ?

Elle regarda calmement Michael, droit dans les yeux.

– Maintenant que ma mère m'a déshéritée et que notre mariage se révèle nul, je suis enfin libre de faire ce que je désire.

Fascinée, Mary ne la quittait plus des yeux. C'était une nouvelle Angelica. Elle avait les mêmes petits yeux bleus de poupée, la même douce beauté de blonde, mais on sentait en elle une nouvelle détermination.

– Mon professeur de musique, Herr Schwartz, me pousse depuis longtemps à partir poursuivre mes études de piano à l'étranger. Il a quelques relations professionnelles à Vienne... Je lui ai parlé ce matin et je lui ai demandé s'il n'était pas trop tard pour commencer à prendre des leçons avec l'un de ses pairs.

– Si tout ce que vous souhaitez, c'est prendre plus de leçons de pianoforte...

Angelica interrompit de nouveau Michael d'un geste.

– Ce ne serait qu'un début. Herr Schwartz pense que j'ai du talent, que je pourrais peut-être même donner des concerts.

Elle s'arrêta un instant pour reprendre son souffle.

– Bien sûr, cela me terrorise rien que d'y penser. Moi qui n'ai jamais vraiment voulu partir à l'étranger, voilà qu'il faudrait que je subvienne à mes besoins en donnant des leçons de musique dans une ville que je ne connais pas ! Mais si Herr Schwartz peut organiser tout cela, je suis prête à me lancer dans l'aventure.

Mary et Michael restèrent abasourdis.

Quand Michael se remit à parler, ce fut sur le ton doux et réconfortant qu'on utilise pour approcher un animal malade ou pour s'adresser à un enfant capricieux :

– Angelica, mon amour, vous ne m'en aviez jamais parlé. Si vous voulez prendre plus de leçons de musique, même si c'est à Vienne… pourquoi donc annuler le mariage ?

– Vous ne seriez pas prêt à partir pour Vienne.

– Pour vous, ma chérie ? Bien sûr que si ! Et puis vous pourrez difficilement voyager seule dans des contrées étrangères sans quelqu'un pour vous protéger. Vous feriez une proie bien trop facile pour tous les escrocs et les soi-disant gentlemen sans scrupule… Vous avez besoin d'avoir votre mari à vos côtés, mon cœur.

– Et comment ferions-nous pour vivre ? Vous avez entendu ma mère me déshériter. Les leçons de musique ne rapportent pas grand-chose. Je ne pourrais pas entretenir deux personnes, et encore moins trois.

Michael rougit.

– Mais enfin, vous n'auriez pas à travailler, répondit-il vexé. C'est moi qui m'en occuperai, pour vous et notre future famille.

– Là n'est pas la question. Michael, ma décision est déjà prise.

Il y eut un nouveau silence pesant.

– Hier, reprit enfin Michael d'une voix dure, vous m'avez épousé. Vous m'avez juré que vous m'aimiez et que vous seriez ma femme. Aujourd'hui, vous ne voulez plus entendre parler de moi, et vous êtes prête à fuir à l'étranger pour vous débarrasser de moi. J'exige de savoir ce qui s'est passé entre-temps !

Le visage déformé par la colère, il se tourna vers Mary.

– Qu'est-ce que vous avez été lui raconter, bon sang !

Angelica se leva.

– Michael, je comprends que vous soyez furieux, mais ne vous en prenez pas à Mary. C'est moi qui ai pris cette décision.

Tout s'effondra d'un coup chez Michael : voix, visage, posture.

– Mais pourquoi ?

Angelica se rassit et attendit qu'il fasse de même. Après quelques instants, elle déclara lentement :

– Michael, vous êtes quelqu'un de très bien, mais je vous ai avant tout épousé pour contrarier mes parents. Ils voulaient que j'épouse un homme d'affaires riche et puissant, alors j'ai choisi l'homme le plus pauvre que je connaissais.

Michael parut blessé, mais elle poursuivit comme si de rien n'était ; elle ne s'en était peut-être même pas aperçue.

– Je ne vous aime pas assez pour demeurer votre femme alors que ma vie entière est bouleversée. J'ai toujours été extrêmement égoïste. Vous pensez sans doute que je n'en avais pas conscience : c'est faux. Et je vais continuer à vivre en égoïste. Je vais rester célibataire et partir étudier la musique à Vienne, sans me soucier le moins du monde de ceux qui voudraient m'en empêcher.

Elle ôta sa fine alliance, qu'elle tendit à Michael.

– Je sais que ces mots sont bien faibles, mais je suis sincèrement désolée.

Michael garda un long moment les yeux fixés sur le tapis.

Mary osait à peine respirer.

Angelica tendait toujours la main, pour restituer le fin anneau d'or.

Michael finit par se ressaisir.

– Je suis sûr que vous vous en sortirez à Vienne.

– Je... Je suis vraiment désolée, murmura Angelica.

– Vous l'avez déjà dit.

– Vous trouverez quelqu'un de mieux que moi, quelqu'un qui saura vous apprécier, fit-elle d'un ton faussement enjoué.

C'était exactement le contraire de ce qu'il fallait dire.

– Non. Je vais être arrêté de toute façon.

– L'enquête de la police va vous laver de tout soupçon, dit Mary. Si vous leur révélez ce que vous m'avez confié hier... Il faut absolument leur montrer les documents que vous avez copiés.

Il haussa les épaules et se releva.

– Je doute fort qu'ils s'y intéressent. Si vous voulez bien m'excuser, mesdemoiselles...

Il quitta la pièce, la tête dans les épaules, à mille lieues du Michael élégant et séduisant qu'elles connaissaient.

Angelica se tourna vers Mary, les yeux écarquillés.

– Vous pensez que j'ai pris la bonne décision ?

– Pour quoi ? La demande d'annulation ?

– Pour un peu tout…

Elle fit rouler son alliance entre le pouce et l'index.

– C'est terrifiant de se trouver sur le point d'obtenir ce qu'on veut.

– Vraiment ?

– Je n'arrête pas de me demander si je ne devrais pas revenir en arrière. Même si je n'en ai pas du tout envie, bien sûr.

Mary ne put s'empêcher de sourire.

– Eh bien, si vous finissez par changer d'avis, il vous restera toujours George Easton…

CHAPITRE 25

INSENSIBILITÉ.

Voilà à quoi ressemblait l'étrange engourdissement que ressentait James au niveau des mains et des lèvres. Dommage qu'on ne puisse pas en dire autant de ses sentiments. James fixait le petit bout de papier froissé qu'il venait d'exhumer de sa poche : une demi-page de papier ministre, soigneusement pliée en trois, adressée à Mr J. Easton dans une écriture appliquée, mais maladroite. C'était la lettre d'Alfred Quigley. Il l'avait complètement oubliée, jusqu'à ce qu'il ait eu besoin d'un mouchoir de rechange.

Elle n'avait désormais plus de sens, pas plus que les projets de James pour proposer un vrai travail au garçon ou l'aider à bénéficier d'une éducation solide, ni aucune de ces bonnes intentions contre lesquelles il pestait ce matin même. Mais que faire maintenant de ce message ? Il le sentait frémir entre ses doigts, vibration sans doute provoquée par la légère brise ou sa propre nervosité, mais ce mouvement faisait paraître le message étrangement vivant. Il déplia le papier avec un soupir.

Samdi 21h
Cher Mr Easton

Y a quèque chause qui clauche au Refuj a la Méson des Marains. Cé en raport avec la famille de Chelsy et le chinoa. Je vous espliquerez tous quand je vous verrai la prochaine foi mé je me sui di que sa pouvé vous intéréssé avant.

Sincèreument,

A. Quigley.

James fut aussitôt submergé par une vague de nausée froide qui n'avait rien à voir avec les émanations putrides du fleuve. La veille, Alfred Quigley était bien vivant, bien portant et faisait des projets pour sa journée du lendemain. Aujourd'hui, il était mort, et froid. Bien sûr que la vie était dure, cruelle et brève, surtout si on était pauvre, mais c'était trop gros pour n'être qu'une simple coïncidence. Quigley découvrait quelque chose sur Thorold et le Refuge des lascars, Quigley le signalait à James, le cadavre de Quigley était retrouvé sur un chantier de James. Le garçon n'avait pas été assassiné parce qu'il était au mauvais endroit au mauvais moment, mais parce qu'il avait découvert quelque chose d'important. Et ce bout de papier était le lien entre cette découverte et ce meurtre.

Depuis le chantier, James dut descendre plusieurs rues en courant avant de trouver une voiture, et encore, les deux premières refusèrent de le prendre à cause de l'état dans lequel il était. Il y avait un peu moins de cinq kilomètres à parcourir jusqu'à Limehouse et le cocher qui l'avait finalement accepté, alléché par la promesse d'un bon pourboire, lança la voiture à vive allure.

– Arrêtez-vous là, ordonna James à l'entrée de George Villas.

Le cocher se renfrogna.

– D'accord, mais je ne vous attendrai pas, fit-il avec une grimace. On me ferait attendre personne dans ce quartier, même pas le prince de Galles.

« La sagesse même », se dit James en vidant ses poches de grosses et de petites pièces.

La façade du Refuge des lascars était quasi aveugle. Il tira brusquement sur le cordon de la sonnette et attendit. Rien. Il sonna de nouveau. Toujours rien. Il frappa violemment à la porte, qui s'ouvrit toute seule.

– Mr Chen ? demanda-t-il en entrant prudemment dans le vestibule.

Il reconnut une à une les différentes composantes du parfum caractéristique de la maison qui envahissait ses narines. De l'encens. De la naphtaline. Des herbes médicinales chinoises. Des épices inconnues. Et pour lier le tout, cette humidité et cette moisissure typiquement anglaises qui le prirent à la gorge. Il avait l'impression que sa voix faisait comme des remous dans l'atmosphère chargée de l'entrée.

– Hé ho ? Mr Chen ?

Seul le silence lui répondit.

Lors de sa précédente visite, Mr Chen était venu lui ouvrir rapidement. Peut-être qu'il ne travaillait pas le dimanche ? James cria presque :

– Il y a quelqu'un ?

Il y avait forcément un domestique dans les parages. Quand l'écho de sa voix s'estompa, il sentit pour la première fois un frisson d'inquiétude. D'abord, Alfred Quigley. Puis l'arrestation de Thorold. Qu'est-ce qui clochait encore ? Est-ce qu'ils avaient tous vidé les lieux ? Ils ne pouvaient tout de même pas tous être de mèche, pas tous ces vieux messieurs fragiles ? Chen, lui, était peut-être complice. L'endroit aurait pu lui servir de couverture et il serait certainement déjà loin à cette heure-ci. Oui, ça se tenait : chasser les vieillards, donner un jour de congé aux domestiques et en profiter pour disparaître.

Bon sang ! Et dire que le vieux avait passé son temps à lui tenir la jambe avec ses histoires sans intérêt de lascars sans le sou, alors qu'il travaillait en secret pour Thorold ! C'était effectivement le complice idéal. Qui serait aller soupçonner ce vieux monsieur chinois au visage si affable ?

La porte du bureau du directeur était entrouverte. Quand il l'ouvrit en grand, James ne put retenir un geste de surprise. La pièce avait été mise sens dessus dessous, bien que cette expression implique un degré de méthode qui semblait ici pour le moins déplacé. Le tapis était couvert de piles de papiers dont la plupart avaient été piétinés et déchirés par de lourdes bottes. Secrétaires et tiroirs avaient tous été ouverts et déversaient leurs entrailles sur le sol. James ne fut pas chagriné de constater que le portrait hideux avait été éventré d'un coup de pied et que son cadre doré n'avait pas mieux résisté. Mais même les rideaux avaient été arrachés, entraînant à moitié leur tringle en cuivre dans leur chute. Ce n'était pas un simple cambriolage. On sentait de la haine là-dessous.

James repensa au jour où il avait rencontré Mr Chen et révisa sa théorie. Il était évident que Mr Chen n'aurait pas eu besoin de fouiller ainsi son propre bureau. Alors pourquoi une pareille mise à sac ? À moins qu'il n'ait cherché à brouiller les pistes ? Ou qu'il ne s'agisse encore de quelqu'un d'autre ? James commençait à avoir la tête qui tournait. Il se baissa pour examiner une tache sombre et humide sur le tapis. Du café. Pas de sang, heureusement. Et la tache était froide, ce qui voulait dire que le bureau avait, à vue de nez, été saccagé au moins dix minutes plus tôt. Une deuxième tache humide semblait être de l'huile, ce que lui confirma le globe brisé de la lampe enfoncé dans le tapis.

Il leva les yeux en entendant un drôle de clic. Il s'immobilisa aussitôt.

– Parfait, dit une silhouette dans l'encadrement de la porte. Ne bougez plus.

James ne pouvait détacher ses yeux de ce qui avait provoqué le clic : une élégante arme de poing. Avec l'un de ces nouveaux systèmes de revolvers, même, s'il ne se trompait pas. Il n'en avait encore jamais vu, mais tout le monde savait qu'ils étaient bien plus précis que les vieux pistolets à silex.

– Et maintenant. Lentement. Levez-vous.

James fit oui de la tête et quitta le revolver des yeux pour regarder qui le tenait en joue. Elle était grande, athlétique et le fixait d'un regard à la fois direct et froid. Elle lui parut extrêmement familière…

– Venez, commanda-t-elle en agitant le revolver dans sa direction. Fini de jouer, mon petit James.

Ce fut comme une révélation.

– Mrs Thorold ?

Elle eut un sourire mauvais.

– Qui voulez-vous que ce soit ?

Il la regardait comme un idiot. Elle était habillée et coiffée selon son habitude, mais tout le reste, de sa manière de se mouvoir et de parler jusqu'à sa façon de le fixer avec des yeux de prédateur, n'avait plus rien à voir avec la Mrs Thorold qu'il connaissait. Même le jour où il l'avait suivie jusqu'à Pimlico, il n'avait pas saisi l'ampleur de cette métamorphose.

– C'est vous qui avez mis la pièce sens dessus dessous…

– Mais c'est qu'il est intelligent, ce garçon ! Maintenant, tournez-vous et levez les mains en l'air.

Les questions se bousculaient dans la tête de James, mais avant qu'il n'ait pu en formuler une seule, elle lança :

– Exécution !

L'un des avantages du désordre qui jonchait la pièce, c'est qu'il rendait l'approche de Mrs Thorold plus facile à suivre. Elle dut prendre son temps pour se frayer un chemin à travers les débris.

– Là. Ne bougez plus.

James sentit quelque chose s'enfoncer dans son dos, la gueule du revolver, très certainement. Des mains fouillèrent ses poches, inspectèrent sa ceinture et son gilet. Elle trouva son portefeuille, qu'elle jeta par terre. Il essaya de tourner légèrement la tête vers la gauche, mais sentit aussitôt le revolver s'enfoncer plus fortement dans son dos.

– Pas de ça, jeune homme.

Encore une pause, puis les mains se mirent à explorer le haut de ses bottes. Il fut vraiment tenté d'en profiter pour lui envoyer un coup de pied. L'envie de frapper le démangeait terriblement et les muscles de ses jambes se contractèrent, parés à l'action. Mais il ne pourrait jamais être plus rapide qu'un revolver.

– Pas de couteau ? demanda-t-elle d'une voix moqueuse. Je n'ai pas l'impression que vous faites partie de ceux qui portent une arme à feu, mais ne me dites tout de même pas que vous vous êtes risqué à Limehouse sans autre protection qu'un portefeuille !

James la sentait postillonner dans son oreille.

– Je suis un homme d'affaires. Pourquoi voulez-vous que je sois armé ?

– Moi aussi, je suis une femme d'affaires, mais je ne me serais jamais montrée aussi stupide, ricana Mrs Thorold.

– Je tâcherai de m'en souvenir.

– C'est ça ! Bien. Vous allez avancer vers la porte, lentement et bien gentiment, commanda-t-elle d'une voix plus impérieuse et plus sèche. Puis vous allez monter l'escalier. Je reste derrière vous, le revolver pointé sur la base de votre crâne.

– Désirez-vous que je lève les mains ou que je les baisse ? demanda James avec une politesse exquise.

– Quel garçon bien élevé, se moqua Mrs Thorold. Pas étonnant que vous ayez plu à Angelica.

Il relâcha un peu les bras, mais les releva aussitôt en sentant la pointe du revolver dans son dos.

– Les mains sur la tête.

James sortit de la pièce, retrouva le vestibule qui sentait le moisi et se dirigea vers l'escalier. Alors qu'ils tournaient dans le couloir, il lui demanda :

– Comment saviez-vous que je viendrais ?

– Vous êtes terriblement prévisible.

– Pourquoi ? fit James vexé.

– Oh? Vous avez accouru dès que vous avez eu le message.

Le message de Quigley ?

– Comment le saviez-vous ?

Elle éclata de rire.

– Quoi ? Vous n'avez toujours pas deviné ?

James sentit son estomac se nouer. C'était si évident.

– C'est vous qui l'avez écrit, c'est ça ?

– De la main gauche. Qu'avez-vous pensé de mon orthographe de gamin des rues ? Pas mal, non ?

– Voilà qui explique le retard de la lettre : elle était datée de samedi soir, mais je ne l'ai reçue qu'aujourd'hui. Vous pouviez tuer Quigley à n'importe quel moment, mais vous deviez vous assurer que je ne viendrais pas avant cet après-midi.

– Et vous voilà.

En arrivant au palier du premier, James s'arrêta un instant, ne sachant pas s'il fallait prendre à gauche ou à droite. La maison ressemblait à une tombe, ou à un caveau. À moins que ce ne soit une impression très subjective, encouragée par le revolver qu'on lui pointait sur la tête ? En tout cas, les pensionnaires du refuge demeuraient invisibles. James ne put s'empêcher de se demander si c'était parce qu'ils avaient déjà tous été assassinés derrière ces portes closes.

– Qu'attendez-vous de moi ?

– Bon sang, ce que vous pouvez être fatigant. Montez.

Il commença à grimper vers l'étage supérieur.

– D'accord. Qu'est-ce que Thorold attend de moi, alors ?

Mrs Thorold ricana de plus belle.

– Mon cher petit... Mais qui vous parle de mon mari ?

– Vous n'êtes pas son associée ?

– Selon la loi de ce pays, une femme est la propriété, pas l'associée, de son mari.

– Donc vous ne travaillez pas ensemble…

Il devait revoir une nouvelle fois toutes ses hypothèses et repartir de zéro.

– Vous êtes bien lent…

– Mais avec qui travaillez-vous, alors ?

– Dépêchez-vous.

James attendit un peu avant de tenter une nouvelle approche :

– Vous avez l'intention de vous débarrasser de moi ?

– À votre avis ? demanda-t-elle sans chercher à masquer son mépris.

Ils se trouvaient sur le palier du troisième étage lorsqu'il sentit de nouveau le revolver appuyer entre ses omoplates.

– Tournez à droite.

Ils entrèrent dans une petite pièce au mobilier très sommaire : un lit simple, un bureau, un fauteuil et un meuble de toilette. Mais ce n'était pas tout. Il y avait aussi une grande pipe à opium posée par terre, au centre. Et un corps… Mr Chen, pieds et poings liés, recroquevillé juste à côté de la pipe.

Les yeux de James allèrent de Mr Chen à Mrs Thorold, avant de revenir sur Mr Chen.

– Il est mort ?

Elle haussa les épaules.

– Peut-être. Je n'ai fait que l'assommer, mais comme il n'est plus tout jeune…

James s'agenouilla pour palper la gorge de Chen. Le corps était chaud, mais il n'arrivait pas à sentir le pouls.

Ce qui pouvait aussi s'expliquer par le fait que son propre cœur battait si fort qu'il aurait eu du mal à en sentir un autre. Passant enfin de l'incrédulité à la colère, il lança à Mrs Thorold un regard plein de rage.

– Pourquoi lui ? Qu'est-ce qu'il a bien pu vous faire ?

Les marques profondes de petite vérole de Mrs Thorold dessinaient sur sa peau claire un motif désagréable à voir.

– Comme vous, il posait trop de questions. Je suis venue le faire taire.

– Alors c'est ça, votre grand stratagème ? Essayer de faire croire que nous sommes morts d'avoir trop fumé d'opium ? Vous ne tromperez personne !

– Allons... Faites un peu marcher votre cerveau. Succomber à une overdose d'opium prend un temps fou. Et je n'ai pas toute la nuit devant moi.

James se redressa légèrement pour fixer ses yeux bleu ciel. C'étaient les mêmes que ceux d'Angelica. Pour la première fois, il sentit qu'il allait mourir dans ce taudis. Dans cette pièce.

Elle sortit une corde de son sac à main et la lui jeta.

– Attachez-vous les chevilles.

C'était une grossière tresse de chanvre. De la bonne corde de marin.

– Et si je refuse ?

Elle soupira.

– Espèce de sale cafard chicaneur. Vous avez le choix. Dans le meilleur des cas, vous vous attachez tout seul comme un grand. Je vous assomme. Puis j'allume un joli petit feu de joie qui vous nettoie tout ça de haut en bas, mais vous, vous ne sentirez rien du tout.

James haussa les sourcils, examinant la proposition, comme s'il s'agissait d'une transaction commerciale.

– Et dans le pire des cas ?

– Je vous tire dessus, une fois, ou deux, mais pas pour vous tuer. Dans l'aine, sans doute. Vous mourrez très lentement dans d'atroces souffrances. Et je brûle aussi la maison, cela ne vous aura donc avancé en rien.

– Les coups de feu, ça fait du bruit. Et peut-être que je suis un lâche. Les gens m'entendraient crier.

Elle sourit.

– Peut-être. Mais dans ce quartier, vous pourrez crier tout ce que vous voulez, ils feront comme s'ils n'avaient rien entendu.

James rumina pendant un moment, avant de s'asseoir pour commencer à attacher ses chevilles. Il prenait tout son temps, continuant à poser des questions :

– Thorold est au courant de vos agissements ?

Elle haussa les épaules.

– Je dirais qu'il ne sait que ce qu'il veut bien savoir.

– C'est-à-dire le moins possible.

– Exactement.

– Il connaît cet endroit.

– Ça y est ?

– Il le mentionne dans son testament, dit James. C'est comme cela que je l'ai découvert.

– J'aurais dû m'en douter, fit-elle avec une grimace.

– Il a prévu un legs généreux, et il fait aussi régulièrement des dons, poursuivit James en l'observant attentivement. Pour se donner bonne conscience ? À cause de ce que vous faites ?

– Ça a toujours été une petite nature. Pas de tripes, dit-elle légèrement irritée.

James finit la dernière boucle avec la corde et la noua.

– Et voilà.

– Avec ce nœud coulant ? Ne jouez pas au plus malin avec moi, mon petit James.

– Cela valait le coup d'essayer.

– Et vous auriez sans doute réussi à duper mon mari. Recommencez !

– Donc votre mari employait des lascars sur ses navires, du moins, c'est ce qu'il prétend, et c'est la Lloyd's qui régalait. Mais… les navires sombraient toujours. Et il se sentait assez coupable pour faire des donations au Refuge…

James avait toutes les données en main, mais il ne savait pas comment les assembler. Il y avait dans son raisonnement comme une faille qu'il n'arrivait pas à combler.

Un mari et une femme, tout sauf associés.

Une fraude à l'assurance.

Des navires disparus en mer.

L'argent de la honte.

Un bureau sens dessus dessous.

Il lui manquait encore au moins un détail…

Mrs Thorold le regardait se débattre avec cette énigme, un sourire méprisant vissé sur les lèvres.

– Vous n'êtes vraiment pas bien fin, mon pauvre, dit-elle presque affectueusement. Vous êtes quasiment aussi bête que mon mari.

Une telle arrogance… Une idée traversa l'esprit de James.

– Vous travailliez contre votre mari ! Vous sabotiez ses convois !

– Ah. L'esprit masculin, si lent et limité qu'il soit, finit par se mettre péniblement en marche.

Elle visa les mains de James avec le revolver.

– Pas la peine de vous arrêter.

Elle était arrogante, féroce et décidée. Elle se croyait supérieure à tout le monde. Elle prenait plaisir à l'insulter. D'un seul coup, James comprit à quel point ils se ressemblaient, lui et Mrs Thorold. Cette révélation réveilla son courage. Il n'était plus obsédé par le fait d'en réchapper ni de se montrer plus intelligent que cette femme. Mais ne pas avoir eu droit aux explications qu'il souhaitait le laissait sur sa faim. Cela contrariait son sens de l'ordre et de la méthode.

Il cessa délibérément de s'attacher et adressa à Mrs Thorold son sourire le plus charmeur.

– Mon pauvre cerveau a du mal à faire des nœuds et à raisonner en même temps. Vous ne pourriez pas abréger mes souffrances… Enfin, avant d'abréger mes souffrances pour de bon ?

– Vous vous croyez dans une comédie de boulevard ?

– Pas vraiment, non : les comédies se finissent bien.

– Eh bien ?

– C'est votre pièce. Vous en êtes à la fois l'auteure et l'héroïne.

– Ce n'est pas en m'envoyant des fleurs que vous sauverez votre peau.

– Je ne cherche pas à sauver ma peau.

Elle fit semblant de se montrer surprise :

– Quelle grande phrase, mon petit.

– C'est l'histoire qui m'intéresse, ou la pièce, si vous

préférez. Vous sabotez les expéditions de votre mari. Mais cela n'a rien à voir avec le trafic d'œuvres d'art indiennes, si je ne m'abuse ?

Elle l'observait avec un certain amusement, un léger sourire aux lèvres, mais gardait tout de même son revolver braqué sur lui.

– Ne gaspillez pas votre salive, mon cher. Je vous tuerai quand même.

– Oh, mais j'avais déjà bien compris la première fois.

– Et alors ?

Il finit de se ligoter les chevilles.

– Je suis ingénieur. J'aime comprendre comment s'enclenchent les différentes parties d'un mécanisme. Avant de me tuer, vous pourriez au moins m'expliquer votre mode opératoire. Si cela vaut la mort de trois hommes, sans compter celle de tous ces marins, c'est qu'il doit y avoir de quoi être fière…

– Le gamin ne compte pas vraiment.

– Bon, deux hommes, alors.

– Les Chinois ne sont pas vraiment des hommes.

– D'accord : un garçon, un étranger et un Anglais. Ça fait tout de même une belle addition macabre.

– Vous, vous savez parler aux femmes, dit-elle avec un petit sourire satisfait.

James se sentit d'un coup soulagé. Un filet de transpiration lui coulait sur le front et jusque dans l'œil.

– Il paraît.

– Je vous accorde la version courte. Mon mari est un idiot qui se prend pour un grand trafiquant d'art. Ce qui ne l'empêche pas de faire de fausses déclarations de sinistre, qui finissent par attirer l'attention des autorités et mettent en danger non seulement son trafic, mais également notre gagne-pain.

Son emploi du mot « notre » était intéressant…

– Ça, je le savais.

– Évidemment, un petit moins que rien de la Lloyd's a découvert le pot aux roses et s'est mis à le faire chanter.

Elle eut une grimace de dégoût.

– Vous feriez confiance à quelqu'un pour couvrir votre propre stupidité ?

– C'est là que vous êtes entrée en jeu ?

– L'entreprise n'aurait pas tardé à couler, à cause du chantage, ou lorsque Scotland Yard aurait fini par découvrir ce qui se passait. J'en ai donc tiré les conclusions qui s'imposaient : je dirige une bande de pirates qui attaque et pille les navires de mon mari. C'est parfait : pas besoin d'un gros capital et peu de frais de fonctionnement. Et une fois que j'ai partagé les bénéfices avec mon partenaire, l'argent m'appartient.

– Vous ne le partagez pas avec votre mari ?

– Donnez-moi une seule bonne raison de le faire ! s'exclama-t-elle en riant.

Il resta sans voix : c'était une très bonne remarque, une remarque à laquelle il n'avait même pas songé. Pourquoi Mrs Thorold aurait-elle travaillé au bénéfice de sa famille alors qu'elle ne pensait qu'à elle ?

– Je me disais aussi que vous n'en trouveriez pas, dit-elle en souriant toujours.

– Comment faites-vous taire les équipages de lascars que vos pirates attaquent ?

– Les pirates sont des êtres assoiffés de sang. J'imagine que les rares survivants vaillants doivent être vendus comme esclaves en Extrême-Orient.

James acquiesça, même s'il commençait à avoir la tête qui tournait. Cela faisait trop d'informations à assimiler d'un seul coup. Mais il devait continuer à la faire parler… Il devait au moins tenter d'apprendre si Mary était menacée.

– Assez bavardé. Mains derrière le dos.

Elle était redevenue sèche et pragmatique.

– La maison de Pimlico… lança-t-il rapidement. Votre quartier général ?

Elle se contenta de sourire et sortit une nouvelle corde.

– Et votre collègue, ce Mr Samuels… C'est lui qui commande l'équipage pirate ?

– J'en ai assez de vous faire la conversation. C'est l'heure du dénouement, mon petit James.

À sa grande honte, il se mit à paniquer et à se débattre, luttant comme il pouvait pour lui envoyer des coups de pied. Mais quelques coups bien placés dans les côtes le calmèrent tout à fait. Elle s'agenouilla derrière lui pour lui attacher rapidement les poignets en serrant très fortement.

– Une dernière question, souffla-t-il alors qu'elle se relevait pour inspecter son travail. Vous n'avez pas peur qu'on vienne me délivrer ?

– Que c'est maladroit ! Je dirais même que c'est indigne de vous, dit-elle en ricanant.

– Pourquoi ? Vous ne croyez pas que je pourrais avoir un partenaire ?

– Qui donc voudrait s'associer avec vous ?

Soulagé, James se laissa aller. La dernière chose qu'il vit fut un large sourire de mépris qui s'approchait de son visage. Puis plus rien.

CHAPITRE 26

MARY BOUCLAIT sa malle quand une poignée de graviers crépita contre sa fenêtre. Elle sursauta. Pas la peine de rêver. James avait été on ne peut plus clair. Elle hésita, se demandant comment réagir. Quelques secondes plus tard, une nouvelle volée de graviers s'abattit sur la vitre. Elle ouvrit en grand la fenêtre pour regarder en bas, sans pouvoir maîtriser une certaine impatience. Mais à la place du grand jeune homme qu'elle espérait, elle ne vit qu'un enfant malingre. Une touffe de ternes cheveux châtains masquait en grande partie son visage. C'était sans doute une erreur. Mais, en y regardant de plus près, elle vit la petite silhouette qui lui faisait signe discrètement. Mary finit par hocher la tête et lui indiqua l'entrée de service.

Elle jeta un dernier coup d'œil à sa chambre pour s'assurer que tout était en ordre. Sa malle était soigneusement ficelée et étiquetée, et l'un des valets était chargé de la lui faire livrer à l'Institution. En descendant l'escalier des Thorold pour la dernière fois, elle se sentit accablée par l'aspect sordide de cette journée : les protestations indignées de Thorold clamant son innocence, la colère de James, les sanglots d'Angelica, suivis par le cœur brisé de Michael et la jubilation de Mrs Thorold. Mary avait d'autant plus hâte de retourner vers le calme de l'Agency.

Sans même prêter attention à Cook dans la cuisine, la jeune femme ouvrit la porte de service. Quelle ne fut pas sa surprise !

– Cass ?

Elles se regardèrent un instant sans rien dire, puis Cass baissa les yeux. Un tourbillon de questions assaillit Mary : « Qu'est-ce que tu fais là ? Tout va bien ? Tu as changé d'avis ? Qu'est-ce qui se passe ? » Elle opta finalement pour un simple « Bonjour ».

– Miss… murmura Cass d'une toute petite voix.

Mary attendit, mais Cass ne semblait pas disposée à en dire plus.

– Nous ne pouvons pas parler ici, dit doucement Mary. Retrouve-moi derrière les écuries.

Cass ne disait toujours rien.

– D'accord ?

La petite se contenta de faire un léger signe de tête pour dire qu'elle avait compris. En revenant sur ses pas, Mary réalisa qu'elle venait de commettre une grossière erreur. Il y avait fort peu de chances que Cass vienne la rejoindre. Non seulement Brown et les valets de pied aimaient bien se retrouver derrière les écuries pour échanger une cigarette et les derniers ragots, mais elle risquait de changer d'avis et de s'enfuir encore une fois. *C'est pas vrai !* Voilà qu'une nouvelle occasion inespérée d'aider cette petite se présentait, et elle avait déjà tout gâché. À cette idée, Mary traversa la cuisine en courant et se précipita à l'extérieur par la porte de derrière. Dans la cour, elle nota machinalement que la voiture était sortie. Ce que cela signifiait lui échappa alors complètement.

D'une certaine façon, la chance finit par lui sourire timidement ce jour-là. Aucune trace des valets, mais, dans le recoin le plus sombre des écuries, elle distingua la silhouette de Cass Day qui l'attendait.

Mary s'avança doucement, comme on approche un animal apeuré, et attendit que Cass se mette à parler.

– Excusez-moi de m'être enfuie comme ça, Miss, dit-elle enfin d'une voix éraillée.

– Je t'ai fait peur, c'est ça ?

– Pas vous, Miss, répondit Cass nerveusement. Enfin… J' veux dire, vous m'avez rien fait. C'est moi qui ai été stupide.

Après un nouveau silence tendu, elle finit par lâcher :

– C'est juste que les autres bonnes passaient leur temps à se murmurer des choses sur la traite des Blanches, Miss, et à force de voir des illustrés là-dessus, où on explique que ce sont des femmes apparemment très bien qui s'en occupent… C'en est bourré, j' vous jure, et quand vous… Enfin, quand je… C' que j' veux dire…

Mary n'en revenait pas.

– Tu as cru que je cherchais à te kidnapper ?

Cass rougit comme une tomate.

– J'ai cru qu' c'était pour ça qu' vous étiez si gentille avec moi. J' voyais pas pourquoi quelqu'un comme vous se montrerait gentille avec moi, sauf pour…

Mary se sentait si proche d'elle… Elle avait l'impression de se revoir, avec Anne Treleaven, des années auparavant.

– J' parie que ça fait que prouver que j' suis trop bête pour aller à l'école, hein ?

Il était impossible de ne pas entendre l'espoir contenu dans ces quelques mots.

– Tu as bien pris le temps de réfléchir au fait d'aller à l'école ?

Cass fit oui de la tête avec tant de conviction que ses cheveux s'agitèrent dans tous les sens.

– Oh, oui ! J' veux y aller… Si j'ai encore le droit. Si vous êtes pas trop fâchée contre moi.

– J' ne suis pas fâchée du tout. Et bien sûr qu'il y a encore une place pour toi dans l'école dont je t'ai parlé.

– J' travaillerai dur, j' vous jure. J' suis pas bien futée, mais j' vous promets que je ferai de mon mieux…

Mary la prit par les épaules.

– Ce n'est pas à moi qu'il faut le promettre, Cass. Mais à toi.

Cass buvait ses paroles.

– Vous êtes bien bonne avec moi, Miss Quinn.

– Tu es vraiment sûre que je ne suis pas à la tête de la traite des Blanches ? demanda Mary en souriant.

Cass rougit encore jusqu'aux oreilles. Puis elle se mit à se moquer d'elle-même, d'un rire mal assuré. C'était un drôle de petit couinement, un peu hésitant, qui montrait que Cass ne maîtrisait pas encore bien cette technique. Mais peu importe : c'était la première fois que Mary l'entendait rire.

Elles étaient dans un fiacre qui les menait à Saint John's Wood quand Cass sortit le carnet.

– J' dois vraiment pas être maligne, Miss Quinn, pasque j' connais bien les chiffres et quelques lettres, mais ça, vraiment, j'y comprends rien.

Mary prit l'objet à contrecœur. Maintenant que sa mission était terminée, elle était fatiguée. Des pensées décousues lui passaient par la tête, sans qu'elle arrive à les relier de manière cohérente. Tout ce qu'elle voulait, c'était se retrouver seule pour pouvoir repenser tranquillement au mystère de son père.

Mais Cass la dévisageait avec impatience. Mary ouvrit le carnet, survolant les pages couvertes de colonnes soignées.

– C'est un carnet de comptes, Cass. Il sert à indiquer des entrées et des sorties d'argent. Regarde, dit-elle en lui montrant une page au hasard. Là, il y a une date, suivie de plusieurs lignes de débit et de crédit, pour un profit global de quatre cent soixante-deux livres, huit shillings et quatre pence. On ne peut comprendre que si on s'y connaît un peu en comptabilité.

Cass semblait consternée.

– Ça aussi, il va falloir que j' l'apprenne ?

– Si tu en as envie, répondit distraitement Mary, absorbée par une page.

– Est-ce que toutes les ladies l'ont appris ?

– Non, elles n'y connaissent rien, en général. C'est plutôt le travail d'un employé de bureau, et il n'y a pas encore beaucoup de femmes dans ce genre de métier.

Cass parut toujours aussi perplexe.

Mary tourna plusieurs pages, avant de s'intéresser aux premières et dernières feuilles du carnet. Les entrées s'étalaient sur une période d'un peu plus de deux ans et étaient extrêmement bien tenues. Le propriétaire du carnet devait le chercher désespérément.

– Cass, à qui appartient ce carnet ?

Cass prit aussitôt l'air coupable.

– Je… J' sais pas, Miss.

– Mais tu viens de me demander si les ladies s'y connaissaient en comptabilité…

– C'est que… J'-j' l'ai trouvé, Miss.

– Où ça ?

– J-juste à côté du perron de l'entrée. Quand j'étais en train de blanchir les marches.

Mary s'efforça de rester calme.

– Chez les Thorold ?

– Oui…

– Quand ça ?

– J' sais plus exactement. Il y a une semaine, peut-être, ou moins…

– Est-ce que tu as parlé de ce carnet à qui que ce soit ? À Cook, par exemple ?

Cass secoua la tête.

Mary observa l'objet qu'elle tenait à la main. Il était petit et avait l'air d'avoir bien servi. Même si la dorure des pages s'était quelque peu effacée, on voyait qu'il s'agissait d'un carnet qui avait dû coûter assez cher.

– Est-ce que tu as vu qui l'a laissé tomber ?

Cass se recroquevilla sur son siège.

– N-non, Miss.

Mary la dévisagea attentivement.

– Est-ce que tu en es bien sûre ?

Cass ne quittait plus le carnet des yeux.

– C'est très important, hein ?

– Bien plus que tu ne l'imagines.

Cass réfléchit un instant avant de se lancer.

– J' l'ai pas vu tomber, Miss, mais j' pense qu'il est à Mrs Thorold. Elle est sortie de la maison pendant que j' frottais les marches, et j'ai dû tout recommencer. J' suis repartie du bas, et c'est là que j' l'ai trouvé, à côté de l'escalier. Mais ça peut pas être le sien, hein, pasque c'est une lady et pas une *nemployée*, ou un truc dans le genre ?

Mary fit appel à ses souvenirs. Oui, c'était tout à fait plausible. Mrs Thorold était sortie précipitamment mercredi matin (matin où elle avait surpris la conversation entre Angelica et Michael dans le salon) et elle était rentrée d'une humeur massacrante. Mais si ce carnet lui appartenait bien, voilà qui plaçait cette histoire d'adultère à Pimlico sous un jour tout neuf. Et si plutôt que de se rendre chez d'obscurs spécialistes ou de retrouver un amant, Mrs Thorold dirigeait en fait un mystérieux trafic clandestin ? Mais quel trafic, ça... ?

Complètement débarrassée de ses scrupules à mettre le nez dans les affaires de quelqu'un d'autre, Mary feuilleta de nouveau le carnet. Une nouvelle feuille de bilan avait été tracée pour ce mois-ci, mais sans indication de dates précises. Il y avait souvent des blancs entre les transactions, parfois même sur plusieurs mois, mais on trouvait aussi plusieurs entrées très rapprochées. C'était donc un trafic saisonnier, ou dépendant de certaines contraintes extérieures.

Si seulement elle en savait un peu plus... Elle examina aussi les pages blanches, assez nombreuses : le carnet n'était qu'à moitié rempli. Et là, sur la toute dernière page, elle découvrit une petite annotation au crayon, à moitié effacée : C : 7, G.V., Lh.

Mary se laissa tomber contre son siège. Mais bien sûr ! Mais quelle triple buse doublée d'une tête de linotte à cervelle de moineau ! Elle n'y avait vu que du feu. Et la voiture était loin, maintenant ! Mrs Thorold avait *dit* qu'elle serait dans sa chambre, seulement, dans toute cette tourmente, personne n'avait songé à s'en assurer...

Mary se pencha par la fenêtre pour donner au cocher une brève série d'instructions. En se rasseyant, elle se tourna aussitôt vers Cass.

– Écoute-moi bien, Cass. Tu viens de m'apprendre quelque chose de fondamental et je dois m'en occuper immédiatement. Le fiacre va me conduire dans les quartiers est de Londres. Après, il t'emmènera à l'école d'Acacia Road, qui s'appelle l'Institution pour Jeunes Filles de Miss Scrimshaw. Tu demanderas à voir Miss Treleaven. Tu lui expliqueras que c'est moi qui t'envoie pour entrer à l'école et tu lui remettras le carnet. Dis-lui aussi que je vais chercher Mrs Thorold au 7, George Villas, à Limehouse et qu'il faut qu'elle vienne me rejoindre immédiatement. C'est bien compris ?

– Oui, répondit Cass un peu inquiète.

Mary posa une main sur son épaule. Elle fit semblant de ne pas remarquer le léger sursaut de la petite, qui s'attendait encore à recevoir un coup.

– Tu n'as rien fait de mal, Cass. Rien du tout. Et tu ne peux pas imaginer à quel point tu m'as aidée. Je suis vraiment désolée de ne pas te présenter moi-même à Miss Treleaven, mais j'espère que tu comprendras que j'ai quelque chose d'extrêmement important et urgent à faire.

Cass hocha prudemment la tête.

– Je comprends.
– Bien.

En payant le cocher pour qu'il conduise Cass à l'Institution, Mary se demanda si elle avait bien fait de venir jusqu'à Limehouse. Elle avait commis tant d'erreurs ces derniers jours que toute sa belle assurance commença à se dégonfler alors qu'elle foulait de ses bottines le sol boueux jonché d'ordures près de George Villas. Le carnet de Mrs Thorold, si on arrivait à prouver que c'était bien le sien, n'était qu'un relevé de transactions commerciales. Aucune référence précise n'y figurait et rien qui permettait d'établir un rapprochement avec le Refuge des lascars, si ce n'était cette inscription gribouillée au crayon. Mais les éléments se mettaient progressivement en place dans la tête de Mary. Elle n'aurait pas su dire à cet instant pourquoi elle était si sûre que la réponse se trouvait ici, mais la voilà qui faisait passer l'instinct avant la logique, les tripes avant l'instruction.

Elle la repéra dès qu'elle tourna le coin de la rue : une volute de fumée qui s'élevait de l'une des hautes maisons étroites au bout de la rue. Un petit attroupement s'était formé devant le bâtiment, plus fasciné par le spectacle que pressé d'éteindre le feu.

Mary se précipita vers le petit groupe.

– Ça fait longtemps que ça brûle ? demanda-t-elle à une femme trapue d'une cinquantaine d'années.

– Sais pas, viens d'arriver, lui répondit celle-ci d'une voix traînante.

Elle croisa ensuite les bras sur son tablier plein de taches, comme pour mieux profiter du spectacle. Mary se fraya un chemin à travers la foule.

– Est-ce qu'il y a quelqu'un à l'intérieur ? cria-t-elle.

Mais personne ne prêtait attention à elle.

– Vous !

Mary avait repéré une fille pieds nus enveloppée d'un châle, qui paraissait tombée du lit.

– Est-ce que quelqu'un s'est assuré qu'il n'y avait plus personne à l'intérieur ?

– C'est trop tard, répondit la fille en lui montrant le bâtiment. Vous avez vu à quelle vitesse ça a pris ?

On voyait effectivement de la fumée et des flammes par l'une des fenêtres.

– Qui habite à côté ? demanda désespérément Mary. Ils voudront sûrement qu'on éteigne l'incendie, non ?

– De ce taudis ? Tout le monde s'en fiche.

Comme pour illustrer ses propos et encouragé par une partie de la foule, quelqu'un lança une brique dans une fenêtre du rez-de-chaussée.

Désemparée, Mary n'arrivait pas à quitter le Refuge des yeux. Il n'y avait sans doute plus personne à l'intérieur. Les vieux marins, au moins, étaient obligés de sortir tous les matins. Et Mr Chen était quelqu'un de compétent et de sensé : il n'aurait certainement pas risqué sa vie juste pour essayer de sauver quelques affaires, même une certaine boîte à cigares. Mais… Malgré ce raisonnement, Mary n'arrivait pas à se défaire de l'intime conviction que…

Elle étudia une dernière fois la foule – pas un policier en vue –, avant de se jeter à l'intérieur du Refuge.

CHAPITRE 27

À L'INTÉRIEUR, ce n'était pas encore la fournaise. À l'exception d'un léger halo de fumée, l'entrée et le couloir humides et lugubres étaient dans le même état que lors de sa précédente visite. Le feu avait dû se déclarer en haut du bâtiment. Mary commença par le bureau de Mr Chen, notant machinalement qu'il était sens dessus dessous. Elle survola rapidement du regard les dégâts pour essayer d'apercevoir la boîte à cigares, mais comprit aussitôt qu'il n'y avait pas d'espoir. Elle aurait dû se sentir envahie par le désespoir et la colère, et se mettre à fouiller la pièce comme une folle. Mais le temps pressait. Elle devait s'assurer que personne n'était resté prisonnier du Refuge avant de s'inquiéter de quelques documents, si précieux soient-ils, et Mary se réjouit de ce bon sens engourdi qui semblait se réveiller en elle.

Au premier étage, la fumée était déjà plus épaisse et Mary dut s'accroupir, se protégeant le nez et la bouche avec un mouchoir. Elle terminerait par cet étage. Si le feu avait pris en haut, il fallait qu'elle s'y rende pendant qu'il était encore temps. Le troisième étage était envahi par une épaisse fumée et elle fut forcée de se mettre à ramper, maudissant à chaque mouvement sa crinoline qui lui écorchait les genoux. Elle entra d'abord dans les pièces qui donnaient sur la rue et d'où elle avait vu sortir de la fumée. Rien dans la première. Rien dans la seconde. La fumée lui piquait les yeux, la gorge. Cela faisait déjà un moment qu'elle avait perdu son mouchoir en cours de route.

En tâtonnant pour arriver aux pièces du fond, elle tomba sur une porte fermée d'où sortait de la fumée. La poignée était chaude, mais elle put la saisir grâce à ses gants. En ouvrant doucement la porte, Mary se préparait à affronter un violent souffle de chaleur, un déferlement de flammes. Mais c'est un torrent d'épaisse fumée grise qui faillit la renverser. Toussant, pleurant, elle dut s'arrêter une minute avant de se lancer dans la pièce. Alors que la fumée s'échappait dans le couloir, elle réussit à distinguer une forme allongée par terre. Oubliant ses yeux irrités et ses genoux meurtris, elle rampa jusqu'au corps.

James.

Elle ne fut pas étonnée. Elle s'y attendait, même, d'une certaine manière. À le trouver là. Lui. Il était ligoté, le visage tourné vers la porte. Elle se débarrassa d'un gant pour lui toucher la joue : chaude. Elle sentit son pouls, fort et régulier, battre dans sa gorge. Bien, il n'était qu'inconscient. Mais comment faire pour le sortir de là ? Il devait bien faire entre vingt-cinq et trente kilos de plus qu'elle.

Elle le secoua énergiquement.

– James !

Rien.

Elle le secoua encore, plus fort.

– Debout ! James !

Toujours rien.

Elle le gifla. Une fois, deux fois.

Ses paupières bougèrent alors comme par magie.

– James ! cria-t-elle péniblement, la gorge irritée par toute la fumée. Réveillez-vous !

Il ouvrit les yeux et lui sourit aussi gentiment que s'il venait de sortir d'une sieste. Il ne l'avait encore jamais regardée aussi tendrement.

– Mary, dit-il, à peine surpris. Qu'est-ce que vous faites-ici ?

Elle ne put s'empêcher de sourire à son tour.

– C'est une longue histoire.

Quand il essaya de bouger, il parut surpris de se trouver ligoté. Lentement, la mémoire semblait lui revenir. Il fit la grimace.

– Oh, non !

Il se débattit et poussa un petit cri.

– Mary, vous devez sortir d'ici.

– Oui, je sais. Il y a le feu !

Elle sentit monter un fou rire qui se transforma en quinte de toux.

– Mais pas sans vous.

Il lui jeta un regard noir, un regard un peu vague mais qu'elle connaissait bien quand même.

– Pas question. Sauvez-vous pendant qu'il en est encore temps.

– James, vous avez un couteau ?

– Non.

Elle regarda nerveusement autour d'elle : cadre de lit, meuble de toilette, pipe à opium.

– Il y a forcément un objet tranchant... Je peux casser la vitre.

– Bon sang, Mary ! Filez d'ici !

Il fut interrompu par une violente quinte de toux.

– Ce que vous pouvez être idiote pour une fille intelligente !

– C'est bien la première fois que vous me dites quelque chose d'aussi gentil, le railla-t-elle.

Elle contourna le lit à quatre pattes pour s'approcher de la fenêtre.

– Oh, mon Dieu !

Le ton n'était plus à la plaisanterie.

– Il est vivant ? grogna James.

Sa question resta longtemps sans réponse.

– Non.

Quand Mary réapparut près de lui, elle avait le visage marqué par un mélange de détresse et de perplexité. Elle tenait un objet à la main.

– Un couteau, dit-elle d'une voix tremblante. Il avait un canif dans la poche.

James resta un instant interdit. Alors que Mary commençait à couper la corde qui lui liait les poignets, il comprit tout à coup.

– Elle devait se douter qu'il ne ferait pas le poids contre elle.

C'était un petit couteau et les fibres de chanvre se révélaient aussi solides qu'épaisses. Une fois, deux fois, trois fois, le canif glissa sur la corde et Mary poussa des cris de dépit.

– Mary ? demanda James d'une voix plus faible.

– Oui ?

Des gouttes salées lui piquaient les yeux : elle n'avait même pas réalisé qu'elle transpirait.

– Mrs Thorold. C'est elle, la coupable. Elle travaillait contre son mari, pas avec lui.

– Quoi ?

– C'est une pirate !

– Façon de parler, j'imagine ?

– Eh bien, je ne pense pas qu'elle se promène avec un perroquet et un bandeau sur l'œil, mais elle dirige bien un équipage pirate !

– Alors tous ces navires qui ont sombré… Les cargaisons de Thorold… ?

– C'était elle.

Mary soupira, jurant doucement entre ses dents.

– Qu'est-ce qui ne va pas ?

– Vous avez trouvé la clef du mystère avant moi.

Il éclata de rire.

– J'ai obtenu une confession grâce à mon charme irrésistible.

– Tellement irrésistible qu'elle a préféré vous abandonner à votre triste sort.

La corde finit par céder. Pendant que James massait ses poignets ensanglantés et meurtris, Mary s'attaqua à celle qui lui ligotait les chevilles. Ils avaient déjà eu beaucoup plus de temps qu'elle ne l'espérait. Mais que faire si le feu avait gagné la cage d'escalier ?

Enfin !

– Debout ! ordonna-t-elle.

James se redressa en grognant, luttant pour se mettre

debout. Il sourit d'un air triomphal. Mais il chancela presque aussitôt, ses genoux fléchirent et il retomba lourdement, lâchant un juron.

– C'est à cause de la fumée ? demanda Mary.

– Non, je pense que c'est plutôt le coup que j'ai pris sur la tête.

Elle lui glissa un bras autour de la taille, faisant passer celui de James sur ses épaules.

– Allez, venez.

Elle rassembla ses forces et se releva en le portant à moitié. Il l'aidait comme il pouvait, mais il s'appuyait tout de même lourdement sur elle.

Il jeta un bref regard au corps de Chen.

– Et lui… ?

– Le feu a l'air de s'être calmé, mais je ne tiens pas à perdre une seule minute de plus.

Ils se mirent en marche, clopin-clopant. La chaleur semblait moins insupportable, mais ils étaient tous deux en nage : James à cause de la douleur, Mary à cause de l'effort qu'elle devait fournir pour le maintenir debout. La fumée s'accumulait dans le couloir et ils furent pris de violentes quintes de toux.

Mary n'avait plus assez de souffle pour parler. Tout ce qu'elle espérait, c'était que James ne s'évanouisse pas. En haut des escaliers, elle lui donna une petite tape sur la joue.

– On descend !

Pour toute réponse, il la serra plus fort. Sur le palier du dessous, la fumée était moins dense et elle leva les yeux vers lui. Il avait le visage noir de suie. Elle aussi, certainement. Comment avait-il fait pour la reconnaître ?

Ils franchirent le palier du premier et James dut se baisser pour passer sous un montant de porte un peu bas, ce qui leur fit perdre l'équilibre. Ils chancelèrent et se retrouvèrent projetés contre le mur.

– Mary.

– Oui ?

Il lui prit doucement le menton et se pencha vers elle pour l'embrasser.

Elle écarquilla les yeux.

– Mais… Mais pourquoi ?

En guise de réponse, il posa un nouveau baiser sur ses lèvres.

Elle le repoussa, le souffle coupé.

– Décidément, vous avez pris un sacré coup sur la tête !

– Je sais très bien ce que je fais.

– Mais vous n'avez jamais pu me supporter !

Ils se remirent en marche.

– C'est tout ce que vous avez comme objection ?

– C'est déjà pas mal.

– Mais je vous supporte très bien, figurez-vous.

– Ah oui ? C'est d'ailleurs pour ça que vous m'avez demandé de disparaître. Drôle de façon d'exprimer vos sentiments.

– Pour l'amour du ciel… soupira James. J'essayais de vous protéger. Ce qui était aussi idiot qu'inutile, apparemment…

Depuis qu'il avait repris conscience, James n'avait pas encore tenu de propos aussi typiques de son caractère, ce qui ne fit qu'énerver Mary davantage.

– Pourrions-nous rester concentrés sur le fait de quitter le bâtiment ? demanda-t-elle sèchement.

Ils descendirent la dernière volée de marches et jaillirent comme ils purent à l'extérieur par la porte d'entrée, complètement débraillés, aussi fumés que des harengs. Ils s'écroulèrent contre le premier réverbère, s'y agrippant pour ne pas tomber, inspirant à pleins poumons un air qui, en toute autre circonstance, leur aurait paru tout à fait irrespirable.

Au bout d'un moment, mais elle n'aurait pas su dire combien de temps s'était écoulé, Mary se mit à regarder autour d'elle. Quelque chose avait changé, bien que ses sens engourdis n'arrivent pas à percevoir de quoi il s'agissait. La rue, les maisons, le calme relatif d'un dimanche après-midi… C'est là qu'elle comprit. L'attroupement de badauds, si maigre fût-il, s'était dispersé. Il ne restait plus qu'une seule personne, qui les regardait avec un certain intérêt.

Mary essaya de parler, mais ne parvint qu'à pousser une espèce de râle. Elle s'éclaircit la gorge et fit une nouvelle tentative.

– Où sont-ils tous passés ?

Sa voix résonnait comme une corne de brume, deux octaves en dessous de sa voix normale.

La fille aux pieds nus eut un petit sourire moqueur.

– Ces pauv' types assoiffés de sang ? Tout ce qu'ils voulaient, c'était voir la maison s'écrouler.

Mary leva les yeux vers les fenêtres du Refuge, d'où s'échappait encore de la fumée.

– Un incendie, ça ne leur suffit pas ?

– Vous ne saviez pas ? Je croyais que c'était pour ça que vous étiez entrée.

– Qu'est-ce que vous voulez dire ? demanda Mary, déboussolée.

La fille, ou plutôt la femme, sourit de plus belle. À la lumière de cette fin d'après-midi, elle paraissait plus vieille que tout à l'heure. Elle avait beaucoup de dents en moins ou gâtées.

– Le feu s'est éteint tout seul.

Comme Mary paraissait toujours aussi perplexe, elle soupira et se pencha vers elle.

– La maison. Elle était trop humide pour prendre feu, ma belle. Comment est-ce que vous croyez que vous auriez réussi à vous en sortir autrement ?

CHAPITRE 28

Mardi 18 mai

APRÈS LE PETIT DÉJEUNER, Mary fut convoquée dans la salle des professeurs. Le temps s'annonçait toujours aussi chaud. Son cœur battait si fort qu'elle en avait le souffle coupé et que ses lèvres tremblaient. Elle frappa à la porte, deux petits coups secs, heureuse d'être arrivée à contrôler sa nervosité au moins jusque-là.

– Entre.

Elle obéit et alla s'asseoir sur la maudite chaise de crin glissante, la défiant de chercher à l'envoyer au tapis.

– Bonjour, Miss Treleaven, Mrs Frame.

On lui retourna le bonjour et on lui servit du thé. Pas de Lapsang Souchong cette fois-ci. Mary posa aussitôt sa tasse sur le guéridon à côté d'elle pour ne pas la faire trembler dans sa soucoupe.

Anne sirota son thé, posa sa tasse et fixa Mary de ses yeux gris perçants.

– Nous espérons que tu te sens mieux maintenant.

– Beaucoup mieux, merci.

Mary avait failli devenir chèvre après trente-six heures de repos forcé et d'orgeat pour adoucir sa gorge irritée par la fumée.

– Si nous t'avons demandé de venir ce matin, Mary, c'est

pour entendre ton rapport sur Henry Thorold. Comme tu le sais, il est entre les mains de la police et son affaire est aujourd'hui classée.

– Et Mrs Thorold ?

La question lui avait échappé.

– Toujours en fuite, répondit Anne, dont le ton sec trahissait la déception. Scotland Yard pense qu'elle a dû quitter le pays.

– Elle est sans doute partie dimanche, juste après avoir mis le feu au Refuge. Ce qui expliquerait pourquoi elle n'a pas utilisé assez de pétrole pour incendier la maison : elle était trop pressée, suggéra Mary.

– C'est possible, dit Felicity. Et si elle avait déjà prévu de faux papiers, elle aura facilement pu être en France dès dimanche soir.

– Peut-être qu'à l'avenir l'Agency aura l'occasion d'aider Scotland Yard à retrouver Mrs Thorold, dit Anne. Mais nous sommes ici pour discuter de son mari. Avant que je ne présente notre rapport final au Yard, il y a un certain nombre de détails sur lesquels j'aimerais revenir avec toi, et qui devraient se révéler utiles pour le poursuivre en justice. Nous t'écoutons.

Mary n'aurait pas dû se laisser déconcerter par le ton très solennel d'Anne, mais elle eut du mal à ouvrir la bouche.

– Comme vous le savez, j'ai commencé à Cheyne Walk, pour surveiller les Thorold, sans penser un instant que je me retrouverais personnellement impliquée dans cette histoire.

Elle avait la voix un peu plus rauque que d'habitude, mais ferme. Elle reprit :

– J'ai fini par découvrir que le secrétaire de Thorold, Michael Gray, qui faisait partie de la liste de nos suspects, soupçonnait lui-même son patron. Gray m'a expliqué qu'il avait discrètement copié certains documents compromettants et qu'il les avait cachés en lieu sûr. J'imagine qu'il les a remis à la police.

– J'ai cru comprendre qu'il s'était montré très coopératif, répondit Anne. Il fait cependant toujours l'objet d'une enquête. Ton rapport aidera certainement à le laver de tout soupçon.

– J'espère… En fouillant dans les dossiers de Thorold, j'ai rencontré James Easton, qui recherchait des informations similaires, poursuivit Mary, sans réussir à contrôler le rouge qui lui montait aux joues. En travaillant de concert, nous avons découvert le Refuge de lascars de Limehouse et la maison de Mrs Thorold à Pimlico. À ce moment-là, j'avais rassemblé presque toutes les informations nécessaires, mais je n'arrivais pas à voir quel lien elles avaient entre elles, et quand j'ai enfin compris, il était déjà trop tard… Le maillon manquant entre Thorold, le Refuge des lascars et la maison de Pimlico était bien entendu Mrs Thorold. J'aurais pourtant dû savoir qu'il ne faut jamais sous-estimer une femme, même une femme qui fait semblant d'être invalide.

« Cela ne m'a pas empêchée de me laisser berner, avoua Mary. Elle a fait preuve de beaucoup d'intelligence : elle a déguisé son entreprise sous une histoire d'adultère. Un parfait stéréotype. Et, dans un sens, ce n'était pas complètement faux. Mrs Thorold trahissait bien la confiance de son mari : elle ne le trompait pas avec quelqu'un d'autre, mais en affaires. Avec le recul, je me dis que j'aurais dû davantage me méfier d'elle. Son jeu d'actrice n'était pas tout à fait au point : elle se montrait faible et passive la plupart du temps, mais pouvait aussi faire preuve d'assurance et de détermination. Finalement, Thorold faisait un bien meilleur acteur : on aurait dit un homme d'affaires tout ce qu'il y a de plus ordinaire, un peu tendu, peut-être, mais certainement pas un mari dont l'épouse sabotait le travail et dont la compagnie était au bord de la faillite. Ce qui ne m'a pas empêchée de me laisser abuser par Mrs Thorold. Ce n'est qu'au dernier moment, lorsque Cassandra Day m'a montré le carnet qu'elle avait trouvé, que j'ai compris qu'elle avait sa propre affaire. Vous savez, bien sûr, que James Easton a réussi à obtenir là-dessus des explications assez détaillées de Mrs Thorold ?

– J'imagine que cela tenait de la traditionnelle confession du méchant de théâtre : piraterie en haute mer, vengeance, discorde conjugale, commenta Anne.

– Ce jeune James Easton doit savoir se montrer très convaincant, lança Felicity avec un grand sourire malicieux.

Mary ne mordit pas à l'hameçon.

– Le point faible de notre théorie, malheureusement, c'est qu'elle dépend justement de ces aveux. Le carnet a été tenu de manière très prudente : on y voit des opérations financières, mais sans aucune référence aux affaires concernées. Il pourrait appartenir à des centaines d'autres personnes.

– Cependant, quelque chose t'a conduite au Refuge des lascars… nota Felicity.

– Oui… fit Mary qui semblait hésiter. Il y avait une petite

annotation au crayon : l'adresse du Refuge et le nom du directeur. Mais codés. C : 7, G.V., Lh : Chen, 7 George Villas, Limehouse. Si j'ai choisi de me rendre là-bas, c'est en partie, peut-être même uniquement, par intuition.

– Je ne vois pas pourquoi raison et intuition ne feraient pas bon ménage, déclara Anne le plus sérieusement du monde.

Cette intervention réconforta Mary.

– J'imagine que vous connaissez les détails des opérations de piraterie de Mrs Thorold mieux que moi. Vous avez parlé à James ?

– James ? demanda Anne en haussant les sourcils.

– Mr Easton, corrigea Mary, les joues en feu.

– Ah. Oui… Nous vous avons exclue de ces interrogatoires pour des raisons de sécurité. Nous ne l'avons pas rencontré nous-mêmes, cela va de soi : c'était au Yard de le faire. Mais nous avons lu la transcription de son témoignage. La maison de Pimlico a été fouillée hier, et, même si la plupart des papiers semblent avoir été brûlés – il y avait beaucoup de cendres dans la cheminée –, on y a trouvé suffisamment d'éléments pour permettre d'esquisser une théorie. Puisqu'elle s'en est elle-même vantée, nous savons désormais que Mrs Thorold était à la tête d'un équipage pirate qui attaquait les navires de son mari en haute mer. Elle se procurait sans doute les informations relatives aux routes empruntées par les navires et à leur cargaison grâce aux dossiers de ce dernier. Il semble qu'elle ait eu un complice chez Thorold & Cie, un jeune responsable du nom de Samuels, qui ne s'est pas présenté au travail hier. Son appartement est désert et personne ne sait où il est. Nous ignorons si Thorold était au courant des agissements de sa femme. Il l'a peut-être découvert très récemment, puisqu'il n'a modifié son testament en faveur du Refuge des lascars que l'année dernière. Il est probable qu'il ait eu peur que personne ne croie qu'il ait pu rester dans l'ignorance si longtemps. Une femme est la propriété de son mari, et ce qu'elle sait, son mari doit aussi le savoir. C'est un présupposé dans la loi comme dans les faits, sur lequel Mrs Thorold devait compter pour préserver son secret. Qui aurait donc pu imaginer que, de sa propre initiative, elle recrutait des pirates pour attaquer les navires de son mari, voler ses marchandises et tuer ses équipages ?

Les trois femmes restèrent silencieuses, comme abasourdies par l'énormité de ce stratagème.

– Thorold engageait les marins les moins chers sur le marché, reprit doucement Mary. Il était fier de cette initiative, qui lui permettait de réduire les coûts. Un soir, je l'ai entendu dire que c'était « l'un des avantages de l'Empire ». Ces équipages à prix réduit se révélaient également très avantageux pour Mrs Thorold, car personne n'aurait pensé à s'inquiéter de la disparition de quelques douzaines de lascars.

Elle s'arrêta un instant, avec une pensée pour Mr Chen.

– Enfin, presque personne. La Lloyd's ne s'intéressait qu'aux pertes matérielles.

– Ah, la compagnie d'assurances ! enchaîna aussitôt Felicity. Voilà qui est également très intéressant. Comme nous le soupçonnions, Thorold faisait effectivement de fausses déclarations à la Lloyd's, en prétendant que ses navires avaient sombré ou qu'ils avaient été détournés, alors qu'ils arrivaient à bon port avec l'intégralité de leur cargaison, y compris les marchandises passées en fraude. Comme le montrent les documents de Michael Gray, Thorold a versé de l'argent à un certain Mays, pour qu'il trafique l'enquête interne et détruise les preuves de la fraude, avec un certain succès. Mais il ne pouvait plus masquer la vérité lorsque la Lloyd's s'est mise à soupçonner Mays à son tour.

« À peu près à la même époque, Thorold a commencé à faire de vraies demandes d'indemnisation pour des marchandises volées par des pirates. Quand il a découvert que ses vraies demandes étaient menacées par les fausses qu'il avait déposées auparavant, il s'est retrouvé pris à son propre piège… Mais il ne pouvait pas non plus se permettre de travailler sans assurance : la piraterie menaçait la survie de son entreprise.

« Tout ce qu'il pouvait faire, c'était continuer sans scrupule sur la même voie. Ses navires étaient attaqués avec une étonnante régularité et il a vite dû soupçonner quelqu'un de chez lui. Difficile de dire quand il a compris qu'il s'agissait de sa femme, mais il a fini par le découvrir. C'est sans doute pourquoi il a ajouté le Refuge des lascars dans son testament : c'était sa façon d'essayer de se faire pardonner.

– C'était peut-être aussi un aveu indirect, ajouta Anne. Mary, est-ce que c'est le testament qui t'a poussée à faire le rapprochement entre Chelsea et Limehouse ?

– Oui, répondit Mary, s'empressant de conclure sur le sujet des lascars. Et nous avons découvert la maison de

Pimlico parce que Mrs Thorold s'y rendait régulièrement, comme Mr Samuels. Elle n'allait en revanche jamais à Limehouse. Ce n'est que grâce à une série d'événements imprévus, l'implication de James Easton et l'adresse dans le carnet qu'a trouvé Cass Day, que nous avons réussi à établir ce lien.

Mary avait fini. Elle regarda ses employeuses.

– Merci pour ton résumé, dit Anne d'une voix grave. Ton travail nous a été extrêmement précieux. Mais, à ce stade de l'affaire, tu as sans doute des questions à nous poser.

Mary rougit de plaisir en entendant ce compliment inattendu, et, venant d'Anne, plus qu'élogieux.

– Oui, il y a en effet encore quelques détails que je ne saisis pas, avança-t-elle prudemment. Comment Mrs Thorold a-t-elle réussi à découvrir que James, enfin, Mr Easton, je veux dire, risquait d'être une menace ?

– Mr Easton avait placé la maison de Pimlico et le Refuge des lascars sous surveillance. L'un de ses indicateurs, un garçon de dix ans, a été découvert assassiné, dimanche matin. Mrs Thorold avait dû le repérer. Il ne lui aura pas été difficile de le piéger pour obtenir des informations avant de le tuer. Si elle ne t'a pas soupçonnée, c'est, ironiquement, parce qu'elle ne pensait pas qu'une jeune femme pourrait se mettre en travers de son chemin.

Cela ne manquait effectivement pas d'ironie.

– Je comprends mieux, reprit Mary. Mais pourquoi Mrs Thorold s'attaquait-elle précisément à l'entreprise de son mari ? Je conçois qu'elle ait eu envie d'une carrière qui dépasse simples travaux d'aiguille et visites mondaines :

sa propre fille partage le même désir, comme nous toutes, à l'Institution. Mais de là à miner les affaires de son époux… ? Ça ne me paraît ni intelligent ni clairvoyant.

Felicity semblait partager son avis :

– Bien sûr, nous ne pouvons qu'échafauder des hypothèses pour l'instant, mais le témoignage de Mr Easton montre qu'elle n'avait absolument aucune estime pour son mari. Dire qu'elle le méprisait profondément paraît encore trop faible. Peut-être que c'était une manière de se venger, de lui prouver qu'elle valait mieux que lui.

– On peut toujours inventer toutes les explications qu'on veut, dit Anne avec un léger reproche. Elle reste la seule à pouvoir les confirmer.

– À moins qu'elle n'en soit justement incapable. Les mariages sont des bêtes compliquées, ajouta gaiement Felicity. Si tu savais le nombre de maris et de femmes apparemment dévoués qui ne rêvent que d'assassiner et de charcuter leur « chère moitié »…

Mary se prit à réfléchir au « Mrs » de Felicity Frame. Elle n'avait jamais fait la moindre allusion à un Mr Frame…

– Question suivante ? lança Anne.

– Pourquoi Scotland Yard est-il intervenu un jour plus tôt que prévu ? Je pensais qu'ils avaient accepté de passer à l'action lundi.

– On a frôlé la catastrophe, répondit Anne en s'échauffant légèrement. Un commissaire a jugé par excès de zèle que s'il était opportun d'agir lundi, agir dimanche le serait davantage. Heureusement que le navire était déjà à quai, attendant d'être déchargé, sinon nous n'aurions eu aucune preuve matérielle.

– Je vois, fit Mary. J'espère que l'agent principal n'a pas été compromis...

– L'agent principal est un très bon élément, dit Anne. Si elle n'a certes pas du tout apprécié que tu fasses irruption dans les entrepôts, elle sait parer à presque toutes les éventualités.

– Bien sûr, marmonna Mary en baissant les yeux.

– Réfléchis, reprit plus gentiment Felicity. Tu es sa collègue, et donc la dernière personne dont elle pense avoir à se méfier, surtout quand cela va à l'encontre des consignes reçues. Ton équipée aux entrepôts n'a pas mal tourné, mais tu lui as vraiment mis des bâtons dans les roues.

Mary cherchait désespérément comment répondre sans paraître superficielle ni sur la défensive, mais Anne coupa court à sa réflexion avec une gentillesse inattendue :

– Nous n'avons pas besoin de revenir là-dessus, puisque tu as tiré les leçons de cette expérience. As-tu d'autres questions ?

– Juste une... répondit Mary en hésitant. Cela vous paraîtra sans doute hors sujet, mais... Que pensez-vous des chiens ?

Anne cligna des yeux.

– Des chiens ! Comme animaux de compagnie ?

Mary fit oui de la tête.

– Ici, à l'Institution ? insista Anne sans parvenir à masquer son dégoût.

– Pourquoi cette question ? demanda Felicity en fronçant les sourcils.

– Eh bien, Thorold avait un chien de garde, répondit Mary comme pour s'excuser. Qui ne valait pas grand-chose comme chien de garde, d'ailleurs... Il pensait plus à jouer avec les inconnus qu'à les tenir à distance... Mais je ne peux pas m'empêcher de me demander ce qu'il va bien pouvoir lui arriver.

– J'imagine que vous avez sympathisé au cours de tes expéditions nocturnes, plaisanta Felicity.

– Un peu. C'est un gros patapouf si gentil...

– Je vais me renseigner, promit Felicity en jetant un regard en coin à Anne. Oui, très chère, je sais que tu ne supportes pas ces animaux, mais même un chien ne devrait pas pâtir de ce que son propriétaire est un criminel.

– Merci.

– Ce qui me fait penser, Mary... C'est une question assez personnelle...

– Oui, Miss Treleaven ?

Mary s'apprêta à affronter une question sur ses origines. Même si elle redoutait ce qui allait suivre, elle sentait qu'elle serait soulagée de pouvoir parler de son père...

Mais Anne, visiblement très mal à l'aise, ne disait toujours rien.

Felicity échangea un regard avec sa collègue restée muette, se décidant à parler pour elle :

– Il s'agit de ton associé, James Easton.

Son secret était donc toujours bien gardé. Ce qui n'empêchait pas que ce sujet-là soit tout aussi délicat. Impossible de maîtriser la vague de chaleur qui montait de sa gorge à ses joues, jusqu'à la pointe de ses oreilles. Dimanche après-midi, Anne et Felicity l'avaient trouvée avec James, tous deux blottis l'un contre l'autre, appuyés au réverbère devant le Refuge des lascars, riant comme des petits fous après avoir réussi à s'en sortir. À ce moment-là, ils avaient dû leur paraître bien plus que de simples « associés »...

– Nous ne nous permettrions pas de nous mêler de tes relations personnelles si tu n'étais qu'une simple enseignante de l'Institution, commença prudemment Felicity. Mais puisque tu es membre de l'Agency, nous devons savoir : que sait James Easton ?

– Rien sur l'Agency, répondit aussitôt Mary. Nous nous sommes rencontrés par hasard, dans des circonstances assez curieuses.

Elle rougit de plus belle, rien qu'à se remémorer ces quelques minutes passées dans le placard.

– Quand il m'a demandé de m'expliquer, je lui ai raconté que je voulais découvrir ce qui était arrivé à la précédente femme de chambre. Tout le monde savait à l'office qu'elle était tombée enceinte et que Thorold était le père.

– Et il t'a crue ? insista Felicity.

– Je pense. Puis il a suggéré que nous collaborions, pour mettre en commun nos informations.

– Et que cherchait-il dans les papiers de Thorold ?

– Son frère était sur le point de demander la main d'Angelica. Mr Easton craignait que les malversations de Thorold ne rejaillissent sur les Easton, si les deux familles se retrouvaient liées par cette union.

– Quel esprit pratique, murmura Felicity. Pas très romantique, apparemment ?

– Je l'ignore, Mrs Frame, répondit une Mary écarlate.

Felicity la dévisagea un moment avant de sourire.

– Je vois.

Comme le nez au milieu de la figure, pensa Mary.

CHAPITRE 29

MARY N'AVAIT pas envie que James se mette à lui faire la cour ou autres niaiseries de ce genre. Ils étaient tous deux bien trop jeunes, et puis ils n'étaient pas du même monde. Elle ne pourrait jamais lui parler de l'Agency, et encore moins de son passé criminel ou de son histoire familiale. Même pour lier une véritable amitié, ils étaient bien trop différents. Ce qui ne l'empêchait pas d'éprouver un pincement au cœur à l'idée que leur « association » s'arrête là. Ils formaient une bonne équipe, tous les deux, malgré leur défiance et leurs disputes. Il allait lui manquer...

Peu importe. En descendant de l'omnibus qui l'avait conduite à Limehouse, Mary décida de ne plus penser à James, à l'Agency ou aux Thorold. Aujourd'hui, elle pouvait enfin s'occuper de ses propres affaires. En approchant du Refuge des lascars, les papillons qu'elle avait dans l'estomac s'agitèrent de plus belle. Elle savait bien qu'il ne fallait pas compter retrouver la boîte à cigares. Le bureau de Mr Chen avait été consciencieusement mis à sac. Mais elle ne trouverait pas le repos tant qu'elle n'aurait pas elle-même fouillé les ruines.

Alors qu'elle arrivait au Refuge, elle aperçut une poignée de vieux messieurs asiatiques qui en sortaient, avec des seaux et des caisses de débris qu'ils déversaient dans un gros chariot bloquant la rue. Ils avançaient lentement, souffrant pour la plupart visiblement d'arthrite. Un jeune homme blanc avec un chapeau melon dirigeait de loin les opérations.

Il repéra Mary et se précipita vers elle, l'air affairé.

– La rue est fermée, mademoiselle.

Elle réprima un haut-le-cœur.

– Vous êtes en train de vider tout le bâtiment ?

– Oui. Il y a eu un incendie ce week-end. Tout a été détruit, mais, Dieu merci, la maison est toujours debout.

– Tout ? Vous allez tout jeter, comme ça ? demanda Mary qui avait du mal à cacher son émotion.

– Il n'y avait rien à récupérer, répondit le responsable sur la défensive. À part quelques restes de mobilier. Et le chiffonnier est déjà passé. On en est à notre troisième chariot de déchets aujourd'hui ! C'est que nous avons travaillé d'arrache-pied...

Il continua à s'étendre sur les détails de l'opération de nettoyage, détails que Mary entendit sans comprendre.

– Quel malheur, soupira-t-elle.

Et voilà. Elle venait de perdre à nouveau l'héritage de son père. Elle n'avait même pas eu l'occasion de jeter un œil aux documents de la boîte à cigares.

– Mais non, ce n'est pas un malheur, mademoiselle. C'est une bénédiction déguisée. Le Seigneur donne et le Seigneur reprend, et Il vient de nous offrir une nouvelle chance. Le Refuge a besoin d'être rénové et ces vieux lascars ont besoin d'un emploi, et nous voilà, travaillant main dans la main à cette noble tâche !

Elle hocha nerveusement la tête.

– Nous devrons trouver de nouvelles ressources, parce que nous venons de perdre l'un de nos bienfaiteurs, mais…

Il continuait à déblatérer joyeusement, évoquant collectes de fonds et projets pour une grandiose remise à neuf.

– Et Mr Chen ? l'interrompit Mary.

– Le vieux monsieur qui s'occupait de l'endroit ? Ah, ça, c'est un malheur. Il a dû être asphyxié par la fumée. Mais, entre vous et moi… lui glissa-t-il à l'oreille, ce n'est pas une grosse perte. Apparemment, il s'adonnait à l'opium.

– Non, ce n'est pas vrai !

Il la regarda d'un air condescendant.

– Peu importe ce que vous pensez, les preuves sont contre lui : il est mort dans sa chambre à côté d'une énorme pipe à opium. Ce qui ne l'empêchera pas d'avoir un enterrement chrétien.

Mary le laissa là.

– Hé ! cria-t-il derrière elle. Pas la peine de le prendre comme ça ! Et vous ne m'avez même pas dit comment vous vous appelez !

Mais elle ne l'écoutait plus. Elle se mit à marcher le plus vite possible, insensible à tout ce qui l'entourait. En arrivant à Victoria Park, elle s'arrêta brusquement, complètement perdue.

Elle venait juste de réussir à surmonter son envie de pleurer, lorsqu'elle sentit qu'on lui effleurait le coude. Elle se retourna pour se retrouver face à face avec le destin.

Il était très élégant dans son costume parfaitement coupé et sa paire de bottes cirées. En sentant sur elle ses yeux sombres, elle eut soudain envie de disparaître sous terre. Elle portait une vieille robe défraîchie, sa coiffure était à moitié défaite et, pour couronner le tout, elle était en nage.

– Bonjour, dit-elle, regrettant aussitôt d'avoir dit une chose aussi banale.

– Voilà un moment que je vous suis, mais vous n'avez pas entendu que je vous appelais. Tout va bien ?

Elle fit oui de la tête.

– Vous venez du Refuge des lascars ?

– Vous y êtes allé, vous aussi ?

– J'espérais rendre un dernier hommage à la dépouille de Mr Chen.

Le silence s'installa entre eux.

– Vous avez l'air d'aller mieux, finit par murmurer Mary. Vous avez toujours mal à la tête ?

– Les dégâts étaient légers : quelques côtes fêlées, des maux de tête. Rien de grave.

Nouveau silence gêné.

– Vous aussi, vous avez une mine superbe, ajouta rapidement James.

Menteur. Elle lissa timidement ses cheveux.

– Merci.

Un autre de ces silences embarrassés menaçait de s'installer, quand elle lança timidement :

– Vous devez être très occupé. Je ne voudrais pas vous retenir.

Il lui offrit son bras.

– Je préférerais me promener avec vous. Si vos employeurs le permettent, bien sûr ?

– Bien sûr que c'est permis ! répondit-elle avec un grand sourire. Vous faites vraiment ressortir le pire chez moi. Pour ce qui est de mes manières, en tout cas.

– Je crois que je préfère quand vous êtes mal élevée, dit-il en souriant à son tour.

Elle accepta son bras et ils traversèrent le parc jusqu'au petit lac. James s'était tu de nouveau et Mary reconnut ce léger pli entre ses sourcils qui lui était devenu si familier et si cher. Il paraissait chercher ses mots.

Il souriait toujours, mais il avait l'air préoccupé.

– Je voulais vous demander quelque chose.

– Oui ?

– J'espérais que vous pourriez m'expliquer...

Son petit pli se fit plus marqué et il poursuivit sans attendre :

– Je n'ai pas de mal à comprendre cette histoire avec Mr Thorold, c'est même précisément ce que je craignais. Mais comment Mr Chen s'est-il retrouvé impliqué ? Pourquoi est-ce que Mrs Thorold l'a tué ?

Il revenait à l'affaire, bien sûr. Elle aurait dû s'en douter.

– Elle ne vous l'a pas dit ?

– Elle n'a pas jugé bon de s'en vanter.

Pas plus que du meurtre d'Alfred Quigley. Il avait toujours des haut-le-cœur rien que d'y penser. La visite qu'il avait rendue à Mrs Quigley ce matin-là resterait parmi les pires moments de son existence.

– Mr Chen était sur sa piste. Quelques lascars étaient parfois épargnés par les pirates, surtout quand ceux-ci en avaient besoin pour les aider à rentrer au port. J'imagine que Mrs Thorold ne devait pas les craindre, parce qu'elle se disait que leur parole ne ferait pas le poids face au témoignage d'un capitaine anglais. Les autorités partiraient du principe qu'ils se trompaient, qu'ils mentaient ou qu'ils avaient mal compris ce qu'on leur avait dit en anglais. Mais quand plusieurs lascars ont débarqué au Refuge avec des récits similaires, Mr Chen les a interrogés. Il a remonté la piste de ce qui se murmurait sur les docks. Il a rassemblé les pièces du puzzle, et s'apprêtait à porter l'affaire devant les autorités.

– Et c'est pour ça qu'elle l'a fait taire.

– Oui.

Ils arrivèrent au bord du lac. James se baissa pour ramasser une poignée de petits cailloux. Il se mit à les jeter dans l'eau un par un.

– Ce qui m'amène à ma deuxième question, dit-il en se tournant vers Mary assez brusquement. Vous n'aviez pas les moyens de savoir que je me trouvais au Refuge dimanche après-midi. Je m'y suis rendu tel un idiot, parce que Mrs Thorold m'avait tendu un piège.

– Moi aussi, j'y suis allée à cause de Mrs Thorold. Il n'y avait rien de précis dans son carnet, mais quand je l'ai trouvé, j'ai commencé à m'inquiéter pour Mr Chen… Et pour vous.

Il ne la quittait plus des yeux.

– Qu'est-ce que vous voulez dire ?

Ce n'était pas facile à expliquer.

– Je ne pensais pas vous trouver là, mais cela ne m'a pas vraiment surprise non plus.

Il la regardait toujours avec une intensité troublante. Elle ne pouvait plus soutenir son regard et détourna les yeux.

– C'est juste que… J'ai eu comme un pressentiment. La certitude que vous étiez… là-bas.

– En danger ?

– Si on veut.

Il jeta son dernier caillou dans l'eau.

– Mary ? Encore une chose… Je…

Il paraissait nerveux et n'osait plus vraiment la regarder dans les yeux. Elle attendait en silence.

– Je vous… Enfin, c'est assez soudain et je ne suis pas… Ce que j'ai à vous dire…

Il soupira, contemplant le lac. Il finit par bredouiller :

– Je pars.

Mary le fixait sans rien dire. Même si elle ne savait pas exactement à quoi s'attendre, voilà qui la prenait de court.

– Où ça ?

– À Calcutta. Nous, enfin, la compagnie, plutôt, a décroché un contrat pour construire des lignes de chemin de fer.

– Mais c'est une excellente nouvelle ! s'exclama Mary en s'efforçant de se montrer heureuse pour lui.

– Vous trouvez ? demanda James, qui épiait ses réactions.

– Mais bien entendu ! C'est l'occasion idéale pour asseoir votre entreprise.

– Je suis content que vous le preniez ainsi.

– Quand partez-vous ?

– J'embarque la semaine prochaine.

– Vous ne perdez pas une minute…

– Normalement, c'est George qui devait partir, pendant que je restais ici pour prendre la tête des opérations. Mais cette affaire Thorold a tout chamboulé et il a changé d'avis.

Vous saviez qu'il voulait épouser Angelica le plus vite possible pour l'emmener en Inde avec lui ? demanda-t-il, légèrement amusé.

Mary éclata de rire.

– Non !

– Quelle ironie, n'est-ce pas ? Que le destin d'Angelica ait été lié à l'Inde à travers son père comme son prétendant !

– Destin auquel elle a finalement réussi à échapper...

Mary lui raconta brièvement les nouveaux projets d'Angelica.

– Oh ho ! Je devrais peut-être dire à George qu'elle est à nouveau célibataire ?

– Mais vos pires craintes sur Thorold étaient fondées. Vous ne comptez plus vous opposer à ce mariage ?

– Si, bien sûr... fit-il avec un geste confus. Mais si George sait tout et qu'il veut toujours l'épouser, je ne vois pas bien ce que j'aurais à dire. Peut-être qu'il l'aime vraiment après tout.

– Voilà une concession de taille, venant de vous, nota Mary en riant.

– Un jour, vous saurez apprécier l'extrême finesse de toutes mes qualités.

– Toutes ? Parce qu'il y en a plusieurs ?

– Tellement que les compter vous donnerait le vertige.

Ils restèrent là un long moment, à se regarder en souriant. Mary finit par prendre son courage à deux mains.

– Bien. J'imagine qu'il est temps de se quitter.

– Oui...

– Je suis sûre que tout va se passer pour le mieux en Inde.

– Vraiment ?

– Avec toutes vos qualités…

Il rit de bon cœur, avant de redevenir sérieux.

– Mary…

Ce qu'elle lut dans ses yeux fit battre son cœur un peu plus vite.

– Oui ?

Par deux fois, il commença une phrase, et par deux fois, les mots lui manquèrent.

Elle le comprenait. Que dire maintenant, alors qu'il était sur le point de partir pour toujours ? Même lui demander de lui écrire comportait une vague promesse, le genre de promesse que dix ans et des milliers de kilomètres l'empêcheraient de tenir.

Elle se força à sourire poliment et lui tendit la main.

– Bonne chance, James.

Il la regardait, partagé entre regret et soulagement. Il lui prit tendrement la main, la gardant un long moment entre les siennes.

– À vous aussi, Mary.

S'attarder aurait été stupide. Elle retira doucement sa main, lui tourna le dos et commença à s'éloigner en direction de l'Institution. Elle n'avait pas fait vingt pas qu'elle entendit sa voix.

– Mary !

Elle se retourna aussitôt.

– Oui ?

– Et que je ne vous revoie plus dans un placard !

Elle éclata de rire, hocha la tête et reprit son chemin. Mais cette fois, elle souriait.

Y. S. LEE

Ying est née à Singapour et a grandi à Vancouver et Toronto. En 2004, Y. S. Lee a obtenu son doctorat en littérature et culture victoriennes. Ces recherches, et le temps qu'elle a passé à Londres, lui ont donné envie d'inventer une histoire d'agence de détectives au féminin. Voilà comment est né *Le Pendentif de jade*, son premier roman.

Y. S. Lee a également écrit *Masculinity and the English Working Class*. Elle vit aujourd'hui à Kingston, dans l'Ontario, avec son mari et son fils.

Allez la voir sur : www.yslee.com

Retrouvez

The Agency

dans le tome 2

Le Crime de l'horloge

et dans le tome 3

Les Secrets du palais

DÉCOUVREZ LA SÉRIE

LES ENQUÊTES D'ENOLA Holmes

1 - La Double Disparition

2 - L'Affaire Lady Alistair

3 - Le Mystère des Pavots blancs

4 - Le Secret de l'Éventail

5 - L'Énigme du Message perdu

6 - Métro Baker Street

Ceux qui disent que Sherlock Holmes est le meilleur détective du monde ignorent encore l'existence de sa sœur :

Enola Holmes !

Cet ouvrage a été imprimé
en mai 2013 par

CPI
FIRMIN-DIDOT

27650 Mesnil-sur-l'Estrée

N° d'édition : 10197742 - N° d'impression : 118079
Dépôt légal : mai 2013